DIE FAKE-EHE DES MILLIARDENSCHWEREN COWBOYS

McCoy Milliardärsbrüder, Buch Eins

HOPE MOORE

Die Fake-Ehe des milliardenschweren Cowboys

Cowboy Wade McCoy hätte im Traum nicht gedacht, dass sein kürzlich verstorbener, milliardenschwerer Großvater sein Erbe an eine solche Bedingung knüpfen würde: er muss heiraten, wenn er die weitläufige McCoy-Ranch behalten will, die sie gleichermaßen geliebt und gemeinsam aufgebaut haben. Das Testament verlangt, dass Wade innerhalb von drei Monaten heiratet und anschließend mindestens drei weitere Monate verheiratet *bleibt* oder er und seine Brüder verlieren alles.

Er ist nicht gerade angetan von dieser Vorstellung, doch sein Großvater kannte ihn gut genug, um zu wissen, dass er es nicht zulassen würde, die geliebte Ranch zu verlieren und dass er Herausforderungen aufgeschlossen gegenübersteht. Sein Großvater hatte ihn in der Hand und das hatte er gewusst. Nun muss er nur noch jemanden finden, der in dieses verrückte Vorhaben einwilligt.

Allie Jordon ist verzweifelt. Sie ist vom Unglück verfolgt und nachdem sie alles verloren hat, auch ihren liebevollen Vater, muss sie dringend Geld auftreiben, um ihrer Mutter die bestmögliche Pflege zu ermöglichen oder es kann passieren, dass sie auch sie verliert.

Als sie zufällig in der der Raststätte, in der sie kellnert, einen einsam aussehenden Cowboy kennenlernt, könnte dies alles verändern… wenn sie einem völlig abwegig klingenden Vorschlag zustimmt, könnte sich diese Begegnung als das Wunder herausstellen, für das sie gebetet hat.

KAPITEL EINS

„*Das soll doch wohl ein Scherz sein.*"
Wade McCoy starrte Mr. Cal Emerson, den Anwalt seines Großvaters, an.

Der finstere Ausdruck, der auf dem hageren Gesicht des Mannes lag, sah hingegen nicht so aus, als wäre dieser zu Scherzen aufgelegt. Seine Augen waren stattdessen voller Kummer und Ernsthaftigkeit. Immerhin war er einer von J. D. McCoys besten Freunden gewesen. Wade und seine Brüder hatten ihren Großvater verloren, aber Mr. Emerson trauerte um den Verlust eines guten Kameraden.

Und dann war da auch noch die Tragweite dessen, was er Wade, Todd und Morgan soeben mitgeteilt hatte. Auch das mochte sich auf die Ernsthaftigkeit seines Gesichtsausdrucks ausgewirkt haben.

Wade dachte, dass sein eigener Gesichtsausdruck dem von Mr. Emerson wahrscheinlich frappierend ähnlich sah.

Morgan sah eher überrascht als wütend aus. Und Todd zeigte keinerlei Regung.

Sie kamen gerade vom Friedhof und saßen nun hier im Büro ihres Großvaters, eingehüllt in den Duft von Ledermöbeln, umgeben von dunklem Holz und den dicken texanischen Läufern, die J.D. McCoy geliebt hatte. Sein Wesen umgab sie. Sie konnten die Naturgewalt, die er gewesen war, immer noch in diesem Raum spüren.

„Das ist doch lächerlich." Morgan, der neben dem wuchtigen Kamin stand, verschränkte die Arme vor der Brust.

„Das klingt so gar nicht nach ihm", fügte Todd hinzu und lehnte sich in seinem Stuhl nach vorn, die Ellbogen auf den Knien. „Warum sollte er uns das antun, insbesondere aber Wade? Das setzt ihn gewaltig unter Druck."

„Erklären Sie es uns." Wade sah Mr. Emerson durchdringend an. „Nur damit wir es auch wirklich verstehen. Sie haben gesagt, mein Großvater würde mir und meinen Brüdern die Ranch hinterlassen, jedoch nur, wenn ich vor Ablauf von drei Monaten eine Ehefrau finde? Und dann mindestens drei Monate mit ihr verheiratet bleibe."

Der Anwalt legte seine Hände zu beiden Seiten des Testaments von Wades Großvater, das offen vor ihm lag, flach auf den Schreibtisch. „Ja, das habe ich gesagt. Und Wade, er hat keinen Zweifel daran gelassen, dass dies die Bedingung dafür ist, dass du die McCoy Ranch und zugehörige Viehzucht erhältst, einschließlich der Ölförderrechte. Vielleicht dachte er, du würdest einen kleinen Schubs benötigen. Er wusste, wie sehr du diesen Ort liebst. Und er wusste, wie negativ du der Ehe gegenüberstehst. Er hat das gehasst. Er hat mir einmal anvertraut, dass die Ranch zu groß ist, um sich ganz allein darum zu kümmern. Er sagte, du sollst eine Familie gründen und es genießen. Das waren seine Worte. Aber nur um das klarzustellen, deine Anteile an der Hotelkette und anderen Investitionen sind nicht in Gefahr."

Er hatte es noch einmal hören müssen, diese Eröffnung, die dafür gesorgt hatte, dass sich Unglauben mit wütenden Klauen um seine Kehle geschlossen hatte und ihm die Luft zum Atmen nahm. Er ließ den Kopf hängen und rieb sich die Stirn, als sich das Pochen hinter seinen Augen verstärkte. Sein Herz schmerzte ob des Verlusts des Mannes, den er mit jeder Faser seines Seins geliebt hatte. Diesen Mann, den er mehr geachtet hatte als jeden anderen. *Warum hatte sein Großvater das getan?* In Gedanken ging er alles durch, was in den Monaten vor seinem Tod passiert war. *Was war nur geschehen, das ihn zu diesem Schritt bewogen hatte?* Ihm fiel absolut nichts ein.

„Das ergibt keinen Sinn. Cal, das ergibt einfach keinen Sinn." Morgan funkelte ihn an und sah aus, als bekäme er ebenfalls Kopfschmerzen. Er blickte Wade an. „Ist er gestürzt und hat sich den Kopf angeschlagen oder so?"

Wade schüttelte den Kopf. „Kein Sturz, soweit ich weiß." Auch er hatte sich bereits gefragt, ob sein Großvater womöglich vom Pferd gefallen war und sich den Kopf gestoßen hatte, ob er verrückt geworden war oder vielleicht sein klares Denkvermögen eingebüßt hatte, aber ihm war nichts Auffälliges eingefallen.

„Zeigte er Anzeichen von Senilität?" Todd verschränkte die Arme. Seine Brauen berührten sich beinahe. „Als er das letzte Mal bei mir vorbeigeschaut hat, schien es ihm gut zu gehen."

Wade zerbrach sich den Kopf darüber. *Hatte er die Anzeichen übersehen?* In Gedanken ließ er die letzten Monate Revue passieren, doch er fand keine Hinweise im Verhalten oder den Äußerungen seines Großvaters, die darauf hingedeutet hätten, dass er sich verändert hatte und nicht mehr der umsichtige Geschäftsmann war, der er immer gewesen war. Erst vor Kurzem waren sie gemeinsam auf einem dreitägigen Viehtrieb gewesen und da hatte sein Großvater seinen siebenundsiebzig Jahren zum Trotz gerader im Sattel gesessen als die Cowboys, die für ihn arbeiteten. Wie alle anderen hatte er in einem Schlafsack unter den Sternen geschlafen und das Gefühl genossen, das er dasselbe tat wie seine Vorfahren vor ihm.

„Nein", knurrte er verärgert, weil er keinen Anhaltspunkt finden konnte. „Mit seinem Kopf war sowohl zum Zeitpunkt seines Todes als auch davor alles in Ordnung. Hat er sein Testament kürzlich geändert?"

Cal Emerson nickte. „Das hat er, aber er war bei vollem Verstand, als er es tat."

Todd stand auf und ging zum Fenster, dann kehrte er zu seinem Stuhl zurück. Er schien an der ganzen

Situation nichts Gutes entdecken zu können, die harten Linien seines Gesichts waren zu einer Grimasse verzogen. „Warum hat er das getan?"

Wade wusste, dass sein Bruder ebenso frustriert war wie er selbst. „Todd, er war wie immer, der Boss, der viel von allen forderte. Beim Viehtrieb wies er die Männer an, was sie tun sollten und wie sie ihre Arbeit zu erledigen hatten. An seinem Verstand war nichts auszusetzen."

Für einen Augenblick schlich sich ein wehmütiges Lächeln auf Todds Gesicht. „Er war gut darin, Anweisungen zu geben."

„Zu gut", schnaubte Morgan. „Und nun tut er es immer noch. Aus dem Grab heraus. Er hat uns immer kontrollieren wollen."

„So würde ich es nicht nennen." Wade war in diesem Punkt nicht Morgans Meinung und weigerte sich, ihm recht zu geben. Seit Jahren waren sie bezüglich ihres Großvaters verschiedener Ansicht. „Er hatte einfach einen starken Willen. So wie du."

„Wie auch immer." Morgan blickte weiter finster drein.

Wade biss die Zähne zusammen und verkniff sich jede Äußerung, die die Situation nur noch verfahrener gemacht hätte. Er wusste, dass sein Großvater nicht den Verstand verloren hatte. Das hieß wiederum, dass es keine offensichtliche Erklärung für diese Verrücktheit gab. Warum um alles in der Welt hatte er in seinem Testament verfügt, dass Wade innerhalb von drei Monaten heiraten musste? Wenn er das nicht tat, würden sie alles verlieren.

Todd seufzte. „Es fällt mir schwer zu verstehen, warum Großvater zu so extremen Mitteln gegriffen haben soll, nur um Wades Aufmerksamkeit zu erregen. Und was ist mit mir und Morgan? Wir standen ihm nicht so nahe wie Wade, also hat er mit uns bestimmt etwas noch Verrückteres vor. Wahrscheinlich hat er mir ein Ultimatum für das Weingut gestellt. Ich denke nicht, dass wir ungeschoren davonkommen, oder?"

„Mehr kann ich im Moment nicht sagen. Euer Großvater hat ein kompliziertes Testament bezüglich der McCoy Unternehmen hinterlassen, zu denen auch die McCoy Ranch und Viehzucht gehören, ebenso wie die McCoy Stonewall Marmeladen- und Weinproduktion sowie die McCoy Hotelkette. Zu gegebener Zeit wird alles enthüllt."

Ihre Blicke trafen sich. Wade räusperte sich, während seine Gedanken umherwirbelten. Er riss sich den Hut vom Kopf und bearbeitete ihn sorgenvoll mit den Händen. *Er würde heiraten.* Diese Neuigkeit nagte an ihm wie ein hungriger Kojote.

Wenn er in den nächsten drei Monaten heiraten musste, um seine Ranch zu retten, dann würde er genau das tun.

„Ich weiß, dass unser Großvater nicht den Verstand verloren hat und das habe ich auch nicht. Ich werde tun, was immer nötig ist, um die Rocking M in der Familie zu halten."

Aus irgendeinem Grund war ihm die Aufgabe zugefallen, dafür zu sorgen, dass die Ranch in Familienbesitz blieb. Wenn er nicht heiratete, dann würden auch Todd und Morgan die Ranch verlieren.

Morgan hatte recht gehabt, als er gesagt hatte, dass ihr Großvater stets gern Befehle erteilt hatte. Nur dem Allmächtigen hatte er nicht sagen können, wann er gedachte, abzutreten. Sein Tod war für alle völlig unerwartet gekommen und hatte sich nicht angekündigt.

Nein, der Allmächtige hatte vor einer Woche entschieden, dass die Zeit von J. D. McCoy um war, als dieser gerade in Dixie's Diner Pekannusstorte gegessen hatte. Er war ganz plötzlich gestorben. Wade hatte seinem Großvater gegenübergesessen, als dieser einen Herzinfarkt erlitten hatte.

Es hatte keine Warnung gegeben, keine Chance auf ein Wunder. Er war einfach so von ihnen gegangen.

Es hatte keine Fahrt im Krankenwagen gegeben, keinen Arzt, der sich daran machte, Herzklappen zu reparieren… nein, der Infarkt war verheerend gewesen. Aus und vorbei.

Ein KO-Schlag in seiner reinsten Form.

Warum bekamen manche Menschen die Chance auf ein Wunder und andere nicht? Wade spürte, dass er wütend wurde. Er atmete tief ein und wandte den Blick von dem Punkt im Freien ab, auf den er gestarrt hatte. „Ich habe das Gefühl, das Ganze ist ein Bluff."

Wade beobachtete Cal genau, musterte dessen Augen und den Ausdruck seines Gesichts auf der Suche nach einem Hinweis darauf, dass er auf die Wahrheit gestoßen war. Denn wenn irgendjemand wusste, was J. D. im Schilde geführt hatte, dann war das sein Kumpel Cal. Doch dieser war nicht umsonst einer der besten Anwälte in Texas und den ganzen Staaten. Er verfügte über ein geradezu legendäres Pokerface. Und das gab wirklich nichts preis. Falls er mehr wusste als er sagte, dann gab nichts in seinem Gesicht einen Hinweis darauf.

J. D. McCoy war sehr ehrgeizig gewesen und hatte stets hart gearbeitet. Klar war das Betreiben einer Ranch stets rentabler, wenn Öl im Spiel war, aber ihr Großvater hatte neben der Ranch auch eine angesehene Hotelkette aufgebaut und viele andere Investitionen getätigt, unter anderem in das Weingut, das äußert erfolgreich Marmelade und Wein produzierte. Und dann war da natürlich auch noch das Öl, das die Dinge manches Mal verkompliziert hatte. Ganz sicher hatte es Wades Leben verkompliziert… er hatte sich nie davor verstecken können.

„Das wäre es, Jungs. So hat er es gewollt.“

Wade ließ den Kopf hängen und versuchte, seiner Verärgerung Herr zu werden. Eine Sache, die ihm sein Großvater ein ums andere Mal eingeschärft hatte, war, dass man anstehende Aufgaben sofort anging. Man schob sie nicht auf oder hing etwaigen Bauchschmerzen nach. Man stand seinen Mann und kümmerte sich darum.

Er dachte an die Verantwortung seiner Familie gegenüber. Das hatte Vorrang vor allem anderen.

„Also, wie entscheidest du dich, mein Sohn?“

Wade vernahm die in der Luft schwebende Frage seines Großvaters, so als stünde dieser mitten im Büro, den Stetson nach hinten geschoben und dieses verschmitzte Grinsen im Gesicht, während die stahlblauen Augen ihn herausfordernd anblitzten.

Wade hob den Kopf und blickte Mr. Emerson an. „Drei Monate Ehe und die Ranch gehört uns? Und wenn nicht, dann verlieren auch Morgan und Todd ihre Anteile?" *Dachte er, dass die Antwort anders ausfallen würde, wenn er die Frage immer wieder stellte?*

Mr. Emerson nickte. „Ja. Du bist quasi der erste Dominostein, wenn du fällst, dann fallen auch alle anderen. Das heißt aber im Umkehrschluss nicht, dass es keine sie betreffenden Klauseln in diesem Testament gibt."

Wade stöhnte. *Großvater, was hast du getan?* „Wann erfahren Morgan und Todd, was die sie betreffenden Klauseln beinhalten?"

Mr. Emerson lehnte sich in seinem Stuhl zurück. „Kann ich ganz offen sprechen?"

„Natürlich", sagte Morgan mit vor Zurückhaltung angespannter Stimme.

„Sie wissen, dass wir das wollen. Wir sind ratlos und wissen nicht, was uns erwartet. Ich möchte auch offen sprechen… Sie waren sein Anwalt. Warum haben Sie ihm nicht von diesen Sperenzchen abgeraten?“

„Genau“, bekräftigte Morgan.

„Das frage ich mich auch.“ Todd zog eine Braue hoch.

Mr. Emerson verzog die Lippen. „Jetzt klingt ihr McCoy Jungs genau wie J. D.“, sagte er mit deutlich vernehmbarem texanischem Akzent. „Ihr drei Jungen wisst genauso gut wie ich, dass niemand euren Großvater von etwas abbringen konnte, das er sich einmal in den Kopf gesetzt hatte.“

„Das stimmt“, sagte Wade. „Sprechen Sie weiter.“

„J.D. war schon seit einiger Zeit in Sorge darüber, dass die Ranch ohne einen Erben zum Erliegen kommen würde. Du bist der einzige, der auf ihr lebt, mit dem er verwandtschaftlich verbunden war. Er hat diese Ranch aufgebaut, damit ihr sie übernehmt. Das war sein Vermächtnis an euch drei und ihr habt ihn im Stich gelassen. Er war verzweifelt. Morgan und er sind schon lange nicht mehr miteinander ausgekommen. Auch mit Todd ist er einige Male zusammengestoßen – beide waren stur und sich in dieser Beziehung sehr ähnlich. Todd hat die Ranch nie so viel bedeutet wie dir, aber er hat ein Herz für die Trauben und das Land der McCoy Stonewall Marmeladen- und Weinproduktion. Er hatte immer Angst davor, dass er sterben würde ohne dass er Urenkel hätte, die weiterführen würden, was er begonnen hatte. Wade, du bist nicht der Typ, der heiratet. Du hast nie zu erkennen gegeben, dass du die Neigung verspürst zu heiraten, nachdem…-"

„Das stimmt", pflichtete Morgan ihm bei.

„Ich arbeite die ganze Zeit. Genau wie er. Es ist meine Sache, wenn ich nicht heiraten will."

„Das weiß ich", knurrte Morgan, der ebenfalls verärgert klang. „Nach dem, was Delta getan hat…-"

Wade hob die Hände und gebot ihm Einhalt. „Darüber brauchen wir nicht zu reden. Jetzt nicht und auch nicht in Zukunft." Er mochte es nicht, wenn man versuchte, ihn zu etwas zu drängen. „Also, wann werden Morgan und Todd erfahren, was das Testament für sie bereithält?"

„Erst wenn du deinen Teil erfüllt hast."

„Hat Großvater Ihnen irgendwelche Hinweise gegeben oder hat er einen Vorschlag gemacht, wie ich das zu Wege bringen soll?"

Mr. Emerson lachte, dann nahm er seine Brille ab

und legte sie vor sich auf den Schreibtisch, während er sich die Augen rieb. „Wade, du bist ein schlauer Kerl. Er dachte, dir würde schon etwas einfallen. Ich glaube, er hätte seine Freude an der Vorstellung, denn ich bin deinem Großvater recht ähnlich. Ich habe so ein Gefühl, dass du schon einen Weg finden wirst, der dir zusagt. Aber ich muss dich warnen, in dem Moment, in dem du durch diese Tür dort gehst, beginnt die Uhr zu ticken."

Morgan sah grimmig drein. „So sehr ich auch hoffe, dass wir die Ranch nicht verlieren, du musst das nicht tun, Wade."

„Ich gebe Morgan recht." Todd kniff gefährlich die Augen zusammen. „Großvater ist zu weit gegangen. Eins kann ich euch sagen, ich werde nicht heiraten, falls er so etwas auch von mir verlangen sollte. Ich würde fortgehen. Ich verstehe es einfach nicht. Als er mich anrief, als ich im Krankenhaus lag, da hat er nichts dergleichen erwähnt. Es ist einfach nicht richtig."

Wade nahm ihre Worte zur Kenntnis, aber diese Entscheidung musste er selbst treffen. Er allein und niemand anders.

Er stand auf und setzte sich langsam seinen Hut

auf den Kopf. Er wusste nicht, wie er es anstellen sollte, daher musste er sich einen Plan zurechtlegen. Denn wenn er sich einer Sache ganz sicher war, dann der, dass er es nicht zulassen würde, dass er die Ranch verlor. „So verrückt es auch klingen mag, unser Großvater hat gedacht, ich könnte das tun. Er fordert mich heraus. So wie er mich jeden Tag meines Lebens herausgefordert hat. Und er hat recht mit seiner Vermutung. Ich werde es tun, denn es steht zu viel auf dem Spiel, für das ich gearbeitet habe. Und auf keinen Fall werde ich es zulassen, ihn im Stich zu lassen. Oder uns. Wenn er dachte, ich könnte es schaffen, dann werde ich genau das tun. Mr. Emerson, passen Sie gut auf. In neunzig Tagen werde ich verheiratet sein."

Allie Jordan war müde. Ihr Kopf schmerzte, ihr Rücken schmerzte und ihre Füße schmerzten auch. Aber das war nichts im Vergleich dazu, wie sehr ihr Herz schmerzte. Sie schob die Gedanken daran beiseite, denn sie wusste, dass es den Schmerz nicht lindern würde, wenn sie unaufhörlich an das dachte, was geschehen war. Sie konnte es nicht ungeschehen machen. Aber die Arbeit konnte ihr helfen. Die Arbeit und damit einhergehende Gehaltsschecks waren das einzige, was ihr in ihrer Situation helfen konnte.

Das und ein Wunder.

Sie arbeitete gerade eine Doppelschicht in der vielbefahrenen Fernfahrerkneipe in der Nähe von Tyler, Texas. Ihr Leben war ein einziges Durcheinander und in einer Zeit, in der sie nichts auf die Reihe bekam, war der Job ein Lichtblick am Horizont. Sie mochte die Schichten, die ihr eine gewisse Flexibilität gaben und von denen sie immer auch weitere übernehmen konnte. Arbeiten konnte man immer, denn der Strom an hungrigen Fernfahrern versiegte nie. Die Arbeit war schon für zwei Kellnerinnen kaum zu bewältigen und wenn sie wie heute allein war, weil ihre Kollegin sich krankgemeldet hatte, dann war das Arbeitspensum schier nicht zu bewältigen.

Kilometer um Kilometer hatte sie zwischen den Tischen und der Essensausgabe zurückgelegt. Ihre Kollegin Becky hatte sich krankgemeldet, aber Allie wusste, dass es ihr leidgetan hatte. Ein Magenvirus ging um und Allie war dankbar, dass sie ihn nicht abbekommen hatte. Sie konnte es sich nicht leisten, krank zu sein.

Sie griff nach einem Teller mit Pfannkuchen und Speck, der an der Ausgabe auf sie wartete und schenkte Pete, dem Koch, ein müdes Lächeln. „Danke." Dann machte sie sich auf den Weg, um dem Cowboy, der in einer Ecke saß und Kaffee aus einer Tasse trank, die sie schon mehrfach aufgefüllt hatte, sein Essen zu bringen.

Er sah so besorgt aus wie sie müde war. Er war ihr aufgefallen, als er hereingekommen war. Er war groß und breitschultrig und ging mit diesem typischen Cowboygang, den sie zu ignorieren versucht hatte. Wenn sie Cowboys sah, bekam sie eine Magenverstimmung. Und wenn man bedachte, dass sie seit ihrer Geburt in Texas lebte und mit Cowboys quasi aufgewachsen war, dann hatte sie ziemlich häufig Magenverstimmungen. Naja, eigentlich bekam sie die nur, wenn sie sie anlächelten, ihr Aufmerksamkeit zuteilwerden ließen oder sie davon zu überzeugen versuchten, mit ihnen auszugehen. Aus diesem Grund gab es in ihrem Leben jetzt eine Cowboy-Regel.

Sie hatte schon vor langer Zeit aus nächster Nähe erfahren, dass der Cowboy-Mythos, sie wären ehrenwerte Männer, in Wirklichkeit eine Lüge war. Sie hatte genug von Cowboys und ihren Lügen. Doch als dieser Mann zur Tür hereingekommen war, da hatte es nur eines Blickes in seine Richtung bedurft und sie hatte die goldene Regel, nach der sie lebte, über Bord geworfen. Die, die besagte, dass Cowboys um jeden Preis zu meiden waren.

Er hatte müde ausgesehen und schien in Gedanken versunken gewesen zu sein und hatte sich dennoch leise bedankt, als sie Wasser und einen Becher vor ihn hingestellt und ihn gefragt hatte, ob er Kaffee wolle.

„Ja, danke", hatte er gedehnt geantwortet und sich dann die Schläfe gerieben und aus dem Fenster gestarrt, als sie seine Tasse gefüllt hatte. Er hatte etwas an sich, dass ihre Neugier geweckt hatte, auch wenn sie es besser hätte wissen sollen. Selbst wenn sie Zeit gehabt hätte, ihren Tagträumen um einen gutaussehenden Mann nachzuhängen – Cowboy hin oder her, so wäre es doch egal. Im Moment gab es in ihrem Leben keine Zeit für einen Mann und in der Stimmung war sie auch nicht. *Wieso gelang es dann diesem Cowboy, dass Schmetterlinge in ihrer Brust umherzuschwirren begannen?*

Er lächelte nicht, aber er sah atemberaubend gut aus und wirkte so, als wäre er traurig oder besorgt. Sie fand, dass er eher traurig als besorgt aussah und wusste, wie sich das anfühlte. Sie selbst war beides. Vielleicht wurde auch er von einer Mischung aus beidem geplagt. Was auch immer ihn beschäftigte, es sorgte dafür, dass er völlig in Gedanken versunken war. Sie fühlte sich zu ihm hingezogen. So hatte vor ein paar Monaten die Katastrophe ihren Lauf genommen; sie hatte nett zu jemandem sein wollen und deswegen ihre Ersparnisse und ihre Träume eingebüßt. Und dann hatte sie noch mehr verloren. Ihr Herz zog sich zusammen, sie schob die Trauer beiseite und konzentrierte sich auf die Arbeit. *Ein Hoch auf die Arbeit.*

Der Mann hatte etwas getrunken und vor sich hin gegrübelt und sie hatte ihn schließlich noch einmal gefragt, ob er etwas essen wolle. Er war so tief in Gedanken versunken gewesen, dass er sie kaum angesehen hatte.

„Die Pfannkuchen sind großartig", hatte sie ihm mitgeteilt, als sie seine Tasse zum dritten Mal aufgefüllt hatte. „Der Speck ist dick und Pete ist ein Meister darin, ihn zu braten. Ich werde dir welche bringen, in Ordnung?"

Eigentlich sah der Mann gar nicht hungrig aus,

daher war sie sich nicht sicher, warum sie ihm das Essen geradezu aufgedrängt hatte. Im Gegenteil, es war nicht zu übersehen, dass er nicht hungern musste. Dafür füllte er sein gestärktes Hemd und die ebenfalls gestärkte Jeans zu gut aus. Er hatte muskulöse Arme, breite Schultern und eine schmale Taille, die von langen Beinen ergänzt wurden. Eigentlich sah er so gesund aus, wie ein Mann nur aussehen konnte – nicht, dass sie darauf geachtet hätte.

Oder ihr Herz an einen Mann verlieren wollte, rief sie sich ins Gedächtnis, als sie sich ihm mit den Pfannkuchen näherte.

Er lächelte sie abwesend an, als sie das Essen vor ihn stellte. *Vielleicht hatte ja auch er jemanden verloren, den er geliebt hatte.* Ihr Herz zog sich bei diesem Gedanken zusammen und schmerzte, denn das wünschte sie wirklich niemandem.

„Bitteschön. Ich verspreche dir, du wirst die Pfannkuchen lieben. Vielleicht zaubern sie dir sogar ein Lächeln aufs Gesicht. Ein echtes Lächeln. Ich bringe dir neuen Kaffee.“

„Danke.“ Er sah sie so konzentriert an, als würde er sie zum ersten Mal wahrnehmen. „Wie heißt du?“

Sie hatte vergessen, ihr Namensschild an ihrer

Uniform zu befestigen. „Allie. Und du?" *Warum hatte sie ihn das gefragt?* Sie fragte die Leute so etwas nicht, wenn es sich vermeiden ließ. Sie wollte hier keine Freundschaften schließen. Die Gäste baggerten sie ohnehin schon die ganze Zeit an und das mochte sie nicht. Nein, sie kam allein zur Arbeit und ging allein.

„Ich heiße Wade… Wade McCoy. Schön dich kennenzulernen, Allie. Es tut mir leid, wenn ich unhöflich war oder abweisend gewirkt habe. Ich habe es nicht so gemeint. Die Pfannkuchen riechen köstlich und der Speck auch. Genauso, wie du gesagt hast."

„Nein, das warst du nicht. Warte ab, bis du sie probiert hast." Er war höflich, selbst wenn er mit seinen Gedanken woanders war. Sie lächelte und ging weiteren Kaffee holen. Sie warf einen Blick über ihre Schulter zurück. Irgendetwas stimmte mit diesem Typen nicht. Sie beobachtete, wie er seine Schläfe rieb, dann nahm er Messer und Gabel zur Hand, zerteilte die Pfannkuchen und aß einen Bissen. Er legte das Besteck beiseite und starrte wieder aus dem Fenster.

Sie ging mit der Kanne durch das Restaurant. Im Diner war es inzwischen ruhiger geworden. Die wenigen verbliebenen Gäste hatten ihre Gerichte vor sich stehen und waren mit Essen und Trinken beschäftigt. Vielleicht dachte sie deswegen über ihn nach – weil sie endlich einen Moment Zeit zum Atmen hatte.

Er starrte immer noch aus dem Fenster, als sie ihm frischen Kaffee einschenkte, die Pfannkuchen schien er vergessen zu haben.

„Ist alles in Ordnung?", fragte sie, als Besorgnis ihren gesunden Menschenverstand zu verdrängen begann. „Du siehst so aus, als würde etwas nicht stimmen."

Er schob den Teller von sich und sah zu, wie sie die Kaffeetasse erneut füllte.

„Hast du jemals das Gefühl gehabt, dass du alle, die auf dich gezählt haben, im Stich gelassen hast?"

Bedrückt hervorgebracht trafen seine Worte ihr Herz wie gezielt angebrachte Schläge. Er blickte zu ihr empor, als er sie das fragte und das Blau seiner Augen schien die ihren gefangen zu nehmen. Sein Blick schien tief in sie zu dringen und nahm direkten Kurs auf das, was sie tief in ihrem Herzen fühlte.

„Jeden Tag meines Lebens", sagte sie. „Es ist kein gutes Gefühl. Ist es das, was dir zu schaffen macht?"

Er runzelte die Stirn und biss die Zähne zusammen. „Dir geht es auch so? Das tut mir leid. Es ist wirklich kein gutes Gefühl."

Sie schluckte schwer. Ein Kloß bildete sich in ihrer Kehle und ihr Herz schmerzte. „Nein, das ist es nicht und es tut mir wirklich leid, dass es dir so geht. Dieses Gefühl würde ich meinem schlimmsten Feind nicht wünschen, um die Wahrheit zu sagen. Aber du siehst nicht aus wie jemand, der versagt. Ich meine, schau mich an… ich ja, aber du siehst so aus, als wärst du zu allem fähig."

„Ich könnte dasselbe über dich sagen. Ich weiß nicht, warum du das Gefühl hast, du würdest die Menschen in deiner Umgebung im Stich lassen, aber ich stehe kurz davor, alles zu verlieren, was meinem Großvater jemals etwas bedeutet hat und trotz der allerbesten Absichten habe ich nicht getan, was ich hätte tun müssen, um es zu verhindern."

„Das ist ja schrecklich. Kannst du nichts dagegen tun?"

„Ich hätte etwas tun können, aber inzwischen ist es aller Voraussicht nach zu spät. Ich hatte drei Monate Zeit, aber die Frist läuft in drei Tagen ab und das, was ich hätte tun sollen, war in drei Monaten nicht zu schaffen. Ich war entschlossen, es durchzuziehen, aber das ist mir nicht gelungen. Und nun bleiben mir nur noch drei Tage. Keine Chance. Zum ersten Mal in meinem Leben habe ich das Gefühl, versagt zu haben und das gefällt mir gar nicht.“

Sie fühlte mit ihm. Was auch immer es war, was ihn beschäftigte, es fraß ihn auf. Sie kannte das Gefühl, die Menschen, die sie liebte, im Stich gelassen zu haben. Das hatten sie gemeinsam. Es kam ihr nicht vor, als würde sie mit einem Fremden sprechen, es war eher wie mit einem Freund. „Ich wünschte, ich könnte irgendetwas tun, um dir zu helfen.“

Er lachte bitter. „Allie, es gibt nichts, was du tun könntest. Außer natürlich, du möchtest einen völlig Fremden heiraten und dafür eine Menge Geld bekommen. Denn das ist es, was ich brauche. Ich benötige vorübergehend eine Ehefrau und das innerhalb der nächsten drei Tage.“

Verblüfft starrte sie ihn an und war sich nicht sicher, ob sie ihn richtig verstanden hatte. Sie konnte nicht glauben, was sie gehört hatte. Sie hatte von derlei Arrangements gehört, war in vielen Liebesfilmen und Romanen darauf gestoßen, aber hatte sie jemals jemanden kennengelernt, der eine solche Ehe hatte eingehen müssen? Einen völlig Fremden zu heiraten? Nein, das hatte sie nicht.

Sie schluckte und versuchte, ihr unbändig pochendes Herz zu beruhigen. „W-warum musst du in drei Tagen heiraten und was verlierst du, wenn du es nicht tust?"

Er seufzte resigniert. „Mein Großvater hat das in seinem Testament verfügt und er hatte seine Gründe dafür, auch wenn ich sagen muss, dass ich diese in Frage stelle. Nach seinem Tod hatte ich drei Monate Zeit, um eine Frau zu finden und zu heiraten. Wenn mir das nicht gelingt, verliere ich alles – ich verliere die Ranch, das Erbe, alles. Alles, was ich mit ihm gemeinsam mit harter Arbeit und im Schweiße meines Angesichts aufgebaut habe. Und mit Liebe. Und das Schlimmste daran ist, dass auch das Erbe meiner Brüder davon abhängt, dass ich meinen Teil der Abmachung erfülle. Alles lastet auf meinen Schultern. Und ich werde es nicht schaffen. Ich habe versagt." Er trank einen Schluck Kaffee, schloss die Augen und rieb sich den Nasenrücken.

Sie musterte ihn. Ihr Herz schlug jetzt dreimal so schnell wie sonst und ihre Handflächen waren heiß und feucht. Sie schluckte schwer. *Passierte das gerade wirklich?* „Wade." Sie stellte die Kaffeekanne ab und nahm auf dem Stuhl ihm gegenüber Platz.

Er öffnete die Augen und zog die Brauen zusammen, als er sie ihm gegenübersitzen sah. „Stimmt etwas nicht?"

„Wade, was ... was hat die Frau davon, die einwilligt, dich innerhalb von drei Tagen zu heiraten und dafür sorgt, dass du dein Erbe retten und deinen Großvater stolz machen kannst?" *Hatte er nicht etwas von einer großen Geldsumme gesagt?*

Er setzte sich gerade hin. Seine Augen verengten sich und sein Kiefer spannte sich an. „Nun ja, Großvater hat ihr etwas hinterlassen. Eigentlich ist es mehr ein großes Etwas mit mehreren Nullen dahinter. Warum? Warum fragst du das?" Er klang gleichermaßen misstrauisch und hoffnungsvoll.

Allies Herz pochte. Sie holte tief Luft und fuhr mit ihren feuchten Handflächen über den Rock ihrer Uniform, während sie ihn anstarrte. „Weil, na ja, meine Mom, sie ist… sie ist im Krankenhaus. Und sie muss bald in eine Reha Einrichtung verlegt werden. Aber das kostet natürlich Geld, welches ich noch nicht zusammen habe." Sie kämpfte gegen den Kloß in ihrem Hals. „Vor zwei Monaten hatten meine Eltern einen schrecklichen Autounfall und mein Vater… wir haben ihn verloren. Meine Mutter wurde schwer verletzt und braucht im Moment die ständige Pflege einer Pflegeeinrichtung. Sie liegt im Koma und die Ärzte wissen nicht, ob sie wieder daraus erwacht. Die Versicherung zahlt bei Weitem nicht für alles, was sie benötigt und ich kann mir nicht die beste Pflege leisten. Ich übernehme jede offene Schicht und arbeite, so viel ich kann, aber ich weiß nicht weiter. Sie wird in eine andere Einrichtung verlegt, aber nicht in die, die am besten für sie wäre. Aus diesem Grund habe ich mich gefragt, was für mich herausspringen würde, wenn ich bereit wäre, dich zu heiraten und dir zu helfen, dein Erbe zu retten?"

Wade starrte sie mitleidig an. „Das mit deinem Vater tut mir leid. Es ist noch nicht lange her, dass ich meinen Großvater verloren habe. Trauer ist schrecklich. Das alles tut mir so leid. Auch das mit deiner Mom. Ich verspreche dir, dass deine Mutter bekommt, was sie benötigt, auch wenn das Geld meines Großvaters nicht ausreichend sollte, wenn du zustimmst, mich innerhalb der nächsten drei Tage zu heiraten und dann mindestens drei Monate mit mir verheiratet bleibst."

Sie konnte kaum glauben, dass sie ihn das gefragt hatte. Es fiel ihr schwer zu glauben, dass sie es tun würde. Doch das würde sie, denn dieser gutaussehende

Cowboy mit den ernsten Augen war die Antwort auf ihre Gebete.

Sie holte tief Luft und begegnete seinem Blick voller Gewissheit, was eine unglaubliche Willenskraft erforderte. „Wenn das so ist, dann hast du, Wade McCoy, jetzt eine Braut – oder sollte ich sagen, eine Frau – wenn du sie denn willst. Wenn ich dir genüge?"

Sein Gesicht entspannte sich etwas, sein hübscher Mund öffnete sich leicht, aber seine bereits gefurchte Stirn legte sich noch stärker in Falten. Als er die Gewissheit in ihren Augen sah, nickte er und streckte die Hand aus. „Das tust du ganz sicher", sagte er dann noch langsamer als zuvor, während seine erstaunlichen Augen ihren Blick hielten.

Passierte das wirklich? Wurde sie gerade hereingelegt?

Ein Schauer durchfuhr sie und beinahe hätte sie ihm gesagt, dass sie einen Fehler gemacht hatte. Dass sie das nicht durchziehen konnte.

Doch die Worte wollten nicht kommen. Stattdessen hoffte sie von ganzem Herzen, dass das Ganze funktionieren würde, dass es real war, denn dies war die beste Option, die sie hatte.

Es war die einzige Option, die sie hatte.

KAPITEL ZWEI

Wade konnte nicht glauben, dass dies wirklich geschah. Eine Kellnerin in einer Raststätte außerhalb von Tyler hatte soeben angeboten, ihn zu heiraten.

Als er von besagter Klausel im Testament seines Großvaters erfahren hatte, war er fest entschlossen gewesen, seine Familie nicht im Stich zu lassen. Ihm blieben drei Monate Zeit, eine Frau zu finden und im Anschluss musste er drei Monate mit ihr verheiratet bleiben. Offenbar hatten seinem Großvater Dreimonatsfristen gefallen. Warum gerade drei Monate? Er wusste es nicht, aber zum Glück musste er kein halbes oder sogar ganzes Jahr verheiratet bleiben.

Er hatte sich fest vorgenommen, jemanden zu finden, der in den Plan einwilligen würde – ihn für die

Dauer von drei Monaten zu heiraten und im Anschluss eine saftige Belohnung zu bekommen. Er hatte gedacht, es würde ihm gelingen, ganz so, wie es sein Großvater gewollt hatte. Er würde heiraten und nach Ablauf der drei Monate würden sie sich scheiden lassen. Ganz einfach. Sie würde das in Aussicht gestellte Geld bekommen und er bekäme seine Freiheit zurück und seine Ranch. Das Problem war nur, dass er niemanden gefunden hatte, der in den Plan eingewilligt hatte. Nun ja, er hatte ein paar Frauen gefunden, aber dann hatte er es nicht durchziehen können… er hatte sich einfach nicht überwinden können, die Vereinbarung zu vollziehen. Und deshalb hatte er nun kurz davorgestanden, seine ganze Familie im Stich zu lassen, einschließlich seines Großvaters samt seiner verrückten Idee.

Mit geschwollenen Augen und voll trüber Gedanken hatte er an dieser Raststätte Halt gemacht, um darüber nachzudenken, was er tun konnte. Und jetzt bot ihm diese sympathische Kellnerin, die so nett zu ihm gewesen war, an, sein Angebot anzunehmen. Sie hatte Schlimmes erlebt und war offensichtlich verzweifelt.

„Du ziehst das ernsthaft in Betracht?", fragte er,

denn er konnte ihre Ohnmacht spüren und fühlte sich schlecht bei dem Gedanken, ihre Lage auszunutzen. Doch sie wollte es anscheinend wirklich und für ihn stand zu viel auf dem Spiel, um jetzt einen Rückzieher zu machen. Das Ganze war nur so unglaublich verrückt. Sein Großvater hatte ihn gut gekannt und gewusst, dass er es nicht gutheißen würde, wenn man ihn zwang, etwas zu tun. Doch Wade wusste, dass das alles der verzweifelten Hoffnung seines Großvaters auf Urenkel entsprungen war. Traurigerweise hatte sein Großvater darauf spekuliert, dass diese Heirat sein Vermächtnis sichern würde, doch das würde nicht geschehen. Wade würde nicht verheiratet bleiben. Wen auch immer er aufgrund dieses Testaments heiraten würde, es würden keine Kinder daraus hervorgehen. Er würde jemanden heiraten, die Ranch behalten können und anschließend würden sie getrennte Wege gehen und alles wäre in Ordnung. Und zum ersten Mal, seit er begonnen hatte, nach einer temporären Ehefrau zu suchen, hatte er das Gefühl, dass er es durchziehen könnte. Er sah die Veranlassung, es durchzuziehen.

Temporär.

Vielleicht würde einer seiner Brüder heiraten und das Erbe weiterführen.

Er beobachtete, wie sie mit der Serviette herumspielte, die auf ihrer Seite des Tisches gelegen hatte. Ihre rosafarbene Zunge lugte hervor und sie befeuchtete ihre Lippen. Er sah, dass sie nervös war, als sie ihn jetzt besorgt ansah.

„Nun ja, es ist ein seltsamer Vorschlag, aber ja… ich denke, ich möchte es tun. Wenn du mir versichern kannst, dass es nach drei Monaten vorbei ist und nichts Romantisches passieren wird. Ich hasse es, das zu sagen, aber es ist das Geld, wegen dem ich es mache. Ich brauche es wirklich dringend."

Er rief sich ins Gedächtnis, dass er sie nicht ausnutzte. Ihr Arrangement wäre für sie beide von Vorteil. Er könnte ihr auch nur das Geld geben und die Abmachung sein lassen, aber es ging bei alledem nicht nur um ihn. Es ging auch um seine Brüder. Auch wenn sie gesagt hatten, dass er es nicht tun musste.

Wenn er ihr das Geld geben würde und sie nicht in drei Tagen heirateten, dann würden alle seine Bankkonten eingefroren und er müsste von vorn beginnen. Das war einfach nicht richtig. Er hatte geholfen, diese Ranch aufzubauen. Sie waren Partner gewesen. Er hatte die meiste Zeit seines Lebens dort verbracht und hart gearbeitet, im Schweiße seines

Angesichts geschuftet und seine Ausbildung hatte dazu beigetragen, dass es der Ranch immer besser gegangen war.

Er streckte seine Hand aus und legte sie auf ihre. „Allie, ich weiß, dass ich dich gerade erst kennengelernt habe und dass es verrückt ist... glaub mir, ich finde es auch verrückt und vielleicht kann ich dir später mal die ganze Geschichte erzählen, aber nicht jetzt... ja, die Rahmenbedingungen sind so, wie du gesagt hast. Wir heiraten vor Donnerstag, denn an diesem Tag endet meine dreimonatige Frist, eine Frau zu finden und dann erbe ich meine Ranch und alles, was dazu gehört, solange du nur drei Monate bei mir bleibst. Keine Romantik. Du musst dir deswegen keine Sorgen machen. Du bekommst dein eigenes Zimmer. Auch wenn im Kleingedruckten der Testamentsbedingungen steht, dass wir uns ein Zimmer teilen müssen, du bekommst ein eigenes Zimmer. Niemand sonst muss davon erfahren. Und nun ja, nach drei Monaten werden wir getrennte Wege gehen und du erhältst das benötigte Geld, auch wenn es mehr sein sollte, als mein Großvater in seinem äußerst großzügigen Testament verfügt hat. Wir schließen einen Ehevertrag ab, aber das ganze

Unterfangen wird sich für dich lohnen."

Sie sah so aus, als hätte sie einen Entschluss gefasst, auch wenn ihre großen blauen Augen verdächtig danach aussahen, als würde sie jeden Moment in Tränen ausbrechen.

„Dann mache ich es." Ihre Stimme bebte. „Vielleicht ist es dir nicht aufgefallen, aber du bist die Antwort auf all meine Gebete. Ich habe mir so viele Sorgen gemacht, ich war krank vor Sorge und habe unzählige zusätzliche Schichten gearbeitet und trotzdem immer gewusst, dass ich nicht in der Lage sein würde, meiner Mutter die Hilfe zukommen zu lassen, die sie braucht. Daher werde ich dich heiraten. Aber ich benötige einen Teil des Geldes im Voraus, denn auch ich habe eine Frist. Montag, um genau zu sein."

Er würde das durchziehen. Sie brauchte ihn. „Dann haben wir einen Deal." Er drückte sanft ihre Hände und bemerkte erst in diesem Moment, dass seine Hände noch immer auf ihren lagen. Sie waren warm und zitterten. Er spürte, wie nervös sie war. Ein Bedürfnis danach, sie zu beschützen, ergriff von ihm Besitz. Als er erneut sanft ihre Hand drückte, schossen ihr Tränen in die tiefblauen Augen.

„Danke, Wade. Danke. Was geschieht als Nächstes?"

Aus dem hinteren Teil des Diners vernahm sie die Stimme des Kochs: „Bestellung fertig!"

Sie sprang auf. „Ich muss wieder an die Arbeit. Ich muss meine Schicht beenden. Wir sind unterbesetzt. Bleibst du in der Nähe? Können wir uns morgen treffen und über alles reden?"

Er stand auf. „Ja, ich werde mir ein Zimmer für die Nacht suchen und dann treffen wir uns morgen am Gerichtsgebäude. Gibt es in der Nähe einen Ort, wo wir alles durchgehen können?"

„Neben dem Gerichtsgebäude ist ein Park. Wir könnten uns dort treffen."

„Ich werde dort auf dich warten und wenn du es dann immer noch tun willst, besorge ich uns eine Heiratserlaubnis."

Sie stimmte zu und dann sah er ihr nach, als sie davoneilte. „Allie", rief er und sie drehte sich rasch zu ihm um. „Ich hoffe, das alles sorgt dafür, dass du wieder etwas durchatmen kannst. Ich verspreche dir, dass alles gut wird."

Sie schenkte ihm ein Lächeln, das ihn wie ein Stromschlag durchfuhr. Sie hatte ein schönes Lächeln.

„Ich glaube dir. Ich werde dort sein. Passt dir acht Uhr?"

„Ja."

„Okay. Und, Wade, ich verspreche dir, du wirst es nicht bereuen. Ich stehe zu dem, was ich sage. Ich brauche nur das Geld. Ich werde dir keine Probleme bereiten."

Er lächelte sie beruhigend an, denn er sah deutlich, dass ihre Nerven mit ihr durchzugehen drohten. „Und Allie, ich gebe dir mein Wort, dass auch ich dir keine Probleme machen werde. Du bist in guten Händen, das verspreche ich. Ich werde dir für immer dankbar sein."

Sie starrten einander an und er bemerkte, dass ihre großen blauen Augen wohl das Schönste waren, was er jemals gesehen hatte, aber vielleicht lag das auch daran, dass sie ihm einen solch großen Gefallen erweisen würde. Als er das Diner verließ, dachte er noch, dass er auf diese Weise in den kommenden drei Monaten zumindest etwas Hübsches zum Ansehen hätte. Das war ja auch etwas.

Als er über den Parkplatz ging, sah er zum tiefblauen Himmel empor und konnte sich eines tiefen Gefühls der Erleichterung nicht erwehren. „Großvater, ich weiß nicht, wie du dir das vorgestellt hast, aber es wird tatsächlich geschehen. Ich werde dich nicht enttäuschen. Ich hoffe, dass du mir irgendwann mitteilst, warum in Gottes Namen du mir das alles zumutest. Ich dachte, ich würde alles verlieren. Ich hoffe, du lächelst jetzt da oben." Dann stieg er in seinen Truck und fuhr in Richtung des Hotels, das er vom Highway aus gesehen hatte.

Allie konnte nicht schlafen. Sie war zu aufgeregt und nervös und dachte die ganze Zeit, sie müsse sich übergeben, tat es dann aber doch nicht. Sie stand früh auf und zog sich an, dann sah sie sich in ihrer kleinen Wohnung um und fragte sich, was sie als nächstes tun sollte. *Sollte sie packen?* Wohin sie auch gehen würde – meine Güte, sie *wusste* nicht einmal, wohin es sie verschlagen würde. *Das war verrückt.* Sie versuchte, sich zu beruhigen. Es mochte verrückt sein, war aber ihre einzige Chance, ihrer Mutter zu helfen und dafür würde sie alles tun. Sie musste an ihren armen Vater denken, daran, dass sie ihn verloren und an den Schmerz, den sie empfunden hatte. Später dann die Erkenntnis, dass er nun nicht mehr da war, um ihr zu helfen, dass sie sich nicht länger auf ihn verlassen konnte. Sie musste sich auf sich selbst verlassen.

Sie würde das schon hinkriegen. Sie musste es hinkriegen.

Zuerst rief sie wohl am besten Ginny an. Sie würde ausflippen. Wem machte sie etwas vor – ihre beste Freundin würde sie auseinandernehmen, wenn sie erfuhr, was sie vorhatte. Sie nahm das Telefon zur Hand und wählte ihre Nummer.

„Hallo." Ginny klang, als wäre sie gerade erst wachgeworden.

„Ginny, bist du wach?", fragte sie entgegen des Offensichtlichen.

„Ja. Ich bin ja schließlich ans Telefon gegangen, oder?" Ginny stöhnte ins Telefon. Auch sie arbeitete als Kellnerin in einem Diner in der Stadt und kam erst spät nach Hause. „Mädchen, wie spät ist es?"

Allie lachte. „Kurz nach sieben. Aber oh, Ginny, ich bin so nervös, ich weiß nicht, was ich denken soll. Ich musste dich einfach anrufen."

Plötzlich klang Ginny wacher. „Allie, was ist los? Du klingst komisch. Geht es dir gut? Ist mit deiner Mom alles in Ordnung?"

Ihre liebe Freundin passte immer auf sie auf und das war einer der Gründe dafür, dass sie nervös war.

Sie wusste, dass Ginny sich aufregen würde. „Entspann dich, Ginny. Alles ist ok. Der Zustand meiner Mom ist unverändert, aber es wird ihr bald bessergehen, denn ich habe eingewilligt etwas zu tun und das bedeutet, dass sie alles bekommen wird, was sie benötigt."

„Wie das? Was ist passiert? Hast du im Lotto gewonnen?"

Allie biss sich auf die Lippe und fuhr dann fort. „In gewisser Weise ja. Sitzt du?"

„Ich bin noch im Bett. Was um alles in der Welt ist los? Du klingst so seltsam."

Allie holte tief Luft. „Okay, also… ich werde heiraten."

„Was!"

Der spitze Aufschrei, der über das Telefon an ihr Ohr drang, sorgte beinahe dafür, dass Allies Trommelfell platzte. Sie hielt das Telefon eine Sekunde lang von ihrem Ohr weg und sammelte sich für die Diskussion, die unweigerlich folgen würde.

„Wie ist das möglich? Du gehst ja nicht einmal auf Dates? Wie kannst du da heiraten? Hast du mir etwa etwas verheimlicht?"

„Nein, Ginny. Ich habe dir nichts verheimlicht. Du

hättest mich doch ohnehin gefoltert, wenn ich versucht hätte, etwas vor dir geheim zu halten. Deshalb rufe ich dich ja an. Sieh mal, da war dieser Cowboy letzte Nacht in der Raststätte. Er sah so traurig aus.“

Ein Stöhnen erklang am anderen Ende der Leitung. „Bitte sag mir nicht, dass du schon wieder auf die rührselige Geschichte eines weiteren vermaledeiten Cowboys hereingefallen bist. Wie schaffen es nur all diese Verlierertypen immer, ausgerechnet dich zu finden und…-“

„Ginny, warte mal, ganz ruhig. Es war schon irgendwie eine rührselige Geschichte, aber eine recht einzigartige.“ Ihre Freundin setzte bereits wieder zu einer Antwort an. „Stopp. Halte dich für einen Moment zurück und gib mir eine Minute, in der nur ich rede, okay? Versprochen? Das ist nicht wie damals mit dem, dessen Name wir nicht mehr aussprechen.“

Ginny knurrte und seufzte dann. „Ich verspreche es. Sag mir einfach, was in aller Welt los ist.“

„In Ordnung. Er muss bis Ende des Tages heiraten – eigentlich bis Donnerstag – oder er verliert seine große Ranch, sein Erbe. Zumindest klingt es in seinen Schilderungen nach einer großen Ranch. Sein Großvater hat das in seinem Testament zur Bedingung gemacht, offensichtlich mag er dreimonatige Zeiträume. Es tut mir leid, ich schweife ab, jedenfalls, wenn wir drei Monate verheiratet bleiben, bekomme ich Geld. Ich bekomme auch welches sofort, aber nicht so viel. Die große Summe bekomme ich erst, nachdem wir drei Monate verheiratet waren. Daran wird nichts Zwielichtiges sein. Keine Romantik. Ich muss nur drei Monate mit ihm verheiratet bleiben, denn wenn das geschieht, dann dürfen er und seine Brüder die Ranch behalten. Heiratet er nicht, dann ist das Erbe auch für seine Brüder verloren und ich weiß nicht, wer dann die Ranch bekommt. Aber bedenk doch, ich werde davon profitieren. Am Anfang bekomme ich genug Geld, um die Reha meiner Mutter bezahlen zu können und hoffentlich erwacht sie dann aus dem Koma."

„Das klingt äußerst suspekt."

„Ich weiß, aber wenn du dort gewesen wärst und ihn hättest hören – sehen – können, dann würdest du verstehen, warum ich ihm glaube. Er hat mir versprochen, dass ich ausreichend Geld für die Pflege meiner Mutter bekomme. Ich treffe ihn gleich im Park gegenüber dem Gerichtsgebäude, um den Vertrag und den Ehevertrag zu besprechen. Anschließend kümmern wir uns um die Heiratserlaubnis. Uff. Ich bin so aufgeregt.“

Alles was sie durch das Telefon vernahm, war angespannte Stille.

„Ginny, bist du noch da?“

„Ja, bin ich“, brachte Ginny durch offenbar zusammengebissene Zähne hindurch hervor.

Allie bereitete sich auf das vor, was unweigerlich geschehen würde. Das war nur die Ruhe vor dem Sturm. Bevor die Sintflut wie eine texanische Sturzflut über sie hereinbrechen würde. Das hatte sie von Anfang an gewusst.

„Allie, du warst schon immer viel zu leichtgläubig. Dein Herz ist zu gut. Aber dieses Mal hat dich dein liebes Herz in eine äußerst abwegige Situation gebracht. Ich kann gar nicht glauben, wie niederträchtig dieser Kerl sein muss, um sich auf diese Weise eine Frau zu suchen. Mein Gott!“

„So ist es nicht.“

„Woher willst du denn wissen, dass du das Geld wirklich bekommst? Hast du nach Referenzen gefragt? Einem Ausweis? Was weißt du über diesen Kerl? Ich ziehe mich gerade an. Triff dich auf keinen Fall mit diesem Kerl am Gerichtsgebäude. Du könntest verschwinden. Er ist ein Widerling. Er könnte dich mitnehmen und ich würde dich nie wiedersehen. Niemand würde dich je wiedersehen. Wahrscheinlich verschwindest du für immer. Allie, ich kann nicht glauben, dass du das tun willst."

„Ginny, Ginny, beruhige dich! *Ginny*, beruhige dich!"

„*Autsch!* Verdammt."

Allie zuckte zusammen und lauschte. Es klang, als würde Ginny herumhüpfen, wahrscheinlich versuchte sie, mit einem Bein in eine Jeans zu schlüpfen, während sie mit dem anderen das Gleichgewicht zu halten trachtete und dabei gegen verschiedene Gegenstände stieß.

„Ich werde mich nicht beruhigen. *Autsch* – Allie, ich bin in fünf Minuten da." Sie vernahm Geräusche eines Aufpralls. „*Autsch. Um Himmels Willen.* Womöglich brauche ich doch etwas länger. Geh nirgendwohin."

„Ginny, ich soll ihn um kurz vor acht treffen. Ich brauche etwa zehn Minuten, bis ich dort bin. Ich muss jetzt gehen. Ich will ihn nicht warten lassen. Ich werde es tun."

„Dann komme ich zum Park. Du wirst diesen Volltrottel nicht heiraten. Hast du das verstanden?"

Allie stöhnte. Sie hatte gewusst, dass es schlimm werden würde, aber nicht so schlimm. Sie konnte es gar nicht gebrauchen, dass Ginny, die Kriegerin, dorthin kam und alles durcheinanderbrachte. „Ginny, bitte beruhige dich. Ich muss das tun. Ich kann es nicht gebrauchen, dass du dorthin kommst und alles durcheinanderbringst. Bitte, bitte, hör mir zu. Er ist ein *netter* Kerl, das weiß ich."

„Entschuldige bitte? Hast du all die Male vergessen, als du von Männern ausgenutzt wurdest, weil du zu leichtgläubig warst? So wie damals, als…-"

„Bitte fang jetzt nicht wieder damit an. Bitte. Ich bin nicht leichtgläubig, das verspreche ich dir. Ich habe mich zu ihm gesetzt und wir haben uns nett unterhalten. Er ist nicht wie die anderen. Besonders nicht wie er."

„Du bist mir zu wichtig, meine Liebe. Ich werde ihn kennenlernen. Ich werde nicht zulassen, dass du das tust. Ich werde in zehn Minuten am Gerichtsgebäude sein. Und wer auch immer dieser Typ ist, er sollte sich besser vorsehen, denn ich komme nicht unvorbereitet."

„Bitte bring nicht Loretta mit." Allie rieb sich die Stirn.

„Darauf kannst du Gift nehmen, natürlich bringe ich Loretta mit. Sie ist die beste Unterstützung, die sich ein Mädchen nur wünschen kann."

Allie hatte Kopfschmerzen, aber sie hatte auch eine Verabredung. Sie griff nach ihrer Handtasche und steckte ihr Handy hinein, denn Ginny hatte bereits aufgelegt und warf sich wahrscheinlich gerade die fehlenden Kleidungsstücke über. Wer weiß, vielleicht trug sie auch noch ihren Pyjama, wenn sie eintraf. Es war nicht abzusehen, was geschehen würde, wenn Ginny kam. Aber eines war Allie klar – sie würde Ginnys Unterstützung brauchen. Das war beileibe kein unwichtiger Schritt und Ginny kannte sich mit Verträgen besser aus als sie. Sie musste nur Wade auf das vorbereiten, was kommen würde. Denn wenn Ginny wütend war, dann war sie schlimmer als ein texanischer Wirbelsturm.

Der, dessen Namen sie nicht mehr aussprachen, hatte sich gewünscht, er wäre ihr niemals begegnet. Und nun ja, gerade hatte Ginny noch wütender geklungen als damals. Ginny hatte Allie und *ihn* gerade noch rechtzeitig in seinem Hotelzimmer aufgespürt. Allie war es gelungen, sich im Badezimmer einzusperren… sie wollte nicht einmal daran denken. Aber Ginny hatte sie in dieser Nacht gerettet. Der Cowboy war häufig im Diner gewesen und hatte mit ihr geflirtet und versucht, sie dazu zu bringen, mit ihm auszugehen. Sie hatte jedes Mal abgelehnt, aber er hatte es einfach nicht verstanden. Dann hatte er begonnen, ihr zu erzählen, dass seine Großmutter schwer krank war. Sie hatte mit ihm gefühlt. Als er gesagt hatte, dass er Hilfe brauchen würde, um sie ins Krankenhaus zu bringen, war Allie mit ihm gegangen. Ein saublöder Fehler. Und noch blöder war: als sie sein Hotelzimmer erreicht hatten, hatte sie ihm geglaubt, dass seine Großmutter darin war. Ja, genau… - der große böse Wolf war darin gewesen. Zum Glück hatte sie Ginny eine SMS mit der Zimmernummer schicken können. Ginny war ihr mit Loretta – ihrer pinkfarbenen doppelläufigen Schlotflinte – im Schlepptau zu Hilfe geeilt. Gott sei Dank.

Sie war mit ihm gegangen, um seiner Großmutter zu helfen. Ja, sie wusste, dass das ziemlich lahm klang, aber diesmal war es anders. Das spürte sie. Sie musste an Wades ruhige, ernste Augen denken. Er war kein Idiot. Konnte er einfach nicht sein.

Ginny hatte sie vorher schon gerettet. Aber nie

war es so knapp gewesen. Ihre Freundin war mit wehenden Fahnen zu ihrer Rettung geeilt und hatte den Türknauf zu seinem Hotelzimmer weggeschossen, nur um ihn dahinter in Unterwäsche vorzufinden, als er gerade versuchte, die Badezimmertür gewaltsam zu öffnen.

Allie hatte lediglich anhaltendes Betteln vernommen, bis Ginny ihr gesagt hatte, dass sie aus dem Badezimmer kommen könne. Der Cowboy war bereitwillig mit den Polizisten mitgegangen und hatte geschrien, sie sollten ihn bloß schnell von dieser verrückten Frau wegbringen.

Allie dachte an diesen Abend und eilte zu ihrem Auto. Sie musste zum Gerichtsgebäude und Wade vor dem warnen, was passieren würde.

KAPITEL DREI

Wade ging in dem kleinen Park auf und ab, als er Allie in einem uralten Corolla ankommen sah. Er blieb stehen und verlagerte dann sein Gewicht von einem Bein auf das andere, als er beobachtete, wie sie aus dem Auto stieg. Als sich ihre Blicke trafen, zögerte sie für einen Moment. Sie strich sich die Haare aus dem Gesicht und sah nachdenklich aus. Er hatte die ganze Nacht mit sich gekämpft. Sie wirkte sehr süß, aber auch äußerst verletzlich. Er war besorgt. Er hatte sich immer wieder gesagt, dass er sie nicht ausnutzte. Trotzdem fühlte es sich so an, als würde er genau das tun, da sie verzweifelt ihrer Mutter helfen wollte.

Aber auch er war verzweifelt.

Als sie auf ihn zugelaufen kam, spürte er, wie sich ein Knoten in seinem Magen bildete. Sie trug Jeans und ein blaues Oberteil. Mit ihren zu einem Pferdeschwanz gebundenen Haaren sah sie jünger aus, als sie es letzte Nacht in ihrer braunen Uniform getan hatte. Ihre Jeans waren an den Knöcheln aufgerollt und sie trug flache Converse Schuhe, die zumeist Teenager trugen. Vielleicht hatte die Müdigkeit ihrem Gesicht letzte Nacht noch ein paar Jahre hinzugefügt. Sie sah immer noch müde aus und ihre großen, blauen Augen, waren voller Sorge. Je näher sie kam, desto jünger sah sie aus.

Er stöhnte. *Wie alt war diese Frau?*

Er verschwendete keine Zeit. Als sie ihn erreichte, fragte er sie sofort. „Okay, das Wichtigste zuerst – wie alt bist du? Ich habe dich letzte Nacht nicht danach gefragt, aber heute siehst du wirklich sehr jung aus."

Sie sah aus, als würde sie gleich in Panik geraten. „Ich bin vierundzwanzig Jahre alt. Ich sehe für mein Alter einfach jung aus. Dieser Fluch verfolgt mich schon mein ganzes Leben. Aber keine Sorge, ich bin alt genug. Ich war zwei Jahre auf dem College… und ich habe natürlich einen Führerschein. Er liegt im Auto. Ich kann ihn holen, falls du mir nicht glaubst."

Sie wirbelte herum und er griff nach ihrem Arm. Ihre Haut fühlte sich weich an und er spürte, wie ihn

Wärme durchströmte. „Warte… ich glaube dir.“

Sie schloss die Augen, als würde sie sich innerlich bedanken. Verzweiflung ging von ihr aus. „Gut. Wie alt bist du?“

„Ich bin neunundzwanzig, werde aber in wenigen Monaten dreißig. Ich muss nur sicher sein, dass du älter bist, als du aussiehst. Ich will dich nicht ausnutzen.“

Sie lächelte und sein Puls raste. „Ich verstehe.“

„Und ich muss sagen, dass ich das wahrscheinlich nicht machen würde, wenn du viel jünger als vierundzwanzig wärst. Ich muss sicher sein, dass du alt genug bist, um zu verstehen, was du tust.“

Sie sah ihn empört an. „Hör mal, ich mag ja ein bisschen verletzlich wirken und das habe ich ja auch zugegeben, aber ich verstehe sehr gut, was ich tue. Ich verstehe vollkommen, was ich tue. Ich bin nicht dumm. Aber ich muss dir etwas sagen. Meine Freundin…“

Seine Aufmerksamkeit wurde von einem Jeep in Anspruch genommen, der gerade abrupt neben dem Corolla zum Stehen kam. Eine Frau mit Cowboyhut saß darin. Sie sprang sofort aus ihrem Jeep und kam schnell auf sie zu. Sie sah aus, als wäre sie entschlossen, gleich jemandem schlimme Schmerzen zuzufügen.

Ihm.

„Wer…-"

„Das war es, was ich dir sagen wollte. Das ist meine Freundin Ginny. Und sie ist wirklich sauer und sie… sie ist hier, um dich dranzukriegen. Ich meine… es tut mir leid… sie wird versuchen, dich aufzuhalten. Sie hat einen starken Beschützerinstinkt."

Bevor sie noch mehr sagen konnte, hatte das Mädchen mit dem Cowboyhut sie erreicht. Sie kam vor ihm zum Stehen. Sie war hübsch. Sie hatte lockiges braunes Haar und einen herausfordernden Ausdruck im Gesicht. Sie trug ein Westernhemd und ihre Jeans steckten in Cowboystiefeln. Ihr Hut war verbeult, einer von denen, die Mädels im Ramschladen, im Gemischtwarenladen oder in der Raststätte kauften. Es war kein echter Cowboyhut, aber vielleicht war er auch eins von diesen Designerdingern, dachte er. Er vermutete, dass sie kein richtiges Cowgirl war, sich aber gerne wie eines kleidete. Sie war auf hundertachtzig, es kam praktisch Dampf aus ihren Ohren.

„Okay, Kumpel." Sie stieß ihm einen Finger in die

Brust. „Was denkst du eigentlich genau, was du hier tust? Wenn du dir einbildest, du könntest meine Freundin dazu bringen, dich zu heiraten, dann liegst du schief. Das wird nicht geschehen. Vergiss die Lügen, die du ihr aufgetischt hast, steig in deinen Truck und mach dich vom Acker."

„Ginny, bitte… das ist Wade McCoy. Und er hat mir keine Lügen aufgetischt. Ich habe dir doch gesagt, dass er nett ist."

Sie fand ihn nett. Wade starrte Ginny an. Er konnte nicht wütend auf sie sein, dazu bewunderte er sie zu sehr. Sie hatte Schneid und versuchte nur, Allie zu beschützen. Das gefiel ihm. Er nahm an, dass jemand, der so gutgläubig und nett aussah wie Allie, wahrscheinlich jemanden brauchte, der ihn beschützte. Verdammt, *er* selbst wollte sie auch beschützen. Er konnte nicht anders. Von dem Moment an, als er sie das erste Mal gesehen hatte, hatte er sie beschützen wollen. Als er letzte Nacht das Diner betreten hatte, war sein erster Gedanke gewesen, dass sie müde aussah und hoffentlich bald Zeit hätte, sich mal hinzusetzen. Dann hatten ihn seine eigenen Sorgen und Gedanken übermannt.

„Ginny, schön dich kennenzulernen. Natürlich

kann ich dir Referenzen zeigen. Ich versuche nicht, deine Freundin auszunutzen. Ich brauche ihre Hilfe und sie braucht meine. Ich verspreche, es wird alles gut." Das würde es, dafür würde er sorgen.

Ginnys Augen bohrten sich in seine. „Du kannst Gift darauf nehmen, dass ich deine Referenzen sehen möchte. Ich will wissen, wer du bist. Ich möchte einen Vertrag sehen. Schreib irgendetwas auf, das besagt, dass sie sich zu nichts verpflichtet und dass sie das bekommt, was du ihr zugesagt hast. Ich bin nicht ihre Hüterin, aber ich kümmere mich darum, dass es ihr gut geht."

Er warf einen Blick zu Allie. Sie war hochrot und kaute auf ihrer Unterlippe herum. Er musste gegen den Wunsch kämpfen, einen Arm um sie zu legen und ihr zu sagen, dass alles gut werden würde.

„Ich habe gestern Abend noch Kontakt zu meinem Anwalt aufgenommen und er hat mir die Verträge gefaxt. Ich habe alle Papiere hier." Er deutete auf eine Aktentasche, die auf dem Tisch lag. Er ging hinüber, riss die lederne Tasche auf und nahm alle Papiere heraus. Er gab sie Allie. „Dort ist alles festgehalten. Ich bin froh, dass du sie nicht allein durchsehen musst. Wenn du sie einem Anwalt bringen möchtest, damit er sie sich ansieht, kannst du das natürlich tun… aber das müsste jetzt sofort geschehen. Lies es und sag mir, ob das Geld ausreichend ist." Er wusste, dass er sich damit verwundbar machte, aber er war verzweifelt und klammerte sich an die Hoffnung, dass diese Frau mit dem süßen Gesicht so war, wie sie gesagt hatte und nicht versuchen würde, ihn auszunutzen.

„Danke. Ginny, komm schon." Allie ging zum anderen Ende des Tisches und setzte sich.

Ginny stieg über die Sitzbank und setzte sich neben sie.

Wade entfernte sich ein wenig. Am liebsten wäre er auf und ab geschritten, aber ihm war klar, dass das die beiden nervös machen würde. Daher ging er zu einem Baum und lehnte sich mit dem Rücken dagegen. Er wartete. Nachdem die beiden einige Minuten lang die Köpfe über die Unterlagen gebeugt und sich über verschiedene Passagen unterhalten hatten, winkte Allie ihn herüber.

Ginny beobachtete ihn und wirkte etwas verhaltener, was er für ein gutes Zeichen hielt.

„Ginny und ich haben uns die Papiere angeschaut und wir sind uns einig, dass sie gut aussehen. Da ich kein Anwalt bin, werde ich dir bei einigen Punkten vertrauen müssen, dass das, was dort steht, der Wahrheit entspricht. Ich werde unterschreiben."

Ginny starrte ihn an. „Sie wird unterschreiben, weil ich ihr zustimme. Es sieht alles sehr gut aus. Aber eins muss ich dir sagen, wenn sie mich anruft und meine Hilfe braucht, dann komme ich und kümmere mich um dich. Und ich habe eine Waffe."

Er lächelte sie an. Er nahm ihre Drohung durchaus ernst. Er zweifelte nicht daran, dass sie tatsächlich eine Waffe besaß und auch mit ihr umzugehen wusste. Verdammt, die meisten Frauen in Texas besaßen eine. Trotzdem versuchte er, sie zu beruhigen. „Ich verspreche dir, es wird keinen Grund dafür geben, dass du mit deiner Waffe zu mir kommst. Ich werde ein Gentleman sein. Ich werde mich an die vertraglich festgelegten Bestimmungen halten und nach Ablauf von drei Monaten kann Allie mich als reichere Frau wieder verlassen."

„Und keine Schweinereien." Ginny starrte ihn böse an.

„Ginny, *hör auf*." Allie sah ihre Freundin bittend an und schaute dann entschuldigend in seine Richtung. „Wade, wie ich gestern Abend schon sagte, du bist die Antwort auf meine Gebete. Und Ginny war schon immer meine Beschützerin, schon als wir noch ganz klein waren, daher musst du es ihr nachsehen. Sie würde dich nicht erschießen – obwohl ich nicht sagen kann, dass sie jemanden, der drauf und dran ist, mir wehzutun, nicht erschießen würde. Wahrscheinlich würde sie dich eher dorthin treten, wo es wehtut, aber erschießen würde sie *dich* nicht."

Er verzog das Gesicht. „Ich verspreche dir, sie wird mich auch nicht treten müssen."

Ginny zog eine Braue hoch. „Das hoffe ich."

Eines stand fest: Allie hatte eine wachsame, leicht beängstigende Freundin auf ihrer Seite. Diese Tatsache gab ihm ein gutes Gefühl.

Am Abend hatten Allie und Ginny die Sachen zusammengepackt, die sie mit zu Wades Ranch im Hill Country im Einzugsbereich von Fredericksburg nehmen würde. Ginny schien sich damit abgefunden zu haben, dass sie Wade heiraten würde und nachdem sie sich eingehend über Wade McCoy informiert hatten, verstanden sie nun einiges besser. Er war reich. So unglaublich reich, dass sie das Ausmaß seines Reichtums kaum vollständig ergründen konnten. Das

McCoy-Vermögen wurde auf Milliarden geschätzt. *Milliarden.*

Ginny trat als Trauzeugin auf, als Allie am nächsten Tag vor dem Friedensrichter stand und sie einander die Eheversprechen gaben. Sie starrte in Wades ernsthafte Augen und Schmetterlinge wirbelten durch ihren ganzen Körper. Er sah so gut aus, schien nett zu sein und sie spürte, dass es zwischen ihnen eine gewisse Chemie gab… nun ja, zumindest von ihrer Seite aus. Sie musste sich immer wieder daran erinnern, dass dies eine rein geschäftliche Vereinbarung war. Nichts anderes zählte. Und dann war da ja auch noch ihre Erfolgsbilanz in Bezug auf Männer, die nicht gerade für sich sprach. Sie atmete scharf ein, als er nach ihren Händen griff und der Friedensrichter die Gelübde vortrug. Falsche Gelübde. Nicht die echten, die sie sich für einen späteren Tag ersehnte. Dieser Tag war nicht heute. Sie tat das alles für ihre Mutter.

Sie hatte immer noch nicht herausgefunden, wieso Wades Großvater damit gedroht hatte, sein Erbe zu verschenken, anstatt es seinen Enkeln zu überlassen, die ihn geliebt hatten und mit ihm Seite an Seite auf der Ranch, die Wade so offensichtlich liebte, gearbeitet hatten, um das Vermögen aufzubauen.

Allie war dankbar, dass Ginny eingelenkt hatte. Sie hatten sich bis spät in die Nacht unterhalten, als sie einen Großteil ihrer Sachen gepackt und für die Reise vorbereitet hatten. Sie hatte ihren Chef in der Raststätte angerufen und sich dafür entschuldigt, dass sie so kurzfristig kündigen musste. Sie hatte sich schlecht deswegen gefühlt, aber das änderte nichts. Er war ein netter Kerl und sie hatte im Laufe der Jahre immer wieder für ihn gearbeitet, erst als sie noch aufs College gegangen war und dann, bevor sie ihren Blumenladen eröffnet hatte und dann jetzt wieder seit Kurzem, als sie so dringend einen Job benötigt hatte. Wie immer sagte er, dass sie eine gute Kellnerin sei und wenn sie jemals einen Job bräuchte, dann hätte sie einen in der Raststätte. Er hatte ihr immer Arbeit gegeben, wenn sie sie gebraucht hatte und dafür würde sie ihm auf ewig dankbar sein.

Sie blickte in Wade McCoys Gesicht, als er ihr den schlichten, goldenen Ring über den Finger streifte und der Friedensrichter sie zu Mann und Frau erklärte und hoffte, dass alles gut werden würde. Ihre Mutter würde die Pflege erhalten, die sie benötigte und in drei Monaten hätte sie genug Geld, um noch einmal von vorn zu beginnen. Es schien bergauf zu gehen. Hoffentlich war Wade wirklich ein so guter Mann, wie sie dachte und sie hatte nichts zu befürchten.

Doch als er ihr den Ring an den Finger steckte, spürte sie eine winzige Hoffnung keimen, der Wunsch, den sie schon immer gehabt hatte, möge wahr werden… eines Tages zu heiraten und ein kleines, perfektes weißes Haus zu haben mit einem weißen Lattenzaun davor und einem Schwarm Kinder darin…

Stopp.

Sie schob ihre lächerlichen Gedanken beiseite. Dieser gutaussehende Cowboy war zwar ihr Ritter in glänzender Rüstung, aber er war nicht ihr Märchenprinz. Er war nicht der Mann ihrer Träume; er war nur der Mann des Augenblicks, der zu ihrer Rettung herbeigeritten war. Und bald wieder von dannen reiten würde.

Am besten machte sie sich gar nicht erst irgendwelche romantischen Gedanken über ihn, wenn sie das durchziehen wollte. Doch als er sich zu ihr beugte und sie in seine ernsten, unwiderstehlichen Augen sah, da spürte sie, wie Schmetterlinge in ihrem Bauch herumwirbelten. Als seine Lippen ihre leicht wie eine Feder berührten, da loderte eine winzige

Flamme in ihrem Innerem empor. Eine Flamme, die sie noch nie gespürt hatte.

Sie war benommen, als Wade sich wieder zurückzog, obwohl seine Lippen sie nur kurz berührt hatten. Ihr wurde klar, dass sie trotz bester Absichten in Schwierigkeiten geraten könnte und ihr Kopf begann sich zu drehen.

KAPITEL VIER

Als sie auf dem Highway in Richtung Stonewall unterwegs waren, der Stadt, die der Ranch im Hill Country am nächsten lag, da wusste sie, dass es wunderschön sein würde. Überall in der Nähe des Guadalupe River war die Landschaft wunderschön. Texas' Hill Country war ohnehin atemberaubend, Bäche wechselten sich mit felsigen Hügeln und Klippen ab, die den Blick auf Täler freigaben, in denen sich Flüsse auf ihrem Weg zum Golf ihren Weg gebahnt hatten.

Als sie noch ein Kind gewesen war, hatten sie einmal am Guadalupe Urlaub gemacht und sie konnte sich noch gut daran erinnern, wie kalt das Wasser gewesen war, als sie in ihr Schlauchboot geklettert waren und sich gemächlich flussabwärts hatten treiben lassen. Das war eine ihrer liebsten Familien-Erinnerungen. Sie spürte, wie sich ihre Kehle zuschnürte, als sie daran dachte und konzentrierte sich stattdessen auf die vorbeiziehende Landschaft, um nicht zu weinen. Augenblicklich wanderten ihre Gedanken zu Wades flüchtigem Kuss. Ihre Lippen fühlten sich immer noch warm an. Ihre Tränen versiegten, doch sie schärfte sich selbst ein, nicht darüber nachzudenken. Dies war eine ganz und gar unromantische Situation. Hier ging es nur um Geld – um das Geld und das Land. Nach drei Monaten würde alles vorüber sein und Wades Vertrag hatte unmissverständlich klar gemacht, dass sie die Ehe anschließend auflösen würden.

„Lass diesen Mann nicht in dein Herz", hatte Ginny gesagt. „Denn es wird dich verletzen und das weißt du."

Ginny war sehr unverblümt gewesen und Allie wusste, dass sie recht hatte. Ginny kannte sie schon so lange, sie wusste, dass sie verletzlich war. Sie war immer ihre Beschützerin gewesen, was lächerlich war. Sie brauchte keinen Beschützer. Sie wollte auf eigenen Beinen stehen. Sie wollte ihre eigenen Entscheidungen treffen, wenn es um Männer ging, aber sie hatte ein zu weiches Herz.

Sie schaute aus dem Fenster und sah zu, wie sie Kilometer um Kilometer zurücklegten. Wade schwieg immer noch und sie warf ihm einen raschen Blick zu. Seine Augen waren auf die Straße gerichtet. Seine Hände lagen auf acht und zwei Uhr am Lenkrad. Seinen Hut hatte er tief in die Stirn gezogen und er sah aus, als wäre er tief in Gedanken versunken. Er war so gutaussehend, so reich… plötzlich ging ihr auf, dass sie nicht in seine Welt passen würde. Nicht einmal für drei Monate.

Sie hatte nur an ihre Mutter gedacht und sich um die noch zu erledigenden Dinge gekümmert, sodass sie noch gar nicht richtig begriffen hatte, dass sie soeben einen Milliardär geheiratet hatte. Sie hatte keinen blassen Schimmer, wie sie in sein Leben passen sollte.

Ihr Herz raste. Sie lehnte ihren Kopf zur Seite und legte ihre Hand über ihre Stirn, um ihre Augen etwas abzuschirmen, während sie vorgab zu schlafen. Wenn er glaubte, sie sei eingeschlafen, dann wäre es nicht peinlich, dass sie unterwegs waren und er nicht mit ihr sprach. Oder sie mit ihm. Sie schloss die Augen und bemühte sich darum, sich nicht so zu fühlen, als wäre sie nicht gut genug.

Das war kein neues Gefühl, warum tat es dann diesmal so unerwartet weh?

Wade war den größten Teil der Fahrt über in Gedanken versunken gewesen, daher war er dankbar dafür, dass Allie schlief, denn seit der Hochzeit war er beunruhigt. Genaugenommen seit dem Moment, in dem der Friedensrichter sie zu Mann und Frau erklärt und er Allie geküsst hatte. Er konnte nur noch daran denken, dass sich der Moment, in dem seine Lippen ihre berührt hatten, angefühlt hatte, als stünde er mitten in einem Buschfeuer in der Prärie und alles um ihn herum würde lichterloh brennen. Was für eine schreckliche Analogie, aber in dem Büro war es mit einem Mal ganz heiß geworden und er hatte gegen den Drang kämpfen müssen, seine Arme um sie zu legen, sie an sich zu ziehen und den Kuss zu vertiefen. Da war eine gewisse Chemie zwischen ihnen. Er rief sich ins Gedächtnis, dass sie in drei Monaten nicht mehr seine Frau sein würde und er ihr versprochen hatte, sie nicht auszunutzen. Es würde keine Romanze geben.

Er hatte nicht gedacht, dass es so schwer werden würde, aber dann… dieser Kuss. Dieser eine Kuss und mit einem Mal war alles viel schwieriger als zuvor.

Er fuhr auf den Parkplatz einer Tankstelle, um eine Toilettenpause einzulegen und den Tank aufzufüllen. Er stieg aus dem Truck und hätte am liebsten in Richtung Himmel und Großvater geschrien und gefragt, was er sich bei dem Ganzen gedacht hatte. Aber das tat er nicht. Stattdessen drehte er sich um und sah Allie über den Sitz hinweg an. Er schob die ihn überflutenden Gefühle beiseite, beugte sich dann vor und berührte sanft Allies Schulter.

„Hey, hey – schläfst du? Ich dachte, du willst vielleicht mal aussteigen und zur Toilette gehen. Ich muss ohnehin tanken, daher dachte ich, dann könnten wir auch kurz anhalten. Es dauert noch ungefähr eine Stunde, bis wir die Ranch erreichen. Vorher werden wir aber nochmal anhalten, um etwas zu essen. In Dripping Springs gibt es ein mexikanisches Restaurant, in dem wir essen können. Dort gibt es die besten Fajitas, die ich je gegessen habe, aber ihre Enchiladas sind auch richtig gut. Ich habe eine Schwäche für gutes Texmex. Eigentlich fahre ich immer dort vorbei, wenn ich die Ranch verlasse."

Sie blinzelte ihn an und ihm wurde bewusst, dass er dummes Zeug faselte. Sie hatte nichts erwidert und starrte ihn nur an. In ihren blauen Augen entdeckte er einen Anflug von Sorge. Natürlich war ihm klar, dass es ein paar Tage dauern würde, bis sie sich an die Situation gewöhnt hatten. Es geschah schließlich nicht jeden Tag, dass man einen völlig Fremden heiratete. Ein Mädchen wie Allie hatte so etwas sicher nicht einmal in Betracht gezogen, geschweige denn wusste sie, wie sie damit umgehen sollte, jetzt, wo es tatsächlich passiert war.

„Wie du möchtest. Klingt gut. Ich denke, ich werde mal kurz hineingehen. Vielleicht hole ich mir einen Kaffee."

Er griff in seine Tasche und zog einen Hundert-Dollar-Schein daraus hervor. „Hier, kauf dir, was du möchtest. Vielleicht hole ich mir auch einen Kaffee."

Sie starrte das Geld an. „Nun ja, den hätte ich auch selbst zahlen können, aber danke. Soll ich dir einen Kaffee mitbringen? Ich trinke meinen mit zwei Stücken Zucker und zweimal Sahne. Wie trinkst du deinen?"

Sie sah auch so aus, als würde sie ihren Kaffee gern süß trinken. „Das wäre großartig. Ich trinke meinen schwarz, ganz unverfälscht."

„Okay. Das habe ich mir schon gedacht."

Ohne ein weiteres Wort stieg sie aus dem Truck. Sein geräumiger Ford war ziemlich hoch, daher musste sie das Trittbrett benutzen, um alleine herauszukommen. Er ging zur Zapfsäule hinüber und sah ihr nach, als sie über den Asphalt zu dem kleinen Laden ging. Ihre Hüften bewegten sich sanft und ihr blondes Haar bewegte sich im Rhythmus ihrer Schritte. Er stöhnte. Sie war süß. Sie war hübsch. Er riss seinen Blick von ihr los und wandte sich wieder der Zapfsäule zu. *Kuss hin oder her, das hier war etwas rein Geschäftliches.*

Mit diesen Gedanken im Kopf, schob er seine Karte in das Kartenlesegerät der Zapfsäule und drückte dann mit der Wucht eines rechten Hakens auf die entsprechenden Knöpfe, während er alle Fragen beantwortete, die das Gerät ihm stellte. Schließlich griff er nach dem Stutzen, rammte ihn in den Tank und ließ das Benzin laufen.

Seine Schultern schmerzten vor Anspannung und Frustration. Und das war alles die Schuld seines Großvaters.

Eine Viertelstunde später waren sie wieder unterwegs. Er trank seinen schwarzen Kaffee und sie nippte an ihrem süßen und cremigen Getränk. Sie unterhielten sich immer noch nicht. Die ganze Fahrt über hatten sie nur wenige Worte miteinander gewechselt. Sie hatte meist geschlafen. Er begann sich zu fragen, ob sie vielleicht nachts nicht schlafen konnte oder so. Aber natürlich hatte er selbst in der letzten Nacht auch nicht gerade viel geschlafen.

„Geht es dir gut? Ich meine, du hast noch nicht sehr viel wissen wollen."

„Es geht mir gut, aber ich muss zugeben, dass ich etwas nervös und unsicher bin. Aber wenn wir erst einmal dort sind, dann werde ich bestimmt schnell herausfinden, was ich tun und wie ich mich verhalten soll."

„Du musst gar nichts tun und sei einfach du selbst. Ich erwarte nichts von dir. Ich bekomme, was ich wollte und dass sind die Ranch und das Geld für mich und meine Brüder. Betrachte das einfach als Urlaub. Du siehst ohnehin aus, als könntest du ein bisschen Urlaub gebrauchen, dich mal etwas ausruhen und gar nichts tun. Du siehst müde aus und dabei hast du die letzten vier Stunden geschlafen."

„Ich… ich bin wirklich müde. Letzte Nacht habe ich gar nicht geschlafen. Aber ein Urlaub? Ich werde drei Monate dort sein. Ich kann keinen dreimonatigen

Urlaub machen. Ich kann nicht einmal eine Woche Urlaub machen. Ich muss etwas tun, sonst werde ich verrückt. Ich muss das einfach loswerden. Das meine ich ernst, Wade, du kannst doch nicht wirklich von mir erwarten, dass ich dort bin und gar nichts tue. Ich könnte das Haus putzen."

Darüber hatte er noch gar nicht nachgedacht. „Wir haben eine Haushälterin. Nelda. Sie ist die Frau meines Vorarbeiters Roland. Sie kommt jeden Tag und sorgt dafür, dass alles sauber ist. Dann kocht sie, damit ich abends etwas zu essen habe, wenn ich von der Arbeit komme. Wenn du das Haus putzt, wird sie sich überflüssig fühlen."

„Oh, okay." Allie sah angespannt aus. „Das ist einfach merkwürdig", murmelte sie leise.

Er hatte sie trotzdem verstanden und lächelte. „Allie, wir werden schon etwas finden. Wirklich, mach dir keine Sorgen. Ich meine, wir sind auf einer Ranch. Wenn du eine Aufgabe möchtest, ist das kein Problem, auf einer Ranch gibt es immer etwas zu tun. Man kann vor Sonnenaufgang aufstehen und nach Einbruch der Dunkelheit zu Bett gehen und hat trotzdem nicht alles geschafft. Es ist eine große Ranch. Wir haben Kühe und viele Pferde. Kälber und Fohlen. Und Getreide.

Außerdem haben wir einen sehr großen Pfirsichgarten. Hill Country ist berühmt für seine Pfirsiche, viele Leute halten die Stonewall-Pfirsiche für die besten und daran sind wir nicht unschuldig."

„Wirklich? Ich wusste gar nicht, dass es das alles auf der Ranch gibt. Wie groß ist sie eigentlich?" Sie trank einen Schluck Kaffee und räusperte sich dann. „Es tut mir leid, ich wollte nicht neugierig sein. Du musst das nicht beantworten."

„Ist schon okay. Uns gehört Land in ganz Texas, aber hier besitzen wir mehrere tausend Morgen. Wir sind zwar kleiner als die King Ranch, aber mein Großvater und sein Bruder waren stets sehr ehrgeizig, wenn es darum ging, ihr Land und ihren Reichtum zu mehren, daher ist es eine ganze Menge. Ehrlich gesagt bin ich immer noch damit beschäftigt, mir anzuschauen, was mein Großvater in den letzten Monaten gekauft hat. Manchmal kaufte er ungesehen Dinge, führte aber meist akribisch Buch. Aber nicht immer. Daher stoße ich von Zeit zu Zeit auf Überraschungen – Land, von dem er mir gar nichts erzählt hat. Aber wie dem auch sei, zurück zu einer Aufgabe für dich – wir werden etwas für dich finden."

„Das klingt alles sehr kompliziert. Vielleicht

könntest du etwas Einfaches für mich finden. Ich könnte Pfirsiche pflücken."

„Wir werden gemeinsam eine Lösung finden. Bist du hungrig?" Das mexikanische Restaurant lag direkt am Highway.

„Auf jeden Fall."

Er fuhr auf den Parkplatz und eilte auf ihre Seite des Trucks. Er hatte die Tür für sie öffnen wollen, doch das hatte sie bereits getan und war aus dem Wagen geglitten.

Sie streckte sich. „Ich komme um vor Hunger."

Er lächelte sie an und freute sich darüber, wie gut er mit ihr auskam. Ihm fiel auf, dass er mit ihr bereitwillig über die Ranch gesprochen hatte. Dass er seine Deckung aufgegeben hatte. Das hatte er noch nie einer Frau gegenüber getan. Schon früh hatte er lernen müssen, worauf die meisten Frauen aus waren und dass das nicht sein gutes Herz war.

„Ich auch. Aber ich bin mir sicher, dir wird es hier gefallen."

Ein paar Minuten später saßen sie in einer Nische in der Ecke. Er bestellte süßen und sie ungesüßten Tee.

Er lachte. „Wenn es um unsere Getränke geht, haben wir einen unterschiedlichen Geschmack. Ich mag ungesüßten Kaffee, aber mein Tee muss süß sein. Du trinkst deinen Kaffee süß, aber dafür den Tee nicht."

Sie lachte. „Wie ist es mit Tortillas? Magst du die lieber salzig oder ungesalzen?"

„Salzig."

„Puh, dann können wir uns zumindest die teilen, endlich sind wir uns mal bei etwas einig." Sie griff nach dem Salzstreuer und streute reichlich Salz über die Tortillas.

„Dann werden wir wohl keine Probleme miteinander haben."

Sie lächelten einander an. Jeder griff nach einem Maisfladen und tauchte ihn in die Salsa.

Sie biss in ihren und in den nächsten Minuten waren sie vollauf mit Essen beschäftigt.

„Also, Wade, was von allen Dingen auf der Ranch tust du am liebsten? Oh warte, ich weiß, dass du alles liebst. Aber ich meine, was ist dein Favorit? Was lässt dein Herz am Höchsten schlagen?"

Wade hörte auf zu essen und starrte Allie an. Ihre großen Augen suchten seine und sie beugte sich mit den Ellbogen auf dem Tisch nach vorn, ganz offensichtlich war sie wirklich an dem interessiert, was er sagen würde.

„Ich…" Er wollte antworten, doch dann starrte er sie nur an und schüttelte den Kopf. „Das willst du wirklich wissen?"

Sie sah ihn ungläubig an und lächelte dann breit, ihre Augen tanzten. „Ja, das möchte ich. Sicher magst du irgendetwas am Meisten."

„Ich liebe Viehtriebe. Ich mag das Gefühl, mich ein wenig in die Vergangenheit zurückversetzt zu fühlen, wenn wir im Schlafsack unter dem Sternenhimmel schlafen. Man hört gelegentlich Geräusche von den Rindern, die Grillen zirpen und in der Ferne erschallen die wilden Rufe von Kojoten. Auch mein Großvater hat das am meisten geliebt." Er lächelte Allie an und spürte, dass sich plötzlich ein Kloß in seiner Kehle bildete. Er schluckte. „So reich er auch war, er hat an so vielen Viehtrieben wie möglich teilgenommen. Wir sind nur wenige Tage bevor er starb, von einem zurückgekehrt."

Er hatte seine Hand auf den Tisch neben den Teller mit den Tortillas gelegt, denen sie beide keine Beachtung mehr schenkten. Allie legte ihre warme Hand sanft auf seine und ihre Blicke trafen sich. Und er fühlte plötzlich, dass sie verstand.

Ihre hübschen Mundwinkel glitten nach oben. „Es ist schwer. Aber du hast viele gute Erinnerungen an ihn. So wie ich an meinen Vater. Aber…" Sie seufzte. „Ich vermisse ihn trotzdem. Ich bin froh, dass du deine Ranch nicht verlierst."

Was sollte er darauf nur antworten? „Ich auch. Dank dir."

KAPITEL FÜNF

Aufmerksam betrachtete Allie die Ausläufer des Landes, das zu Wades Ranch gehörte. Ihre Neugier auf ihren frisch angetrauten Ehemann und seine Familie war geweckt und sie konnte nicht anders, als ihre Umgebung gespannt in Augenschein zu nehmen. Die Landschaft war wunderschön. Hill Country Land. Yaupon-Bäume und Blaue Wiesenlupinen wuchsen vereinzelt auf den umliegenden Weiden. Sie entdeckte die atemberaubenden Ausläufer der Felsen, die in der Ferne das Flussufer begrenzten. Diese Gegend unterschied sich von den Teilen von Texas, in denen sie bisher gewesen war. Sie hatte Bilder dieses Landstriches gesehen, war aber noch nie in diesem Teil des Staates gewesen. Texas war groß.

Der Weg, der an den Weiden vorbeiführte, bestand aus weißem Kies, der offensichtlich hierhergebracht worden war. Die Aussicht war schön.

Als das Haus in Sicht kam, musste sie den Drang unterdrücken, nach Luft zu schnappen.

Als hätte er ihre Gedanken gelesen, sagte Wade: „Mein Großvater hat das Haus vor ungefähr zwanzig Jahren für meine Großmutter gebaut. Anfangs war es mir etwas zu groß, aber ich habe mich daran gewöhnt. Ich hoffe, dir gefällt es hier. Und wie ich schon sagte, du wirst dein eigenes Zimmer haben, denn in diesem Haus gibt es eine Menge Schlafzimmer."

„Ja, ich verstehe, was du meinst. Es ist riesig. Weitläufig ist wahrscheinlich das richtige Wort."

Er lachte. „Weitläufig. Ja, das passt." Er fuhr in den Hof und parkte den Wagen.

Sie sprang aus dem Truck und wartete nicht darauf, dass er herüberkam und die Tür für sie öffnete. Das hatte er früher bereits versucht, aber auch bei dieser Gelegenheit war sie schneller als er gewesen. Sie war nicht daran gewöhnt, dass man dies für sie tat und sie wollte sich auch nicht daran gewöhnen.

Er kam um den Truck herum und stemmte die Hände in die Hüften. „Du warst schon wieder schneller."

„Tut mir leid."

Sein Lächeln sorgte dafür, dass sich ihr Puls beschleunigte. „Komm, ich zeige dir dein Zimmer. Deine Koffer bringe ich später rein. Du bist sicher müde und möchtest dich ausruhen."

„Stimmt, aber ich werde auch nicht sofort umfallen, nachdem wir eingetreten sind."

Er lachte. „Wir werden sehen. Um diese Zeit wird außer uns ohnehin niemand mehr da sein."

Das Haus war riesig. Es war eines jener vom Western Lifestyle inspirierten, maskulinen Häuser mit hohen Gewölbedecken und riesigen Balken. Der Kamin im Wohnzimmer war gewaltig. Genauso wie die Treppe, die in den ersten Stock führte. Die Küche sah aus, als wäre sie eins zu eins einer Zeitschrift entnommen worden.

„Das alles ist unglaublich."

Wade drehte sich um und betrachtete den Raum. „Ja, es hat schon was. Es ist vielleicht ein bisschen höhlenartig, seitdem nur noch ich hier lebe. Als wir Kinder waren, war es anders. Ich bin mehrmals am Tag dieses Geländer heruntergerutscht. Meine Brüder auch. Großvater hat es geliebt."

Sie stellte sich vor, wie er das Geländer herunterrutschte. Es war hoch und sah gefährlich aus. Sie stellte sich vor, wie er auf dem Weg nach unten ein paar Mal „Juhu" rief. Sie lächelte. „Als Mutter hätte ich fürchterliche Angst."

„Die hatte meine Mutter wirklich."

Wade zeigte ihr den Raum, in dem sie schlafen würde. Er lag seinem Zimmer gegenüber. Er erklärte ihr, dass er ihre Sachen in sein Zimmer bringen würde, weil sie zwar getrennt schlafen würden, das aber niemand zu wissen brauchte.

Es war merkwürdig, als er darüber sprach, aber sie hoffte, dass es am nächsten Morgen schon weniger komisch wäre. Es würde merkwürdige Momente geben – daran führte kein Weg vorbei. Aber seltsamerweise vertraute sie ihm. Sie hatte ihm von Anfang an vertraut. Er brachte ihre Sachen herein und stellte sie in sein Zimmer. Anschließend nahm sie die Dinge, die sie brauchte, duschte und kletterte dann in das große Bett. Ihr Körper sank in die weiche Matratze und sie seufzte. „Was für ein Tag."

Sie hatte wirklich geheiratet. Wirklich der Reha-Einrichtung einen Scheck ausgestellt, der die Kosten für die Verlegung ihrer Mutter decken würde und nun war sie hier. Vor der Hochzeit hatte sie noch einmal ihre Mutter besucht, nicht dass diese wach gewesen wäre oder sie erkannt hätte. Seit dem Unfall war sie jeden Tag im Krankenhaus gewesen und nun würde sie jeden Tag anrufen, da sie nicht selbst würde kommen können. Sie fühlte sich schrecklich, weil sie nicht dort sein würde, aber wenn sie Wade nicht geheiratet hätte, dann würde ihre Mutter nicht die Pflege bekommen, die sie brauchte. Wade hatte gesagt, er würde sie jederzeit einfliegen lassen, wenn sie sie sehen wollte. Sie hatte alles getan, was sie tun konnte.

Und das alles war nur möglich wegen Wade McCoy, ihrem Ehemann. Die letzten zwei Tage waren verrückt und unglaublich gewesen. Aber als sie nun so dort lag und an den nächsten Tag dachte, da erfüllte sie Aufregung. Sie würde positiv in die Zukunft schauen. Sich Mühe geben, die kurze Zeit zu genießen, die sie hier verbringen würde… und sie würde nicht einen Augenblick daran zweifeln, dass ihre Mutter aus dem Koma erwachen würde.

Am nächsten Morgen stand Wade früh auf und ging in die Scheune, um nach seinen Tieren zu sehen.

Clay, der sein Freund und seine rechte Hand war, kam in die Scheune geschlendert. „Guten Morgen, Boss“, sagte er und grinste. „Wie ich sehe, bist du zurück. Hast du auf der Viehausstellung neue Tiere für uns gefunden?“

„Habe ich tatsächlich. Sie hatten ein paar wirklich gute Bullen. Sie werden nächste Woche hierhergebracht. Bis dahin müsst ihr soweit sein.“

„Oh, wir sind bereit. Alles ist fertig. Die Zuchtpläne stehen.“

„Gut. Clay, ich habe geheiratet. Und ich habe meine Braut mitgebracht.“

Clay blinzelte ihn überrascht an. Damit hatte er offenbar nicht gerechnet. „Was sagst du?“

„Du hast mich schon verstanden. Ich habe geheiratet. Ich wollte dich nur vorwarnen und vielleicht kannst du nachher, wenn ihr mit den Kühen arbeitet, dafür sorgen, dass alle erfahren, dass meine Frau von jetzt an mit mir im großen Haus lebt. Sie heißt Allie. Sie ist großartig.“

„Ich habe noch nicht einmal gewusst, dass du dich mit jemandem triffst.“

„Das habe ich auch nicht. Nun ja, du kennst die Klausel des Testaments und weißt, dass meine Zeit beinahe abgelaufen war." Nicht jeder auf der Ranch wusste über die Details des Testaments Bescheid, aber Clay war neben seinen Brüdern sein engster Vertrauter. Also wusste er es. Und Clay wusste, wie misslich seine Lage gewesen war.

„Wow, du hast es geschafft. Ich weiß nicht, wie du sie überzeugt hast, dich zu heiraten, aber ich hätte an dich glauben sollen."

„Ich habe auch nicht mehr gedacht, dass ich es schaffen würde, aber Allie hatte ihre eigenen Gründe und war einverstanden, mir zu helfen."

Clay kniff skeptisch die Augen zusammen. „Was ist sie für eine Art Mensch, so etwas zuzustimmen?"

„Sie ist ein guter Mensch. Ein wirklich guter Mensch. Sie befand sich in einer misslichen Lage. Das Schicksal hat uns zusammengeführt. Sie bekommt, was sie braucht und ich bekomme, was ich gebraucht habe."

„Ich bin beeindruckt. Und glücklich für dich und uns andere Cowboys, dass wir unsere Jobs behalten werden. Wie haben Todd und Morgan die Nachricht aufgenommen?"

„Sie wissen es noch nicht. Die einzigen Menschen, die Bescheid wissen, sind du, Nelda und mein Anwalt. Ich rufe sie später an und sage es ihnen. Sie werden sich freuen."

Zumindest nahm er an, dass sie sich freuen würden, auch wenn sie verärgert gewesen waren, weil ihr Großvater ihm so etwas aufgezwungen hatte.

Als Allie am nächsten Morgen erwachte, schob sie das verzagte Gefühl beiseite, dass sie erfüllte. Während sie sich rasch anzog, nahm sie erneut den hübschen Anblick, den das Zimmer bot, zur Kenntnis. Sie dachte daran, wie verrückt es war, dass sie gewissermaßen in diesem Zimmer kampierte. Wade hatte ihr erklärt, dass es nicht Teil des Testaments war, dass sie die Ehe tatsächlich vollzogen, aber sie sollten sich ein Zimmer teilen. Er wusste nicht, ob nicht irgendjemand vorbeikommen würde, um die Schlafsituation zu überprüfen. Da er inzwischen gar nicht mehr wusste, was er von seinem Großvater halten sollte, zog er es vor, dass es zumindest so aussah, als würden sie sich an alle Bedingungen des Testaments halten.

Allie fand, dass alles den Anschein erweckte, als wäre Wades Großvater verzweifelt gewesen. Sie stimmte Wade zu, dass er ihm hatte helfen wollen, sich zu verlieben und dass drei Monate wahrscheinlich ausreichten, damit zwei Menschen herausfinden konnten, ob sie verliebt waren oder nicht. Sie fand das alles sehr seltsam, bewunderte Mr. McCoy aber auch dafür, dass er versucht hatte, seinem Enkel zu helfen, eine Frau zu finden oder zumindest jemanden, mit dem er sein Leben verbringen konnte. Sie hatten beide spekuliert, dass er gedacht hatte, dass sie nach drei Monaten wissen würden, ob sie miteinander auskamen oder nicht. Sie hoffte nur, dass sie und Wade drei Monate im selben Haus leben konnten. Sie stellte sich Ginny in derselben Situation vor, glaubte aber nicht, dass es funktionieren könnte. Außer es herrschten starke Gefühle zwischen den beiden, denn Ginny hatte ihren eigenen Kopf und entweder liebte oder hasste man sie. Das hätte ein solches Arrangement umständlich und noch schwieriger gemacht. Sie lachte, als sie sich selbst bei diesen Gedanken ertappte. Ginny würde so etwas nie passieren. Sie hätte sich nie auf etwas derart Verrücktes eingelassen. Außerdem besaßen ihre Eltern ein Weingut, für das sie unverzichtbar war.

Allie sammelte ihre Sachen ein und sah sich dann in dem Raum um, um sicherzustellen, dass er genauso aussah, wie am Abend zuvor. Dann spähte sie aus der Tür und schlich über den Flur zu Wades Zimmer. Er hatte gesagt, sie solle einfach hineingehen, er würde früh aufstehen und in den Ställen oder seinem Büro sein und wenn sie ihn brauchte, würde sie ihn an dem einen oder dem anderen Ort finden. Frühstück würde sie unten in der Küche bekommen und wahrscheinlich würde sie dort Nelda treffen. Als sie die Tür zu seinem Schlafzimmer öffnete, beschlich sie ein merkwürdiges Gefühl. Er hatte ihr am vergangenen Abend den Kleiderschrank gezeigt und gesagt, er würde etwas Platz für sie schaffen und dass in dem begehbaren Kleiderschrank ausreichend Platz für ihrer beider Sachen war. Er hatte nicht zu viel versprochen. Der Schrank war riesig.

Neugierig sah sie sich im Zimmer um und fühlte sich wie ein Eindringling, kam aber nicht umhin, erneut zu bemerken, wie hübsch alles aussah. Das Zimmer war groß und maskulin und das hellbraune und rote Farbschema, dass sie zur Kenntnis nahm, war unaufdringlich, aber schön. Es war offensichtlich, dass es keine Frau in Wades Leben gab. Der Sitzbereich neben dem Kamin bestand zu einem Großteil aus Leder. Es gab eine Doppeltür, die auf eine private

Terrasse hinausführte. Der Raum war wirklich wundervoll und sie stellte ihn sich mit wärmeren Tönen und einer etwas romantischeren Note vor. *Stopp.* Sie sollte nicht über solche Dinge nachdenken, denn sie würde nicht bleiben.

Sie musste einfach zu der Doppeltür gehen und diese öffnen. Sie trat auf die Terrasse und genoss die Aussicht. Das Haus stand auf einem abfallenden Stück Land, sodass Stufen von der Terrasse den allmählich abfallenden Hügel hinunterführten. Sie sah Weideland und entdeckte den Fluss in der Ferne. Es war wunderschön und sie nahm graue und schwarze Rinder zur Kenntnis. Vielleicht Brahman oder Brangus Rinder, texanische Züchtungen, über die sie schon häufig Leute hatte reden hören… auch wenn sie nicht wusste, wie sich die einen von den anderen unterschieden – waren das die, die so etwas wie einen Höcker auf dem Rücken hatten? Die Tiere auf Wades Weiden hatten einen Höcker auf den Schultern.

Sie beschloss, dass sie sich in der Zeit, die sie hier verbrachte, über die verschiedenen Aspekte des Lebens auf einer Ranch informieren würde. Dazu hatte sie bisher nie einen Grund gehabt. Aus dem Augenwinkel nahm sie eine Bewegung war und richtete ihre

Aufmerksamkeit auf die Gebäude. Sie entdeckte eine Scheune und etwas, von dem sie annahm, dass es der Stall war. Wade unterhielt sich mit ein paar Cowboys. Aus dieser Entfernung unterschied er sich kaum von den anderen beiden Männern, aber obwohl sie sein Gesicht nicht sehen konnte, bemerkte sie überrascht, dass sie ihn an seiner Haltung und seinem Gang erkannte. Er hatte seinen Hut tief in die Stirn gezogen. Er trug abgewetzte Jeans, die vorn zerknittert waren – selbst aus dieser Entfernung erkannte sie, dass sie gebügelt worden waren. Sie sahen aus, als würden sie sich samtweich anfühlen, wenn man sie berührte, doch dem wäre nicht so; dieser Eindruck entstand, wenn man Jeans wieder und wieder trug und sie beständig stärkte, sodass sich die Stärke quasi in das Material einbrannte, was ihnen dieses Aussehen verlieh. So sahen Cowboys aus, die es sich leisten konnten, jemanden dafür zu bezahlen, dass er täglich ihre Wäsche wusch. Nicht jeder konnte sich das leisten und nicht jeder Cowboy verfügte über diesen Luxus, daher hätte sie ahnen können, dass er nicht ganz unvermögend war, als sie ihn das erste Mal in der Raststätte gesehen hatte. Doch sie war zu beschäftigt gewesen, um solch winzige Details zur Kenntnis zu nehmen.

Trotzdem verriet nichts an seinem damaligen oder dem heutigen Auftreten, dass Wade McCoy ein milliardenschwerer Cowboy war. Der Mann hatte an einer Raststätte angehalten, um einen Kaffee zu trinken, um Himmels Willen.

Irgendetwas schien seine Aufmerksamkeit erregt zu haben, denn er sah sich um, so als würde er nach etwas suchen. Es kam ihr so vor, als würde er sie direkt anschauen. Sie spürte seinen Blick auf sich ruhen und ihr Herz begann augenblicklich zu rasen. Er hatte sie wirklich gesehen, denn nun hob er grüßend seine Hand und tippte sich an den Hut. Merkwürdig atemlos hob sie eine Hand und winkte zurück, mit einem Mal fühlte sie sich äußerst unbeholfen und unsicher. Er wusste jetzt, dass sie in seinem Zimmer und auf seiner Terrasse gewesen war. Neben der Terrasse befand sich eine Wand, die diesen Bereich etwas gegenüber dem Rest abschirmte. Wäre sie nur ein paar Schritte näher an der Tür geblieben, dann hätte er sie nicht sehen können. Aber nein, sie war aus dem Haus gegangen und zum Rand der Terrasse geschritten, wo sie jeder sehen konnte, der draußen war. Sie sagte sich, dass sie nicht so befangen zu sein brauchte, als sie sich umdrehte und zurück in den Raum ging und die Tür vorsichtig schloss. Er hatte ihr erlaubt, diesen Raum zu betreten und das hatte sie getan. Sie hatte sich nur etwas umgeschaut.

Trotzdem war dies sein eigener privater Bereich, was der Grund dafür war, dass sie sich selbst aufdringlich vorkam. Sie war zwar mit ihm verheiratet, aber kein wirklicher Teil von alldem… es war nicht so, als wenn sie ein glücklich verheiratetes Paar wären.

Sie verließ das Schlafzimmer und ging den Weg zurück, den sie in der vorherigen Nacht gekommen war, bis sie sich wieder in der großen Küche befand. Eine etwa fünfzigjährige Frau hielt sich darin auf. Sie hatte kurzes blondes Haar, ihr schlanker Körper steckte in Jeans, Stiefeln und einem farbenfrohen T-Shirt. Sie wirbelte herum, als sie hörte, dass Allie die Küche betrat.

„Guten Morgen, Allie." Ein herzliches Lächeln erschien auf ihrem Gesicht und die sonnengebräunte Haut kräuselte sich von den Wangen bis zu den Augenwinkeln. „Ich bin Nelda, Wades Haushälterin. Es freut mich, dir gratulieren zu können. Wade hat mir erzählt, dass ihr gestern geheiratet habt. Ich bin so aufgeregt. Ich will, dass du weißt, dass du mir

Bescheid sagen kannst, wann immer du etwas brauchst. Ich bin mit dem Vorarbeiter verheiratet – das hat er dir bestimmt erzählt. Roland ist schon seit langer Zeit der Vorarbeiter hier. Auch er wird begeistert sein. Er und Wades Großvater waren gute Freunde und er sagt immer, dass J.D. – das ist Mr. McCoys Vorname, falls du das nicht wusstest – immer wollte, dass seine Jungen heiraten. Diese Ranch ist ein wunderbarer Ort, um hier zu leben und eine Familie zu gründen."

Nelda war ungefähr so alt wie ihre Mutter und Allie mochte sie auf Anhieb, fragte sich aber, ob sie über das Testament Bescheid wusste. „Danke. Ich freue mich darauf, mich umzusehen. Ich werde gleich Erkundigungen anstellen, dachte aber, dass ich vorher eine Tasse Kaffee trinken könnte."

Unverzüglich wandte sich Nelda der Kaffeemaschine zu, griff nach einer roten Tasse und füllte sie mit Kaffee. „Hier steht immer Kaffee und auch Milch und Zucker. Wade hat mir erzählt, wie du deinen Kaffee magst, daher habe ich alles vorbereitet. Du solltest alles, was du brauchst, in der Speisekammer oder dem Kühlschrank finden, aber wenn dir etwas fehlt, dann sag einfach Bescheid und ich besorge es im Supermarkt. Auf dem Herd stehen

Eier und Speck. Ich kann dir aber auch ein Omelett oder Pfannkuchen machen, wenn du das vorziehst. Wenn du Lust auf selbstgemachte Kekse hast, es sind welche im Ofen. Soll ich dir einen Teller bringen?"

Das war, gelinde gesagt, überwältigend. Allie war diejenige, die Menschen bediente, nicht umgekehrt. „Ähm, das ist sehr nett. Ich würde etwas Speck nehmen, aber eigentlich habe ich kaum Hunger. Ich denke, ich werde in die Scheune gehen, aber vorher esse ich etwas Speck und trinke den Kaffee. Und wenn ich zurückkomme, dass esse ich einen der Kekse." Nelda hatte sich so viel Mühe gegeben, da wollte sie ihre Gefühle nicht verletzen.

„Großartig. Ich werde alles zum Warmhalten in den Ofen stellen. Benötigst du Hilfe beim Auspacken oder etwas Anderem?"

Erneut konnte Allie nicht einschätzen, wie viel Nelda über ihre Ehe mit Wade wusste. Wusste sie, dass es nur darum ging, das Erbe zu bewahren? Sie entschied, dass Nelda es nicht zu wissen brauchte, wenn das denn möglich war. „Nein, danke, das kann ich selbst tun, aber es war wirklich nett, dich kennenzulernen. Ich bin sicher, dass ich mich gut einleben werde."

Nelda lächelte herzlich. „Das hoffe ich. Ich bin aufgeregt wie ein Pfirsichkuchen, darüber, dass du hier bist."

Allie bemerkte, dass sie sich auch darüber freute, dass sie hier war, egal wie merkwürdig sich das Ganze anfühlte. Aber zum ersten Mal seit ihrer Hochzeit spürte sie einen winzigen Anflug von Schuld, weil sie nicht ehrlich in Bezug auf die ganze Situation gewesen war. Was würde Nelda wohl über sie denken, wenn sie herausfand, dass Allie Wade nur wegen seines Geldes geheiratet hatte?

KAPITEL SECHS

Wade beobachtete sein Pferd, das voller Vorfreude auf den anstehenden Ausritt von links nach rechts tänzelte. Er lachte und führte den großen Rotbraunen ins Freie.

„Gedulde dich noch etwas, Bay Boy. Es geht gleich los. Vorher muss ich aber noch mal in der Küche vorbeischauen."

Er musste Allie sagen, wo er hinwollte und sicherstellen, dass es ihr gut ging. Er hatte sie auf der Terrasse stehen sehen, als er zum Haus geschaut hatte. Selbst aus der Ferne hatte er ihr blondes Haar im Sonnenschein schimmern sehen und ihren beinahe etwas zu schlanken Körper betrachtet. Trauer. Stress. Sorge. Jede einzelne dieser Emotionen konnte dazu geführt haben, dass sie ihren Appetit verloren hatte und er fragte sich, ob sie deswegen so dünn war. Sie sorgte sich um ihre Mutter und musste den plötzlichen Tod ihres Vaters verarbeiten und auch die finanzielle Belastung mochte dafür gesorgt haben, dass sie so zerbrechlich aussah. Die Intensität des plötzlich in ihm aufwallenden Beschützerinstinktes überraschte ihn. Und dann kam der Blitzeinschlag.

Vor ein paar Jahren hatte er in der Nähe eines Baumes gestanden, als in diesen ein Blitz eingeschlagen war. Elektrische Energie war zischend durch ihn hindurchgefahren und hatte dafür gesorgt, dass die Härchen in seinem Nacken zu Berge gestanden hatten. Genauso hatte er sich am Morgen gefühlt, als er gespürt hatte, dass er beobachtet wurde und Allie in der morgendlichen Sonne hatte stehen sehen, als er zum Haus geschaut hatte.

Zuerst war er unfähig gewesen, sich zu bewegen. Er hatte sie nur angestarrt, als das Summen elektrischer Energie durch ihn hindurchzischte. Und dann hatte er seine Hand gehoben und sich an den Hut getippt.

Er war zu weit von ihr entfernt gewesen, um ihre Augen deutlich zu sehen, doch dass sie auf ihn gerichtet waren, hatte er spüren können. Er hatte sie deutlich vor sich gesehen: groß, halb vertrauensvoll, halb vorsichtig blickend. Und als sie dann ebenfalls eine Hand erhoben hatte, um zurückzuwinken, da hatte er die Funken bis in seine Zehen hinab spüren können.

Er bemühte sich darum, die Anziehung, die er empfand, zu ignorieren. Er wusste nur zu gut, dass Frauen meist nicht so waren, wie sie auf den ersten Blick erschienen. Er würde gern glauben, dass Allie genau das war, was sie zu sein versprach, aber er war so oft enttäuscht worden, dass er es nicht glauben mochte.

Und dann war da noch die Tatsache, dass er seinen Großvater wirklich geliebt hatte, er sich aber von niemandem vorschreiben lassen wollte, wie er sein Leben zu führen hatte. Auch nicht von seinem Großvater.

„Du hast es besser drauf mit den Mädels, Bay Boy", sagte er leise, als das Pferd ihn anstieß und aus seinen dunklen Augen anstarrte. „Ich wäre für einen Rat dankbar. Mein Glück sollte nicht von einer Frau abhängig sein." *Er sprach mit seinem Pferd über seine Frau.* Und als hätte er sie mit seinen Gedanken heraufbeschworen, kam sie plötzlich um die Ecke der Scheune gelaufen. Sie sah ausgeruht und hübsch aus und sein Herz geriet unwillkürlich aus dem Takt, als er ihr in die Augen sah.

Er brachte seine wildgewordene Libido wieder unter Kontrolle und bemühte sich darum, sie gedanklich nicht zu nah an sich heranzulassen. Sie war wunderschön und diese Augen schienen direkt nach seinem Herzen zu greifen. Nein, nicht nach seinem Herzen – seinem… Geist. Sein Herz und sein Kopf lagen etwa dreißig Zentimeter weit auseinander. Es war definitiv der Kopf, den sie ihm verdrehte.

Er hatte noch nie so heftig auf eine Frau reagiert. Aber vielleicht lag das auch an der ganzen Situation. Vielleicht war es das. Auf jeden Fall konnte Allie nichts dafür, dass sie diese seltsame Wirkung auf ihn hatte, daher lächelte er und bemühte sich um ein normales Verhalten. Sie war hier, weil sie beide eine Vereinbarung hatten und er sollte freundlich zu ihr sein, auch wenn er mit sich selbst hart ins Gericht gehen musste.

„Guten Morgen, Sonnenschein. Wie ich sehe, bist du früh aufgestanden. Ich nehme an, du hast deine Sachen wieder zurück in mein Zimmer gebracht? Von dort oben hat man eine gute Aussicht, nicht wahr?"

„Die Aussicht ist wunderschön. Atemberaubend. Der Guadalupe fließt direkt durch deinen Hinterhof.

Das ist einfach cool.“

„Eigentlich ist es der Pedernales.“

„Oh, naja man sieht, dass ich noch nicht oft in dieser Gegend war.“

„Es gibt hier viele Flüsse, aber der Guadalupe ist der bekannteste.“

„Nun, das Entscheidende ist doch, dass dein Großvater eine gute Wahl getroffen hat. Es ist einfach wunderschön hier. Atemberaubend. Ich kann verstehen, warum du es so liebst.“

Er starrte sie an, nahm ihre funkelnden Augen und unverhüllte Aufregung zur Kenntnis. Er liebte dieses Land und es gefiel ihm, dass sie es auch um seiner selbst willen mochte. Und nicht, weil riesige Mengen Öl unter ihm schlummerten. Schwarzes Gold hatte es sein Großvater genannt.

„Texas ist ein Sammelsurium verschiedener Landschaften, die sich über die fünf Regionen erstrecken. Diese Gegend weist Elemente von ihnen allen auf. Hast du gut geschlafen?“

Ihr Blick wanderte zu ihm. „So gut es eben möglich war. Die verschiedenen Aspekte dessen, wozu ich mich verpflichtet habe, sind immer wieder durch meinen Kopf geschwirrt. Mein Gehirn ist einfach nicht zur Ruhe gekommen, aber irgendwann im Laufe der Nacht bin ich dann doch eingeschlafen. Ich habe Nelda kennengelernt, sie ist sehr nett. Ich bin es nur nicht gewöhnt, dass jemand mich bedient."

„Sie drängt dich zu nichts. Ich mag das auch nicht, aber so muss ich mich nicht selbst ums Essen kümmern. Sie stellt alles in den Kühlschrank oder lässt es auf dem Herd, damit ich mich selbst bedienen kann."

„Was hast du vor?" Sie sah von ihm zu seinem Pferd.

Sie war nervös und er verstand das. Sie wollte das Gespräch in eine andere Richtung lenken, weg von ihrem Schlafmangel. Er sah den schwachen purpurnen Streifen unter ihren Augen und hätte auch ohne ihre Erklärung gewusst, dass sie nicht gut geschlafen hatte.

„Es sieht so aus, als würdest du ausreiten", sagte sie, als er ihre Frage nicht beantwortete.

„Genau. Ich war fast eine ganze Woche lang weg, daher muss ich raus und nach den Cowboys sehen, die heute mit den Rindern arbeiten. Normalerweise nehme ich dazu einen Wagen mit Allradantrieb oder den Truck, aber da ich seit ein paar Tagen nicht geritten bin, habe ich mich für Bay Boy entschieden. Wir können beide etwas Bewegung gebrauchen. Ich muss zu einem Zaun auf der Nordweide, der von einer Firma repariert wurde, die wir zum ersten Mal engagiert haben und ich möchte einen Blick darauf werfen und sehen, ob ich sie für weitere Arbeiten anheuern möchte. Ich will nicht, dass sie weitere Arbeiten erledigen, wenn sie keine gute Arbeit leisten. Möchtest du mitkommen?" Die Frage war heraus, bevor er selbst begriffen hatte, dass er sie stellen wollte.

„Nun, ähm, ich hasse es, das zugeben zu müssen, aber obwohl ich mein gesamtes Leben in Texas verbracht habe, weiß ich kaum etwas über Rinder und das Leben auf einer Ranch. Ginny weiß solche Dinge. Sie kennt den Unterschied zwischen einer Kuh und einem Bullen." Sie lachte und sah verlegen drein.

Sie war süß. „Den kennst du doch sicher auch?"

Sie wurde rot. „Nun, das ist die Preisfrage. Über das meiste bin ich mir im Klaren, denke ich."

Er war sich nicht sicher, ob sie einen Scherz gemacht hatte oder nicht, daher wollte er nicht lachen – aber als sie nun ihr Gesicht auf eine äußerst süße Art und Weise verzog und lachte, da musste auch er lachen.

Sie blickten einander an und ein Gefühl der

Kameradschaft hing für einen Moment in der Luft. Es fühlte sich gut an.

Schließlich sagte er: „Bullen haben eine Ausstattung, die Kühe nicht haben und Kühe haben eine Ausstattung, die Bullen nicht haben. Der Unterschied ist recht eindeutig. Und deutlich sichtbar. Du hast einen Witz gemacht, oder?"

Sie nahm die Farbe einer reifen Erdbeere an. Er hasste es, dass er sie in Verlegenheit gebracht hatte, aber auf einer Ranch wurde viel gezüchtet, sodass es ein häufiges Thema war.

„Nun ja, ich war nicht vollkommen ernst", sagte sie. „Aber aus irgendeinem Grund… habe ich lange Zeit nicht gewusst, dass Kühe Hörner haben können. Ginny hat mich darüber aufgeklärt, dass dies ein Merkmal ist, das sowohl männliche als auch weibliche Rinder aufweisen können. Das war mir nicht klar."

Er spürte wieder diese Spannung, die zwischen ihnen hin und herging. Er schob sie beiseite und konzentrierte sich auf ihre Unterhaltung. „Nun, Ginny hat recht. Woher weiß sie so etwas?", wollte er wissen, denn er war neugierig auf die Frau, die Allies Freundin war und so ganz anders als sie.

„Sie ist auf einem Weingut aufgewachsen. Ihre

Familie besitzt auch ein paar Rinder, was ihrer Meinung nach ihre Liebe zu Cowgirl-Hüten rechtfertigt. Sie sammelt sie und versucht beständig, mich davon zu überzeugen, auch einen zu tragen, aber ich mag keine Hüte und trage nie einen. Ich habe immer das Gefühl, dass sie mein Gesicht irgendwie zusammendrücken und dass es nicht gut aussieht. Und ein Mädchen muss tun, was es kann."

Er dachte, dass sie gut aussehen würde, egal was sie sich auf den Kopf setzen würde, sagte das aber nicht. Allie und Ginny waren grundverschieden. Es war schwer, sich die beiden als beste Freundinnen vorzustellen.

„Was ist mit dem Ausritt? Du hast gar nichts dazu gesagt."

„Du willst wirklich, dass ich mitkomme?", fragte sie ungläubig. „Du musst arbeiten, ich könnte dir in die Quere kommen."

Sein Magen zog sich zusammen und er erkannte, dass er wirklich wollte, dass sie mit ihm kam.

„Ja, das will ich. Du wirst drei Monate hier sein und wie du selbst gesagt hast, wirst du dich irgendwann langweilen und etwas tun wollen. Daher wäre es am besten, wir nutzen die Chance und ich zeige dir die Ranch. Vielleicht entdeckst du unterwegs etwas, dass dich interessiert und das du gern tun würdest."

„Also ich möchte keine Zäune reparieren."

Er lachte. „Du bist lustig. Wir werden schon etwas finden. Ich selbst würde mich auch zu Tode langweilen, wenn ich den ganzen Tag nur herumsitzen würde. Wahrscheinlich würde ich verrückt werden."

Ihre Lippen zuckten. „Ich wusste, dass du das so empfinden würdest. Ich wette, du arbeitest von morgens bis abends."

„Und ich liebe jede Minute."

„Das habe ich mir gedacht." Sie fuhr sich mit einer Hand durch ihr volles Haar und sah Bay Boy argwöhnisch an. „Kannst du mir eins geben, bei dem nicht die Gefahr besteht, dass es durchdreht? Ich habe eine sehr klare Vorstellung in meinem Kopf von mir auf einem durchgehenden Pferd, dass über die Weiden rennt, während ich mich kaum darauf halten kann, während du mir nachjagst um mich zu retten, bevor das Pferd und ich die Klippen erreichen."

Er starrte sie an und stellte sich die Szene vor, die sie gerade beschrieben hatte. „Du schaust zu viele Filme."

Sie lachte. „Hey, das passiert aber auch wirklich in jedem. Das, oder eine Abwandlung davon. Versprichst du mir, dass das nicht geschehen wird? Ich meine, der Guadalupe – nein, der Pedernales – fließt dort entlang. Außerdem gibt es ein paar Klippen.“

Er schüttelte den Kopf und grinste sie an. Tatsächlich tat er das häufig, seit er sie geheiratet hatte. „Ich verspreche dir, dass wir diesen Klippen, die du in der Ferne sehen kannst und die zu meinem Land gehören, nicht allzu nahekommen. Wir werden den Fluss nicht überqueren. Ich werde kein Risiko eingehen, dass deine Vorstellung Wirklichkeit wird. Auch wenn Ladybug so etwas niemals in den Sinn käme. So heißt das Pferd, das du reiten wirst. Ich glaube, sie würde nicht einmal scheuen, wenn sie eine Biene unter dem Sattel hätte. Wie klingt das?“

„Tatsächlich klingt es romantisch. Du weißt schon, wie in den alten Western, in denen der Held das Fräulein in Nöten von dem durchgehenden Pferd rettet oder aus der Postkutsche, die auf die Zerstörung zusteuert.“

Sie war lustig. „Du hast eine rege Vorstellungskraft.“

„Ich weiß. Ich war schon immer ein Bücherwurm.

Als ich heranwuchs, habe ich meine Nase so oft wie möglich in Büchern vergraben."

„Das klingt, als solltest du deine eigenen Geschichten schreiben."

Sie lachte ungläubig. „Oh nein, das könnte ich nicht. Meine Rechtschreibung ist nicht sehr gut und ich war immer schrecklich in Englisch. Schreiben wäre nichts für mich."

„Ich denke, du solltest es versuchen. Ich gehe Ladybug für dich satteln. Sie wurde schon eine Weile nicht mehr geritten, daher wirst du ihr mit diesem Ausritt den Tag versüßen."

Er ging auf den Zaun zu und pfiff, dann drehte er sich um, um Allies Lächeln zu sehen, als das kleine Pferd auf sie zugelaufen kam. Ein angenehmes Gefühl der Zufriedenheit durchströmte ihn, als er das freudige Lächeln auf ihrem Gesicht erblickte. Es würde ein guter Tag werden. Auch wenn er sich nicht hatte vorstellen können, dass so etwas möglich war, nachdem er gezwungen worden war, eine völlig Fremde zu heiraten. Im Moment war das nebensächlich. Er hätte es nicht für möglich gehalten, aber diese noch vor Kurzem völlig fremde Frau auf andere Gedanken zu bringen und die Freude auf ihrem

Gesicht zu sehen, ließen ihn zumindest für den Moment glauben, dass es das alles wert gewesen war.

Sie würde mit Wade ausreiten. Ihrem Ehemann. *Ihrem gutaussehenden, hinreißenden Cowboy-Ehemann.* Zu dem sie sich während ihrer Unterhaltung auf vielfältige Weise hingezogen gefühlt hatte.

Sie musterte das liebenswerte gescheckte Pferd mit dem freundlichen Gesicht und den Augen, die sie so ruhig anblickten, dass Allies Befürchtungen verflogen. „Also, was muss ich tun, um auf dieses Pferd zu kommen? Ladybug sieht haargenau aus wie ein Pferd, mit dem ich mich fantastisch verstehen werde."

„Das denke ich auch, deshalb werde ich sie jetzt für dich satteln."

„Wade, danke. Ich freue mich wirklich sehr darauf. Die letzten Monate waren so schrecklich… der Unfall, der Tod meines Vaters und dann die Verletzungen meiner Mutter… ich stand ständig unter so viel Druck, dass ich gar keine Chance hatte, vernünftig um meinen Vater zu trauern. Aber als ich vorhin über den Parkplatz ging und den Vögeln lauschte und diesen wunderschönen Ort betrachtete, da hatte ich das Gefühl, dass die ganze schwere Last von meinen Schultern genommen würde." Ihre Stimme bebte. „Wade, ich bin gerade einfach glücklich."

Sorgen, Trauer und Depressionen hatten sie in einen Strudel gezogen, denn sie hatte das Gefühlt gehabt, ihren Vater zu enttäuschen, als es ihr nicht gelungen war, optimal für ihre Mutter zu sorgen. Es hatte sich schrecklich angefühlt. Als sie daran dachte, traten ihr Tränen in die Augen, die sie rasch fortwischte. Sie lachte auf. „Ich wollte nicht anfangen zu weinen. Ich meine, ich bin glücklich und dankbar. Und das wollte ich dir noch einmal sagen."

Wade trat an ihre Seite, schlang seine Arme um sie und zog sie an sich. Sie legte ihren Kopf an seine Brust und fühlte, wie sein wundervolles Herz gegen ihre Schläfe schlug und seine starken Arme sie beschützend gegen ihn drückten. Sie fühlte eine Sicherheit, die sie seit dem Unfall, der ihr Leben verändert hatte, nicht mehr gespürt hatte. Seine Hand rieb sanft die angespannten Muskeln zwischen ihren Schulterblättern.

„Es ist okay, Allie. Ich verstehe vollkommen. Und ich bin so froh darüber, dass du mich gefragt hast, wie es mir geht, als ich in dieser Raststätte war. Denn ich hätte niemand anderen darum gebeten. Ich hatte keine Optionen mehr. Auch ich bin dir äußerst dankbar. Und ich verspreche dir, dass ich alles tun werde, um dir zu helfen. Wenn du die Ranch in drei Monaten verlässt, dann sollst du genauso glücklich sein wie jetzt und vielleicht auch ein bisschen sorgenfreier. Es tut mir so leid wegen deinem Daddy. Ich kenne Trauer… ich trauere immer noch um meinen Großvater. Meine Güte, habe ich diesen Mann geliebt. Er musste zu früh gehen. Genauso wie dein Vater zu früh gehen musste. Und ich bete für deine Mom. Wird sie wieder gesund?"

Sie seufzte. „Ich weiß nicht genau, ob sie sich erholen wird. Aber dank dir und dem Allmächtigen, der dich in die Raststätte kommen ließ, bin ich in der Lage, ihr die bestmögliche Pflege zukommen zu lassen."

Sie nahm ihren ganzen Mut zusammen, hob den Kopf von seiner Schulter und sah zu ihm auf, was irgendwie auch nicht so gut war, denn es brachte ihr Gesicht in unmittelbare Nähe seines Kiefers und seiner Lippen. Er sah sie mit diesen wunderschönen Augen an und alles, woran sie denken konnte, war der Kuss vom Vortag, als sie zu Mann und Frau erklärt worden waren. Ihre Knie wurden weich und sie wusste, dass sie sich bewegen musste. „Ich hoffe, du und deine Brüder könnt Frieden mit dem Tod deines Großvaters und dem Testament schließen. Ich finde, es ist ein Segen… ich denke immerzu, dass er es irgendwie gut gemeint hat."

Sie holte tief Luft und zwang sich dazu, ihren Blick von seinen Lippen zu lösen und das zu sagen, was sie sagen musste. „Vielleicht ist dies seine Art, dich dazu zu bringen, die Wasser der Ehe zu testen. Und später kannst du dich dann richtig verlieben. Dich verlieben und heiraten und diesen Ort mit Kindern bevölkern und er wird dann mit einem breiten Lächeln auf dem Gesicht auf dich herunterschauen."

„Vielleicht." Sein Blick suchte ihren. „Aber ich habe nicht vor, wirklich zu heiraten."

Zu ihrer Überraschung küsste er sie auf die Stirn. Es war sanft und warm und sorgte dafür, dass die Nerven in ihrem gesamten Körper zu kribbeln begannen.

Als würde er bemerken, was er getan hatte, ließ er sie los. „Du bist ein äußerst positiver Mensch. Aber ganz im Ernst, es müsste ein Wunder geschehen, damit ich wirklich heirate. Und ich denke, Großvater wusste das. Dies war sein letzter Versuch, meine Meinung zu ändern. Aber das wird nicht geschehen. Komm, lass uns losreiten."

Sie trat ein paar Schritte zurück und war versucht, sich in Verlegenheit zu bringen, indem sie ihre Arme um ihn schlang und ihre Lippen auf seine presste. Das würde sie nur beide in Verlegenheit bringen. „Hilf mir auf dieses Pferd und dann los. Ist das positiv genug?"

KAPITEL SIEBEN

Es war ein wunderschöner Maimorgen, warm, aber nicht so warm, dass es sie davon abhielt, den Ritt zu genießen. Die Wildblumen blühten noch, ehe sie dann im Juli durch die Hitze verdorren würden. Es war eine schöne Zeit, um auf der Ranch zu sein. Gegen Ende Juli würde es sehr heiß werden und dann wäre es nicht mehr so angenehm.

Sie ritten langsam über mehrere Weiden, wobei er besonders darauf achtete, dass sie sich im Sattel wohlfühlte. Er gab ihr Ratschläge bezüglich des Reitens und sie sprachen über die verschiedenen Wildblumen, an denen sie vorüberkamen. Als sie über den Kamm ritten und Clay und einige seiner Rancharbeiter sahen, schnappte Allie nach Luft.

„Es sieht aus wie eine Szene aus einem Film, in

dem sie die Rinder brandmarken oder was auch immer sie da gerade tun."

Sie hatte recht, so sah es aus. „Die Rinder bekommen Impfungen gegen bestimme Krankheiten."

„Oh, na jedenfalls möchte ich keine Kühe brandmarken."

Er grinste. „Das hatte ich auch nicht gedacht."

Sie sah dann doch zu. Aber nachdem sie sich von den Cowboys verabschiedet hatten und weitergeritten waren, ließ sie ihn wissen, dass auch das nichts war, was sie während der kommenden drei Monate tun wollte.

„Auch das habe ich mir gedacht." Er lachte. „Aber ich habe da etwas im Sinn."

Nachdem sie den Männern bei der Arbeit mit den Rindern zugesehen hatten, ritten sie zum Fluss.

Allie starrte auf das rauschende Wasser und die Breite des Flusses. „Ich bin immer noch voller Ehrfurcht darüber, wie schön die Landschaft hier ist. Lässt du dich manchmal den Fluss hinuntertreiben – du weißt schon, so wie sie es auf dem Guadalupe tun?"

„Eigentlich nicht. Aber es gibt Leute, die das tun.

Aber nicht so viele wie in New Braunfels. Oder in Hunt, Texas. Wie du vielleicht weißt, entspringt der Guadalupe in der Nähe von Hunt. Man kann bis zum Anfang gehen und die Stelle ansehen, an der er aus dem Sandstein kommt."

Sie starrte ihn an. „Man kann wirklich die Stelle sehen, an der der Fluss entspringt?"

„Ja, es ist ziemlich cool. Ich war schon eine Weile nicht mehr dort unten, aber es gibt dort ein wirklich süßes kleines Resort. Nichts Besonderes. Wir waren häufig dort, als ich noch ein Kind war. Man kann mit dem Kanu bis ganz zum Ende fahren und dann den Rest durch das Wasser waten. Das ist wirklich cool. Es gibt dort Stellen, an denen der Sandstein so ausgehöhlt wurde, das flache Löcher, ähnlich wie Badewannen, entstanden sind. Man kann darin sitzen und dem Wasser zusehen, wie es einen umfließt. Und wenn man noch weiter aufwärts geht, dann kommt man irgendwann an eine Stelle, an der das Wasser nur noch ganz flach ist und dort kann man tatsächlich sehen, wie es aus dem Boden blubbert."

„Beeindruckend. Das klingt interessant."

„Vielleicht können wir mal dorthin fahren, bevor du wieder abreist."

„Das würde ich gern tun, wenn du die Zeit erübrigen kannst.“

„Okay, dann tun wir das. Ich werde anrufen und ein Zimmer für eine Nacht buchen. Wir werden dorthin fahren und genau das machen.“

Dieser Mann war ziemlich nahe daran, der großartigste Mensch zu sein, den sie in ihrem ganzen Leben getroffen hatte. Sie konnte immer noch kaum glauben, dass er ebenso reich wie wunderbar war. Wenn man sich mit ihm unterhielt, wäre man nie darauf gekommen, dass er reich war. Sie hatte es den ganzen Tag über immer wieder vergessen, bis sie eine der schwarzen Ölförderstationen entdeckte.

Sie ließ sich von Ladybug gleiten und band die Zügel an einen Ast. „Ich würde gern meine Zehen hineinstecken. Ist das in Ordnung?“

Auch er stieg vom Pferd und band seine Zügel neben Ladybugs an den Ast. „Ich werde dir zusehen, meine Stiefel aber lieber anlassen.“

Sie ging rasch zu einem großen flachen Felsen hinüber, der in der Nähe des Ufers lag. Sie bückte sich, löste die Schnürsenkel ihrer Tennisschuhe und legte die Schuhe auf dem Felsen ab. Sie stand wieder auf und gemeinsam gingen sie ans Ufer des Flusses, wo sie ihre Zehen ins Wasser hielt.

Augenblicklich zuckte sie zusammen. „Oh mein Gott! Es ist kalt! Das fühlt sich an wie Eiswasser."

„Ja, es ist ein ziemlicher Schock."

Sie hielt ihre Hand ins Wasser, spürte die Kälte und ließ ihre Finger durch das Wasser gleiten, während sie es anschaute. „Ich weiß nicht, ob ich mich überwinden könnte, hineinzuspringen, aber es ist wirklich wunderschön. Ich liebe es, Wasser so wie hier vorbeirauschen zu sehen. Tritt es hier unten auch über die Ufer – du weißt schon, wie bei den Sturzfluten, wenn es immer so stark regnet und so?"

Ernüchtert sah er sie an. „Ja. Man muss vorsichtig sein und die Warnungen vor Sturzfluten ernstnehmen. Es kann gefährlich werden."

„Okay, das werde ich." Ihr Magen knurrte. Sie hatte am Morgen nur den Speck gegessen, aber das würde sie ihm nicht sagen. Auf jeden Fall wäre sie hungrig, wenn sie wieder beim Haus ankämen. Es war ein bemerkenswerter Tag gewesen und sie hatte jeden Moment genossen. Nachdem sie auf dem Rückweg an dem Zaun vorbeigeritten waren, den er hatte überprüfen wollen, kamen sie an einer kleinen Scheune vorbei, die nicht weit vom Haus entfernt war. „Was ist das?“

„Das werde ich dir an einem anderen Tag zeigen. Jetzt reiten wir erstmal nach Hause, damit du etwas essen kannst. Hier halten wir die Kälber, deren Mütter keine Milch haben oder die sie im Stich gelassen haben. Wir füttern sie mit der Flasche.“

„Oh, wirklich? Das würde ich gerne sehen. Ich würde gern versuchen, ein Kalb zu füttern. Ich habe noch nie ein Kalb gefüttert.“

„Gut, dann kommen wir morgen oder am Tag darauf hierher und ich zeige dir, wie es geht. Jetzt müssen wir aber wirklich zurück, denn ich muss am frühen Abend noch an einer Telefonkonferenz teilnehmen. Beim nächsten Mal zeige ich dir auch die Fohlen.“

„Das klingt wunderbar.“ Und das tat es wirklich.

Bis zum Abend hatte Allie das Gelände rund um das Haus erkundet; sie hatte sogar darüber nachgedacht, im Pool zu schwimmen. Doch sie hatte sich vorerst dagegen entschieden. Es würde einige Zeit dauern, bis sie sich daran gewöhnt hatte, dass sie an diesem wunderschönen Ort lebte. Sie war auf die seitliche

Terrasse gegangen, die gefliest war und von einem niedrigen Sandsteinsims umgeben war. Von dort konnte sie die Scheune und den Stall sehen.

Sie könnte sich an das Ranchleben gewöhnen. Es war voll geschäftigen Treibens und ständig gab es etwas zu tun. Sie hatte Cowboys auf ihren Pferden heranreiten und absteigen sehen; sie hatten sich auf dem Weg zur Scheune oder zum Stall befunden. Andere Cowboys waren mit Anhängern vorgefahren, auf denen sich Rinder befanden. Wieder andere hatte sie mit Geländewagen herumfahren sehen.

Wade hatte ihr erklärt, dass er diese Wagen auch benutzte und sie dachte, dass das sicher Spaß machen würde. Es hatte ihr gefallen, Zeit mit ihm zu verbringen und ihn besser kennenzulernen. Jetzt war er in seinem Büro und kümmerte sich um Papierkram, wie sie vermutete. Und sie saß auf der Terrasse, die sich vor der Küche und dem großen Familienzimmer befand. Die Aussicht war der der Terrasse des Schlafzimmers sehr ähnlich, die Perspektive jedoch etwas verändert. Sie hatte einen besseren Blick auf den Fluss. Dieser war ein gutes Stück vom Haus entfernt und auf der Weide dazwischen graste Vieh. Die Sonne sank langsam tiefer und als sie dort saß, wurde ihr klar, dass jetzt genau die Zeit war, an der sie für gewöhnlich den Besuch bei ihrer Mutter beendete und sich auf den Weg zur Arbeit machte. Sie spürte den Anflug eines schlechten Gewissens, weil sie nicht bei ihrer Mutter war. Sie würde morgen wieder anrufen und sicherstellen, dass alles in Ordnung war. Man hatte sie mehrfach darauf hingewiesen, dass wirklich kein Grund bestand, dass sie jeden Tag dorthin kam. Trotzdem fiel es ihr schwer, nicht ständig zu überwachen, wie es ihrer Mutter ging.

Sie schloss die Augen und ließ sich von der Ruhe des Abends erfüllen, während sie auf der alten Hollywoodschaukel vor und zurück schwang. In den Scheunen war es ruhig geworden, die Cowboys waren nach getaner Arbeit nach Hause aufgebrochen. Die Schaukel schwang sanft hin und her und sie saß einfach nur da. Bis zu diesem Zeitpunkt hatte sie kaum Zeit gehabt, einfach nur dazusitzen und nachzudenken und sie wusste nicht genau, was sie mit ihrer Zeit anfangen sollte. Aber im Moment war sie nachsichtig mit sich selbst, sie bewegte sich nicht und dachte nicht an Dinge, um die sie sich kümmern musste.

Die Tür hinter ihr öffnete sich und sie drehte sich um und sah Wade auf die Veranda treten. Wie immer machte ihr Herz einen kleinen Sprung, als sie ihn sah und Schmetterlinge tanzten in ihrem Bauch herum und wirbelten durch ihre Brust. Er lächelte leicht und jede Zelle ihres Körpers begann, verrückt zu spielen.

„Genießt du den Abend? Macht es dir etwas aus, wenn ich mich dir anschließe?"

Sie klopfte leicht auf die Schaukel, auf der sie saß. „Es ist entzückend. So schön hier draußen. Ich habe es genossen, einfach den Cowboys zuzuschauen, wie sie ihre Arbeit beenden und dann nach Hause eilen. Und dann ist die Ruhe des Abends um mich herum eingekehrt. Ich habe mich immer noch nicht vollständig daran gewöhnt, nun tatsächlich hier zu sein. Ich weiß, ich weiß... ich klinge wie eine kaputte Schallplatte."

„Nein, ich verstehe vollkommen, was du meinst. Der heutige Tag war schön." Er setzte sich zu ihr auf die Schaukel, die unter dem zusätzlichen Gewicht ächzte.

Sie war sich der Tatsache, dass sie nur etwa dreißig Zentimeter voneinander entfernt saßen, überdeutlich bewusst. Er legte beide Hände auf seine Oberschenkel und schob sie dann erst langsam bis an die Knie, nur um sie dann wieder zurückzuziehen. War er nervös? Beinahe hätte sie gelacht. Er wirkte nicht gerade wie ein nervöser Mensch. Sie hingegen war es. Sie verschränkte die Hände im Schoß und ja, ihre Handflächen waren etwas feucht. Nicht gerade sehr damenhaft, aber so war es nun einmal. Dieser Mann machte sie nervös. Sehr nervös. Er musste irgendwann geduscht haben, denn er roch nach einer würzigen Seife und leichtem Aftershave… oder, was wahrscheinlicher war, nach einem teuren Eau de Cologne. Sie atmete tief ein und erfreute sich an dem Geruch.

„Nelda hat uns Lasagne in den Ofen gestellt, damit sie warm bleibt." Er legte einen Arm auf die Lehne der Schaukel. „Und Knoblauchbrot. Wann immer du etwas zu dir nehmen möchtest, können wir drinnen oder hier draußen auf der Veranda, wie meine Großmutter es immer genannt hat, essen."

Sie lächelte ihn an. „Bitte hier draußen. Bei dieser Größe habe ich es selbst in meinen Gedanken als Veranda bezeichnet."

„Als ich aufwuchs, hat sich immer die gesamte Familie hier versammelt, einschließlich des Bruders meines Großvaters und dessen Familie. Er hatte einen Sohn, Onkel Jude, der wiederum vier Kinder hatte. Wir waren alle ungefähr im gleichen Alter und eine wilde Truppe. Es war toll. Wir haben eigentlich immer gegrillt und sind im Pool geschwommen. Es war viel lauter als jetzt. Eins kann ich dir sagen, eine Bande kleiner Jungen und ein sturköpfiges Mädchen sind nicht gerade leise. Ich kann mich daran erinnern, dass mein Großvater sehr glücklich war. Er hatte damals wirklich viel zu tun, weil er daran arbeitete, die Ranch aufzubauen. Zu diesem Zeitpunkt war er gerade auf das Öl gestoßen und anstatt sich zurückzulehnen und sich der Erträge zu erfreuen, begann er zu expandieren. Er war auch vor dem Öl erfolgreich gewesen und hatte Träume gehabt, aber das Öl multiplizierte seine Träume."

„Es klingt so, als hättet ihr damals ein großartiges Familienleben gehabt. Es tut mir leid wegen deiner Eltern. Sind sie jung gestorben?"

„Ja. Mein Dad war zweiunddreißig, in Morgans Alter. Und Mom war kaum dreißig. Dad hatte einen Privatflugschein und sich gerade ein neues Flugzeug zugelegt. Mein Großvater hatte einen Piloten, der sie normalerweise flog, wenn es um längere Strecken ging, aber er war krank, als sie zu den National Finals im Rodeo nach Las Vegas fliegen wollten. Dad beschloss, dass er die Maschine fliegen würde, aber dann gerieten sie in einen Sturm und das Flugzeug stürzte ab. Alle an Bord starben, einschließlich Onkel Jude und seiner Frau Tina. Somit standen auch meine vier Großcousins und -cousinen plötzlich ohne Eltern da. Großonkel Talbert hat sie auf seiner Ranch, die nur ein Stück die Straße hinunter liegt, aufgezogen. Du wirst sie bald kennenlernen."

Allies Herz zog sich zusammen. „Es tut mir so leid. Was für ein schrecklicher Verlust für deine gesamte Familie."

Er drehte sich leicht zu ihr und sah sie an. Sein Kopf war geneigt und sein Blick war voller Mitgefühl. „Du verstehst das. Du hast deinen Vater verloren. Es ist schwer. Trauer macht dich innerlich fertig. Aber irgendwann muss man wieder nach vorn schauen."

Sie holte zitternd Luft, als sie von Gefühlen überwältigt wurde. „Ja. Niemand versteht das wirklich, außer denen, die es selbst erlebt haben."

Er nickte und sah abwesend zu den Weiden hinüber, für einen Moment in Gedanken versunken. Sie wusste nicht, ob er bemerkte, dass seine Finger nach einer ihrer Haarsträhnen gegriffen hatten und damit spielten. Es kam ihr nicht so vor. Ihr hingegen war es nur allzu deutlich bewusst.

Wie lange war es her, seit sie zuletzt etwas derart bewusst wahrgenommen hatte? Ein derartiges Maß an Kameradschaft? Es gab da natürlich Ginny, aber das war auf so vielen Ebenen etwas ganz anderes.

„Es kommt mir jetzt sehr einsam vor." Sie warf ihm einen Blick zu.

Er drehte seinen Kopf nicht wieder zu ihr. Stattdessen ließ er seinen Blick kurz zu ihr gleiten, bevor er nickte und zurück zu den Weiden schaute. „Ja, das ist es. Manchmal vermisse ich meinen Großvater schrecklich, aber ich habe meine Arbeit. Und meine Brüder. Und meine Cousins und Cousinen. Jeder hat seine Arbeit, aber wir wissen, dass wir füreinander da sind. So wie du und deine Freundin Ginny füreinander da seid. Dass ich einsam bin… das ist nichts, woran ich allzu viele Gedanken verschwende. Manchmal vielleicht, aber es gibt eine Reihe von Dingen, die deutlich schlimmer sind, als einsam zu sein."

Wie meinte er das? Sie hätte ihn gern danach gefragt, empfand die Frage aber als zu aufdringlich. Sie biss sich auf die Lippen und genoss es, dass seine Finger immer noch mit ihren Haaren spielten. Sie dachte an den Kuss. Sie tat es, obwohl ihr jede Faser ihres Körpers sagte, dass sie das besser nicht täte. Sie stellte sich vor, dass er seine Arme um sie legte, sie an sich zog und sie hier auf dieser Schaukel auf der Veranda seiner Großmutter küsste. Und dann ging ihre Fantasie mit ihr durch und sie stellte sich vor, dass sie wirklich verliebt wären und im wahrsten Sinne des Wortes verheiratet wären. Und sie wirklich ein Teil all dessen hier wäre… und den Rest ihres Lebens hier mit ihm verbringen würde. Dass sie Kinder hätten und sie glücklich mit dem Mann ihrer Träume leben würde.

Sie versteifte sich. *Was dachte sie da bloß?*

„Stimmt etwas nicht?"

Sie sah ihn an und wusste, dass sie wahrscheinlich schuldbewusst aussah. *Was würde er sagen, wenn er ihre Gedanken lesen könnte?* Sie schluckte. „N-nein."

Er starrte sie an und sie gewann den Eindruck, dass es plötzlich furchtbar heiß war. So als hätte die leichte Brise, die zuvor geweht hatte, nachgelassen und jemand hätte stattdessen einen riesigen Industriefön angestellt.

„Weißt du, dass du die schönsten blauen Augen hast, die ich jemals gesehen habe? Und sie sind wirklich groß. Es ist fast so, als könnte ich mein

Spiegelbild darin sehen." Er lächelte und zupfte ganz leicht an ihrer Haarsträhne.

Meine Güte, was erwiderte man nur auf so etwas? Ihr Herz galoppierte. „Ja, man hat mir immer schon gesagt, dass meine Augen riesig sind. Sie waren beinahe das größte an mir, als ich noch ein Kind war."

„Du bist klein, aber bist du immer so dünn? Ich mache mir ein bisschen Sorgen um dich."

Er machte sich Sorgen um sie? Seine Worte sorgten dafür, dass sie sich ganz merkwürdig fühlte. *Wann hatte ihr das letzte Mal jemand gesagt, dass er sich Sorgen um sie machte?*

„Danke, dass du dir Sorgen machst, aber es geht mir gut. Ich habe ungefähr zehn Pfund abgenommen, seit mein Vater gestorben ist. Fünf wären okay gewesen, aber auch nicht auf diese Art und Weise. Ich habe einfach keinen so großen Appetit. Und du weißt ja, ich habe mir Sorgen um meine Mutter gemacht und auf der Arbeit in der Raststätte bin ich sehr viel hin- und hergelaufen. Doch dann bist du gekommen und hast mich von all dem weggeholt und mir dieses entspannte Leben ermöglicht." Sie neckte ihn, um die Gefühle, die sie plötzlich überfallen hatten, etwas abzuschwächen. Dieser Mann rührte an Dinge in ihrem

Inneren, denen sie besser nicht zu nahekam.

Er lachte heiser. „Du hast es verdient und kannst es hoffentlich genießen, solange du hier bist. Apropos Essen, lass uns etwas essen und dann schauen wir mal, ob es uns nicht gelingt, dir wieder zu diesen zehn Pfund zu verhelfen."

Die Worte „solange du hier bist" waren ihr nicht entgangen. Sie stellten eine Erinnerung daran dar, dass sie nicht bleiben würde. Sie wusste nicht genau, ob er mitbekommen hatte, was er gesagt hatte, aber ihr war es aufgefallen. Sie würde gut daran tun, sich immer daran zu erinnern, dass dies nicht ihr Zuhause war. Sie wohnte hier nur für einen kurzen Abschnitt in ihrem Leben.

KAPITEL ACHT

Am nächsten Morgen fuhr Wade direkt zum Weingut, um Todd mitzuteilen, dass er geheiratet hatte. Er hatte bereits mit Morgan telefoniert, der sich gerade im Hauptquartier der Hotelkette in Houston befand und sein ältester Bruder war nicht gerade erfreut gewesen. Weder über das, was ihr Großvater getan hatte, noch darüber, dass Wade sich ein Bein hatte ausreißen müssen, um die Bedingungen zu erfüllen. Todd hatte ihm per SMS mitgeteilt, dass er sich in den Weinhängen befand. Als Wade an „der Villa" vorbeiging, wie sie das riesige Haus nannten, in dem sein Bruder lebte und in dem sich neben einem Raum für Weinproben auch Räume für Veranstaltungen befanden, da ließ er sich Morgans Worte noch einmal durch den Kopf gehen.

„Er manipuliert uns und darüber komme ich nicht so schnell hinweg. Er hat sich sicher für mich und die Hotels etwas ähnliches ausgedacht. Und wahrscheinlich auch für Todd. Ich bin mir noch nicht im Klaren darüber, wie ich reagieren soll, wenn ich an der Reihe bin."

„Morgan, ich denke, du weißt sehr gut, dass du tun wirst, was du tun musst. Mir ist es egal, wie du dich entscheidest. Ich habe die Ranch gerettet und das ist das Einzige, was für mich zählt. Allie bekommt, was sie braucht und am Ende der drei Monate werden wir auseinandergehen. Ende der Geschichte. Das könntest du auch tun. Aber verurteile mich nicht. Ich kann es in deiner Stimme hören."

„Ich verurteile dich nicht. Ich bin nur misstrauisch. Wenn du Glück hast, läuft alles so, wie du es dir vorgestellt hast. Aber was, wenn nicht? Was ist, wenn sie einen Weg findet, um dich auszunehmen?"

„Sie ist ein netter Mensch und du weißt, dass ich sehr vorsichtig bin, wenn es um Frauen und ihre Motive geht."

„Wir werden sehen, Bruder. Wir werden sehen. Viel Glück."

„Komm her und lern sie kennen." Wade hatte die Einladung geradezu ausgespuckt. *Warum musste Morgan Allie kennenlernen?* In drei Monaten würde sie nicht mehr hier sein.

Sie hatten den Anruf in dem Wissen beendet, dass sie unterschiedlicher Ansicht waren. Aber das geschah nun einmal unter Brüdern. Nun war Todd an der Reihe.

Er fand seinen frustriert aussehenden Bruder auf einem Hang im Weinberg, wo sie gerade neue Reben pflanzten.

„Du siehst nicht gerade glücklich aus."

„Das würdest du an meiner Stelle auch nicht tun. Wenn du gerade deinen leitenden Winzer verloren hättest, würdest du auch die Stirn in Falten ziehen."

„Im Ernst?"

„Ja, er hat einen Job in Italien angenommen, den er sich nicht entgehen lassen konnte."

Wade war sprachlos, wusste aber, dass sein Bruder auf beiden Füßen landen würde. „Ich würde sagen, dass es ein Fehler seinerseits war, den Job bei dir hinzuschmeißen. Das gibt dir einen Grund, einen noch besseren Winzer zu finden."

Todd warf ihm einen ironischen Blick zu. „Eine positive Einstellung ist ja schön und gut, aber irgendwie fällt mir das gerade etwas schwer."

Wade grinste. „Das wird schon wieder. Aber ich weiß, dass es dir schwerfällt, auch nur daran zu denken, dass du mehr für dein Weingut machen musst, als nur hindurch zu schlendern und dich an den Trauben zu erfreuen."

Todd runzelte die Stirn. „Stimmt, etwas anderes mache ich hier nicht."

Wade machte es wie immer einen Riesenspaß, seinen jüngeren Bruder zu ärgern. „Du hast die Reben nicht gepflanzt – das haben deine Arbeiter getan. Und für alles andere hat der Winzer gesorgt."

„Du hast recht. Du bist echt lustig."

Wade grinste. „Du weißt, dass ich dich absichtlich ärgere."

„Ja, das weiß ich. Und ich habe den Köder geschluckt."

„Das tust du immer."

„Stimmt ja gar nicht. Ich bin nur etwas angespannt. Der ganze Kram mit Großvater zehrt an mir. Du bist drauf und dran, die Ranch zu verlieren und anschließend sind Morgan oder ich an der Reihe. Ich hoffe, Großvater ist glücklich." Todd hielt inne und starrte ihn dann an. Wade grinste. Die Stirn seines

Bruders legte sich noch stärker in Falten, wenn das überhaupt möglich war. „Heute ist der letzte Tag der Frist. Warum grinst du, was wirst du tun?"

Er hatte recht. Heute war der Tag, an dem er die Ranch verloren hätte, wenn Allie ihn nicht geheiratet hätte. Dankbarkeit durchströmte ihn, sein Grinsen wurde vor Erleichterung noch etwas breiter und er konnte ein knappes Auflachen nicht unterdrücken.

„Warum lachst du?" Todd kniff die Augen zusammen.

„Weil ich vergessen hatte, dass heute dieser Tag gewesen wäre. Genau aus diesem Grund bin ich hierhergekommen. Ich habe geheiratet. Die Ranch ist gerettet."

„Was? Wann?" Ungläubig und geschockt sah Todd ihn an.

„Vor drei Tagen. Ich habe sie in einer Raststätte gefunden. Das klingt falsch. Als ich die Raststätte betrat, sah ich wahrscheinlich aus wie ein Jagdhund, der seinen Gefährten verloren hat. Ich saß nur da, trank Kaffee und war in Gedanken versunken während sie sich abschuftete und alle Tische allein bediente. Aber sie ist immer wieder an meinen Tisch gekommen, weil sie sich Sorgen um mich gemacht hat, hat meinen

Kaffee nachgefüllt und mich gefragt, ob ich etwas essen wolle. Schlussendlich hat sie dann Pfannkuchen für mich bestellt. Als sie sie dann brachte, war es bereits etwas ruhiger geworden und sie fragte mich, ob alles in Ordnung sei. Es hat sie wirklich interessiert. Da habe ich es ihr gesagt. Es stellte sich heraus, dass auch sie dringend Hilfe benötigte, um für ihre Mutter sorgen zu können. Wir haben eine für beide Seiten vorteilhafte Vereinbarung getroffen und geheiratet."

Todd sah ihn ungläubig an. „Du hast es wirklich gemacht?"

„Das habe ich. Ich bin hierhergekommen, um dir das zu sagen. In drei Monaten wird die Ranch wieder uns gehören – ohne Bedingungen."

„Ich kann es kaum glauben." Er holte tief Luft und starrte auf die Weinreben. „Ich weiß nicht, was ich tun soll, wenn er mir in Bezug auf das Weingut dieselben Bedingungen auferlegt."

„Du bist ein sturer, hartnäckiger und willensstarker Cowboy. Du wirst tun, was nötig ist."

Todd legte den Kopf schief. „Das würde ich gern glauben, aber heiraten… ich bin mir nicht sicher."

Wade lachte, noch immer über alle Maßen erleichtert. „Du wirst es tun. Wenn es wirklich das ist, was Großvater sich für dich überlegt hat. Das wird interessant.“

Todds Lippen zuckten. „Wovon redest du? Auch vor dir liegen noch drei Monate, bis du die Ziellinie erreichst. *Ich* denke, dass es interessant wird und vielleicht wird es ja schwieriger, als du denkst.“

„Nein, Allie ist nett. Das habe ich auch zu Morgan gesagt. Sie ist nett und wird wieder gehen. Nichts wird schiefgehen.“

„Das hoffe ich.“

Todds letzte Worte verfolgten Wade auf dem Rückweg zu seinem Truck. *Hatte er etwas zu befürchten, so wie seine beiden Brüder zu denken schienen?*

Sie kannten Allie nicht. Es würde keine Probleme geben. Nicht von ihr und nicht von ihm. Alles war gut. Verdammt, alles war großartig. Die Ranch gehörte wieder ihm.

Drei Tage nach ihrer Ankunft auf der Ranch stand Allie neben Wade und starrte auf die vier Kälber im Stall.

„Ich muss dich warnen“, sagte Wade langsam und

blinzelte sie unter seinem Strohhut hervor an. Sie schaute von ihm zu den Kälbern, die sie von der anderen Seite des Zauns anblickten. „Sie mögen ja süß aussehen und sie sind auch noch nicht sehr groß. Aber der Anblick täuscht, denn diese kleinen schelmischen Teufel können sehr ungestüm sein. Du bist klein und wiegst nicht sehr viel – sie werden annehmen, sie hätten ein neues Spielzeug."

Sie lachte unsicher. „Du machst Witze, oder?"

„Nicht wirklich. Wenn sie erst einmal an den Flaschen zerren, wirst du schon sehen. Ich hoffe nur, dass du nicht gleich mit dem Gesicht nach unten im Dreck liegst und herumgeschleift wirst wie eine Puppe. Sollte das geschehen, dann lass los."

Sie lachte ungläubig auf. „Du machst Scherze. Sie sind nur einen Meter groß."

„Und sie haben die Kraft eines fünfundsiebzig Kilogramm schweren Mannes." Er zog beide Brauen großspurig zusammen und sah sie mit einem Blick an, der sagen sollte, sie würden ja noch sehen.

Er sah wirklich süß aus in diesem Moment, aber das würde sie ihm bestimmt nicht sagen. „Wie auch immer. Naja, so schwer kann das schon nicht sein." Sie würde es tun und wenn es nur war, um ihm zu zeigen, dass sie nicht das Weichei war, für das er sie offensichtlich hielt.

„Wir versuchen es mal. Aber bis du wieder etwas zugenommen hast, könnte der Umgang mit ihnen etwas schwer für dich sein. Sie sind wie Ziegen – sie kommen auf dich zu und stoßen dich, also stell dich darauf ein oder du wirst im Dreck landen und nach all dem leckeren Zeug riechen, was hier so auf dem Boden liegt. Du weißt, was ich meine?"

Sie lachte. Der Typ hatte sie erwischt. „Ja, ich habe dich verstanden. Ich werde versuchen, mich vom Boden fernzuhalten. Jetzt zeig mir, wie das geht."

Er hatte vier große Flaschen mitgebracht, die etwa fünfunddreißig Zentimeter lang waren und über riesige, rote Sauger verfügten. Sie sah interessiert dabei zu, wie er das Tor öffnete und hindurchglitt und die übermütigen Kälber ablenkte, bevor er ihr bedeutete, ihm zu folgen.

Sie schlüpfte durch die kleine Öffnung und hakte anschließend die Kette wieder über den Nagel.

„Bleib neben mir." Er stellte zwei Flaschen auf einen Pfosten, der circa zwölf Zentimeter breit und oben abgesägt war, sodass er den perfekten Aufbewahrungsort für die Flaschen ergab. Er war genau so hoch, dass die Kälber die Flaschen nicht erreichen konnten. Er reichte ihr eine Flasche und behielt die andere in der Hand.

Sie blickte die Flasche an. „Okay, ich werde es genauso machen, wie du es mir zeigst, aber meine Güte, werden sie das alles trinken?"

„Das haben sie im Handumdrehen ausgetrunken. Und währenddessen sabbern sie dich von oben bis unten voll. Es ist nicht der beste Job der Welt, aber Neulinge scheinen ihn zu mögen, also ist er möglicherweise genau richtig für dich."

„Ich bin nicht gerade wahnsinnig begeistert von dem Teil mit dem Sabbern."

Er lachte. „Das gehört dazu."

Er streckte die Flasche aus und die Kälber brachen in einen wüsten Kampf um den roten Sauger aus. Die schwarzen Kälber umringten sie, ihre großen, schlaffen Ohren schaukelten, als sie sich gegenseitig aus dem Weg stießen. Sie waren bezaubernd. Eines von ihnen nuckelte an dem Sauger und trat dann eines der anderen Kälber so heftig in die Rippen, dass Allie zusammenzuckte.

„Autsch, das hat sicher wehgetan." Sie würde auf ihre Deckung achten müssen, wenn sie nicht selbst ein paar schmerzende Rippen riskieren wollte.

Er lachte. „Verstehst du, was ich meine? Halt jetzt deine Flasche auch in ihre Richtung, aber halt sie gut fest, ansonsten werden sie sie dir entreißen. Stell deine Füße etwas weiter auseinander, dann kannst du dein Gleichgewicht besser halten."

Sie befolgte seine Anweisungen und fühlte sich dabei, als würde sie der NFL beitreten.

„Gut. Und jetzt bereite dich darauf vor, dass sie gleich an der Flasche zerren werden. Achte auf dein Gleichgewicht."

Sie sah, wie aggressiv das Kalb an seiner Flasche riss und stellte sich darauf ein. „Ich hätte es mir niemals so vorgestellt." Äußerst vorsichtig streckte sie die Flasche vor sich aus, gespannt was geschehen würde. Sofort rissen sich die Kälber um die Flasche. Eines von ihnen schnappte nach dem Sauger und riss so heftig daran, dass Allie zwei Schritte nach vorn gehen musste. Aber sie ließ nicht los. Doch sie begann zu lachen. Sie konnte einfach nicht anders. Umso stärker das Kalb zog, desto stärker musste sie lachen.

„Hey, reiß dich zusammen", sagte Wade gedehnt. Als sie nicht aufhören konnte zu lachen, lachte er auch.

Wenn sie sich nicht zusammenriss, dann würde sie

quer durch den Stall gezerrt werden. Aber es war so lustig. Plötzlich warf sich eines der Kälber, das noch nicht zum Zug gekommen war, gegen sie. Der harte Schlag ließ sie seitwärts taumeln und sie stieß gegen Wade. Ein Aufprall, der sich anfühlte, als wäre sie gegen eine Ziegelmauer gestoßen worden. Mit seinem freien Arm griff er augenblicklich nach ihr und dann hielt er sie gegen seine Seite gedrückt, da sie sonst auf seine Füße gefallen wäre. Es war ihr gelungen, die Flasche nicht loszulassen und auch das Kalb hing immer noch an dem roten Sauger. Mit ihrer freien Hand griff sie nach Wades Hosenbund und hielt sich an seinem Ledergürtel fest. Es war gut, dass sie festen Halt hatte, als sie ihm nun in die Augen sah.

„Alles gut", sagte er leise mit einem erschrockenen Lächeln im Gesicht, als er ihren Blick hielt. „Ist alles okay?"

Ihr Herz schlug wie ein Vorschlaghammer und ihre Knie hatten sich in Pudding verwandelt, aber da er sie hielt, stand sie immer noch aufrecht. „Sicher", krächzte sie. „Danke, dass du mich aufgefangen hast."

„Jederzeit." Sein Blick wurde wärmer und sie spürte, wie sein Herz an ihrem pochte.

Wade lächelte. „Ich habe dabei noch nie jemanden

so in Lachen ausbrechen sehen wie dich."

„Ich konnte nicht anders. Das passiert mir manchmal. Wenn mich etwas amüsiert, kann ich manchmal einfach nicht mehr aufhören."

„Ich habe damit kein Problem. Das war wahrscheinlich die lustigste Fütterung dieser kleinen Viecher, die ich je erlebt habe."

„Es freut mich, wenn ich zu deiner Unterhaltung beitragen konnte." Sie versuchte sich aufzurichten. Wenn sie nicht genau das tat, würde sie in seinen Armen in Flammen aufgehen.

Er hielt ihren Arm weiterhin fest, nachdem sie sich von seinem schützenden Körper entfernt und aus dem Griff seines Armes befreit hatte. Am liebsten wäre sie gleich wieder in seine Arme zurückgekehrt, doch sie hielt sich zurück.

„Bist du bereit für etwas Neues?"

„Ich denke schon."

„Ich halte die erste Flasche fest, schau, wie ich sie gegen meine Hüfte drücke. So kann ich sie besser halten. Als nächste greife ich nach oben." Er lächelte und nahm eine weitere Flasche von dem Pfosten. „Mach es so wie ich und balanciere die Flasche auf deiner Hüfte und lege die Hand gut um sie, damit sie dir nicht entgleitet.“

Sie machte es genauso, wie er gesagt hatte und er reichte ihr eine weitere Flasche.

Ihre Finger berührten sich, aber ihr blieb keine Zeit, um über das Kribbeln nachzudenken, dass ihren Arm erfüllte, nur weil seine Haut ihre kurz berührt hatte.

„Gut… da hast du sie. Nun drücke sie gegen deine Hüfte und halte sie gut fest, denn das andere Kalb wird danach schnappen. Ich mache dasselbe, daher werde ich keinen Arm mehr freihaben, mit dem ich dich auffangen kann, wenn wir beide jeweils zwei Tiere füttern.“ Er griff nach der nächsten Flasche, lehnte sie gegen seine Hüfte und drückte sie gegen seine andere Hand. Sofort schnappten zwei der Kälber nach den Saugern und begannen, daran zu nuckeln.

Das konnte sie auch. Sie machte es ihm nach und wurde sofort von einer Seite zur anderen gerissen, aber irgendwie gelang es ihr, nicht umzufallen. Das Ganze war definitiv ein aggressives Unterfangen.

„Das ist, als würde man eine Kontaktsportart betreiben.“

„Ja, so ist das zuweilen. Aber du machst das großartig.“

Sie machte es *wirklich* großartig, entschied sie nach ein paar Minuten. Sie war stolz darauf, nicht im Dreck gelandet zu sein. Dann war die Flasche des ersten Kalbes plötzlich leer. Und das gefiel ihm überhaupt nicht. Es grub seine Zähne in den Sauger und die Hufe in den Mist und riss mit aller Kraft an der Flasche. Sie geriet aus dem Gleichgewicht, als es langsam zurückwich, es sich dann anders überlegte und wieder auf sie zugelaufen kam. Sie stolperte zurück, als das andere Kalb an seiner Flasche riss. Im nächsten Moment fiel sie rückwärts zu Boden und spürte, wie sie in etwas Warmem und Feuchtem – und Stinkendem – landete.

„Allie, geht es dir gut?" Wade sprang zwischen sie und die Kälber ließ seine Flaschen fallen, als er seine Hände nach ihr ausstreckte.

Sie schluckte und versuchte nicht daran zu denken, worin sie lag. „Es geht mir gut. Himmel, ich stinke", quietschte sie und kam sich ziemlich zimperlich vor.

Er lachte. „Tut mir leid. Das kommt vor. Hier, nimm meine Hände und dann bringen wir dich hier raus und sorgen dafür, dass du wieder etwas sauberer wirst."

Er sah sie mit diesem ansteckenden Lächeln an. Ihr Herz tanzte und sie lächelte ihn an, ohne sich darum zu kümmern, dass ihr Rücken nass war und sie stank. Sie schob ihre Hände in seine und ließ sich von ihm auf die Füße ziehen. Eines der Kälber drängte sich an Wade vorbei und stieß sie mit dem Kopf gegen die Hüfte. Sie schrie auf und fand sich plötzlich in Wades Armen wieder.

„Oh", keuchte sie. „Was machst du?"

Er lächelte. „Ich rette dich."

„Aber ich stinke und verteile diesen… stinkenden Mist, den ich am Rücken habe, an dir."

„Ich bin ein Cowboy. Ich arbeite die halbe Zeit mit Mist. Außerdem habe ich nicht verhindert, dass du in den Dreck gefallen bist. Also habe ich es verdient, dass es mir genauso ergeht wie dir. Alles in Ordnung?"

Seine Einstellung überwältigte sie. „Es geht mir gut. Aber ich habe trotzdem ein schlechtes Gewissen wegen dir. Ich bin ziemlich eklig."

Er blieb vor dem Gatter stehen und sein Blick wanderte über ihr Gesicht. „Du bist entzückend."

„Nein", stritt sie ab.

Seine Augen bohrten sich in ihre. „Doch. Ja wirklich."

Allies Kehle wurde trocken. „Okay, aber ich sterbe hier gerade an den Dämpfen, die mich umhüllen.“

„Okay, dein Wunsch ist mir Befehl. Wenn du die Kette löst, dann trage ich dich hinaus und werfe dich in den nächstbesten Trog.“

Sie griff nach der Kette und lachte, als er sie durch das Tor trug und abwartete, bis sie die Kette wieder eingehakt hatte. Er grinste sie an, setzte sie aber nicht ab, obwohl die Kälber nun nicht mehr gegen sie stießen. Sie hatte ihre Hände irgendwann um seinen Hals gelegt und war sich nicht sicher, ob sie ihn loslassen könnte, wenn sie ihr Ziel erreicht hätten.

„Wo ist dieser Trog, zu dem mein Ritter in Cowboystiefeln und Stetson mich bringt, damit ich mich säubern kann?“, fragte sie und versuchte, das plötzlich in ihr aufwallende Verlangen mit einem unbeschwerten Tonfall zu überspielen.

„Dort drüben. Aber ich werde dich nicht in einen Trog werfen. Ein Wasserschlauch tut es auch.“

Sie blickte in die Richtung, in die er zeigte. An der kurzen Seite der Scheune war ein Schlauch an eine Wasserleitung angeschlossen. Sie verstärkte ihren Griff um ihn und wünschte sich, er würde noch langsamer gehen, damit sie das Gefühl, in seinen Armen und an seiner Brust zu liegen, noch länger genießen könnte.

Er ließ sie sanft herab, als sie den Wasserhahn viel zu bald erreichten und sie ließ ihn widerwillig los… und zwang sich dazu, nicht so auszusehen, als ob ihr das schwerfiele. „Ich hatte keine Ahnung, dass all das nötig wäre, um diese süßen Kerle dort drüben zu füttern." Sie ließ das Wasser laufen und reichte ihm den Schlauch. „Okay, spritz mich ab."

Er lachte. „Natürlich hast du das nicht kommen sehen. Ich werde dich und mich mit Freuden abspritzen. Wir stinken beide bestialisch."

Sie starrte ihn an. „Du hast gesagt, du bist daran gewöhnt."

„Das bin ich auch, aber wir riechen trotzdem schrecklich. Ganz zu schweigen davon, dass unsere Klamotten ziemlich eklig sind."

„Da hast du recht. Dann sprüh jetzt bitte."

Das musste sie ihm nicht zweimal sagen. Er drehte an der Düse am Ende des Schlauchs und spritzte sie mit einem starken Wasserstrahl ab. Sie kicherte und entriss ihm im nächsten Moment das Schlauchende und attackierte ihn mit dem Wasserstrahl.

„Hey, das war unfair." Er lachte und versuchte, ihr den Schlauch wieder abzutrotzen. Sie wich ihm aus und quietschte vor Lachen, als er nach ihren Händen griff und ihm das Wasser ins Gesicht spritze und ihm den Hut vom Kopf fegte und seine Haare durchnässte. „Das ist so unfair" sagte er, doch sie verstand nur die Hälfte, denn seine Worte wurden für einen Moment undeutlich, als er Wasser in den Mund bekam.

Sie ließ den Schlauch fallen und krümmte sich vor Lachen. „Ich weiß, ich weiß. Aber oh, es hat so viel Spaß gemacht."

Sie standen einander gegenüber, lächelnd und tropfend und starrten sich an.

Er hob eine Hand und strich ihr eine Haarsträhne aus dem Gesicht. Wasser lief ihr über das Kinn. „Vielleicht sollten wir besser eine andere Aufgabe für dich finden."

Sie schnappte nach Luft. „Hey, Kumpel. Nein, das werden wir nicht. Ich mache das. Ich bin kein Drückeberger. Ich werde besser darin werden. Ich meine, ganz im Ernst, schlimmer kann es nicht mehr werden, es geht also bergauf."

„Da hast du wohl recht. Du wirst schon herausfinden, wie es am besten geht." Er grinste sie an.

„Ich muss heute Nachmittag in die Stadt, ein paar Vorräte abholen. Willst du mitkommen?“

„Ja.“ Sie freute sich darauf, in die kleine Stadt zu fahren. Sie würde drei Monate hier leben, es gab also keinen besseren Moment als jetzt gleich, um alles zu erkunden. „Ja, gern. Ich nehme mal an, dass ich mich vorher noch umziehen kann, oder?“ Sie war klatschnass und stank immer noch. Sie war zwar mit Wasser abgespritzt worden, war aber weit davon entfernt, sauber zu sein.

„Das wäre wahrscheinlich gut. Und wer weiß, vielleicht ziehe ich das auch in Betracht.“

Sie lachten und gingen auf einem Umweg zurück zu seinem Truck. Sie kehrten noch einmal in den Stall zurück, um die Flaschen einzusammeln. Die Kälber versuchten immer noch ohne Erfolg, an mehr Milch zu kommen.

Sie lachte, als er die verbeulten Flaschen aufhob. „Sie haben die Flaschen ziemlich gründlich ruiniert. Es tut mir leid, dass ich sie fallengelassen habe.“

„Das ist kein Problem. Ich habe noch etliche davon“, sagte er, als er zum Zaun zurückkam und die Flaschen hinüberwarf. Er musste die Kälber zurückscheuchen, damit er durch das Gatter treten und es hinter sich schließen konnte.

Als sie den Truck erreichten, verharrte Allie plötzlich. „Oh nein, wir werden das Innere deines Trucks verschmutzen."

„Das geht wieder raus."

„Aber ich bin völlig durchnässt. Und das Zeug, das immer noch an meinem Rücken haftet, ist alles andere als hygienisch."

„Das ist schon in Ordnung. Das ist mein Arbeitstruck. Du kannst mir glauben, die Arbeit auf der Ranch ist häufig schmutzig. Wenn ich mir da immer Sorgen um meinen Truck machen würde, bekäme ich gar nichts erledigt."

Sie gab sich mit einem Seufzer geschlagen. Dies war nicht der Truck, den er gefahren hatte, als er in die Raststätte gekommen war und in dem er sie nach der Hochzeit hierhergebracht hatte. Dieser Truck war ein Spitzenmodell gewesen. Der hier war schlicht, mit dem McCoy Rocking M Ranch Logo auf der einen Seite. „Okay, wenn du meinst."

„Ja, das meine ich. Steig schon ein." Er hatte die Tür geöffnet und hielt nun ihren Ellbogen fest, als sie auf das Trittbrett trat und sich dann auf die vorderste Kante des Sitzes setzte. „Du kannst dich ruhig anlehnen."

„Ich weiß. Ich muss mich entspannen."

Seine Lippen zuckten und er legte eine Hand auf ihr Knie, sodass ihre feuchte Haut sofort warm wurde. „Du wirst dem Sitz nicht wehtun."

Und dann trat er zurück und schloss die Tür. Sie beobachtete ihn, während sie dasaß und eine Hand an der Stelle auf ihr Knie legte, wo seine Hand sie berührt hatte und wo noch immer ein warmes Kribbeln pulste.

KAPITEL NEUN

Die Stadt war süß. Sie sah aus wie die meisten ländlichen Städte in Texas. Nur dass sie nicht sehr viel zu bieten hatte. Dixie's Diner befand sich in einem kleinen Gebäude am Ende einer Straße mit alten Häusern, in denen mehr Geschäfte leer standen als bewirtschaftet wurden. Ein paar Antiquitätenläden und Trucks erzählten die Geschichte einer Gegend voller Viehzüchter.

„Stonewall ist nicht gerade sehr groß. Es gibt Fredericksburg auf der einen Seite, von der Ranch aus gesehen, touristischer Magnet und Shoppingmekka und Johnson City auf der anderen Seite. Auch diese Stadt ist eine Touristenattraktion und ein großartiger Ort. Daher kommen hier viele Leute durch, aber unsere Geschäfte kämpfen ums Überleben und kommen und gehen. Um Stonewall herum ist viel los mit all den Ranchen, den Pfirsichfarmen und Weingütern. Und natürlich dem *Presidential State Park*. Aber all das hilft uns nicht. Dixie's hält irgendwie durch, es richtet sich an Cowboys, die hausgemachtes Essen und großartige Desserts wollen. Auch ich mache den Großteil meiner Geschäfte in einer der beiden anderen Städte."

Sie war ein wenig enttäuscht, dass es hier nicht mehr gab, aber sie wusste, dass es sowohl in Fredericksburg als auch in Johnson City sehr viel geschäftiger zuging und sie dort alles bekommen würde, was sie brauchte. Nicht, dass sie tatsächlich etwas benötigt hätte.

Als er den Truck vor Dixie's Diner parkte, entdeckte sie einen Farbtupfer ein Stück die Straße hinunter. „Was ist das?"

„Ein neuer Laden, der erst im letzten Jahr aufgemacht hat. Am Rande von Fredericksburg gibt es diese Wildblumenfarm, die haufenweise Leute anzieht, die sich die Wildblumen anschauen und Samen kaufen, um sie mit nach Hause zu nehmen. Nun, Martha und Amos haben sich gedacht, dass ein weiterer Laden, der sich auf Wildblumen spezialisiert hat, nicht schaden könnte und so haben sie ihr Geschäft eröffnet. Es ist viel kleiner als das andere, aber sie züchten einige sehr schöne Blumen und ihr Geschäft wächst, da es genau hier an der Hauptstraße liegt. Sie werden bald expandieren, da sich das Land seit Generationen in ihrem Besitz befindet. Sie wollten nur erst einmal sehen, ob die Idee es wert ist. So weit, so gut."

„Das klingt wunderbar. Ich würde es mir gern mal ansehen. Und es ist schon eine Ewigkeit her, seit ich auf der Wildblumenfarm war."

„Dann fahren wir dort mal gemeinsam hin. Um diese Jahreszeit blühen dort sehr viele Blumen. Ich muss ohnehin nach Fredericksburg zu meinem Anwalt, das passt also gut."

„Perfekt. Dann sag mir einfach, wann wir fahren und ich halte mir den Tag frei."

Sie lachten beide und blieben noch im Truck sitzen.

„Weißt du eigentlich, dass du in einer sehr hübschen Gegend lebst?"

„Ja, das weiß ich. Viele der Ranchen gibt es schon sehr lange. Manchmal wechseln sie den Besitzer, wenn die Kinder erwachsen werden und den Betrieb nicht fortführen möchten. Dann sieht man ein paar neue

Gesichter."

„Zum Glück nicht bei dir."

„Dank dir."

Sie sahen einander an und ein Gefühl der Kameradschaft erfüllte den Truck. Sie mochte das. Sie erkannte, dass sie sich noch nie einem Mann so verbunden gefühlt hatte.

Er wandte seinen Blick ab und schaute die Straße hinunter, bevor er sie erneut ansah. „Es ist ein guter Ort. Obwohl es nicht gerade der beste Ort der Welt ist, wenn man ein Mann ist, der gerne heiraten möchte. Es gibt hier weniger Frauen als Männer, wegen all der Farmen. Du kannst dir vorstellen, dass die Cowboys die Frauen zahlenmäßig weit übertreffen."

„Wirklich? Ist das Grund, warum du nicht verheiratet bist? Ich meine, verheiratet *warst*?" Sie lächelte ihn an und die sonnengebräunte Haut um seine Augen kräuselte sich.

„Ja, vergiss nicht, dass du mich geheiratet hast. Aber nein, das war nicht der Grund. Hier ist er. Ich bin häufiger von Frauen verletzt worden, als ich einzugestehen gewillt bin. Sie schienen alle mehr daran interessiert zu sein, was ich vorzuweisen hatte – das Geld, nicht ich als Person. Ich hatte es satt. Und dann habe ich Delta kennengelernt. Sie hat mich hereingelegt, mich um ihren kleinen Finger gewickelt und ich habe schon die Hochzeitsglocken läuten gehört. Irgendwann habe ich herausgefunden, dass sie noch einen anderen Kerl hatte und ich nur als die Bank herhalten sollte. Seitdem bin ich etwas griesgrämig gewesen. Und ich rede nicht über sie, nie. So, jetzt weißt du es."

Er war verletzt worden. Tief verletzt worden. „Sie hat dir etwas bedeutet." Das war keine Frage. Es lag auf der Hand, andernfalls hätte sie nicht die Macht gehabt, ihn so sehr zu verletzen.

„Ja, und ich war ein Dummkopf. Und ich bin nicht gerade scharf darauf, ein Dummkopf zu sein."

Nein, natürlich nicht. „Ich bin auch dumm gewesen, falls dich das aufmuntert. Zum Glück hat Ginny dafür gesorgt, dass ich nicht auch noch zu einem in Schwierigkeiten steckenden Dummkopf wurde."

„Ich mag deine Freundin Ginny sehr und bin froh, dass sie dir geholfen hat."

Sie lächelte. „Sie und Loretta."

„Was für eine erschreckende Vorstellung." Er schüttelte den Kopf. „Bist du hungrig? Ich muss noch in den Futtermittelladen gehen und ein paar Dinge abholen, aber wir haben noch gar nichts gegessen und so ein Kampf mit den Kälbern kann einen ganz schön hungrig machen."

„Essen klingt gut."

Sie stiegen genau in dem Moment aus dem Truck, als eine Frau aus dem Antiquitätenladen trat und in ihre Richtung gelaufen kam. Auch sie schien auf dem Weg in das Diner zu sein.

Die ältere Frau trug Jeans, Stiefel und ein Westernhemd. Ihr langes graues Haar war zu einem Pferdeschwanz zurückgebunden, der ihr über den Rücken fiel. Sie war nicht sehr groß und hatte die lederne Haut einer Frau, die an der frischen Luft arbeitete. Allie war klar, dass man diesen ledernen Look auch bekommen konnte, wenn man zu viel Zeit am Pool verbrachte, aber die Frau sah nicht wie jemand aus, der sich häufig an einem Pool entspannte. Mit der Agilität einer sehr viel jüngeren Frau kam sie die Straße entlanggelaufen. Als sie sie entdeckte, verzog sich ihr Gesicht zu einem Grinsen. Ihr Alter war nicht leicht zu erraten, aber Allie hatte das Gefühl, dass sie jünger war, als ihre ledrige Haut einen glauben ließ. Vielleicht fünfundsiebzig, während ihre Haut eher wie die einer Achtzigjährigen wirkte. Ihre salbeigrünen Augen tanzten vor Freude, als sie auf dem Bürgersteig stehenblieb und Allie und Wade ansah.

„Nun schau aber einer an. Ich habe schon gehört, dass du eine Braut mit nach Hause gebracht hast. Endlich. Wade, mein Sohn, dein Großvater wäre überglücklich."

Allie sagte nichts; sie schenkte der Frau lediglich ein Lächeln und sah Wade abwartend an.

Wade lächelte, dann streckte er die Hand aus und umarmte die Frau. „Hey Penny, schön dich zu sehen. Und ja, das ist Allie. Wir haben vor Kurzem geheiratet. Wie hast du das gemeint, dass Großvater glücklich wäre?"

Allie bemerkte die Vorsicht in seinen Worten und Neugierde überkam sie. „Hallo Penny. Schön, dich kennenzulernen."

„Mir geht es ebenso, junge Dame. Du siehst aus, als könntest du diesem jungen Mann Paroli bieten. Und Wade, was deinen Großvater angeht – ich weiß alles über das Testament, das du vor drei Monaten ausgehändigt bekommen hast. Dein Großvater hat es mit mir besprochen. Und nur damit du es weißt, es gibt da möglicherweise ein paar Dinge, die du noch nicht weißt. Vielleicht sollten wir uns unterhalten."

Wade sah etwas verwirrt aus. „Er hat mit dir darüber gesprochen? Penny, warum hast du mir das nicht gesagt? Seitdem sind drei Monate vergangen. Und was meinst du damit, dass es ein paar Dinge gibt, die ich nicht weiß?"

Penny verschränkte die Arme und grinste ihn an. „Nun, er hat es eben mit mir besprochen. Er hat gedacht, dass es gut wäre, wenn jemand, der der Familie nahesteht, die Einzelheiten kennt. Außer dem Anwalt. Auch wenn er und Cal gute Freunde sind… waren. Du weißt schon, mein Sohn, manche Dinge bannt man einfach nicht auf Papier. Und da ich in all den Jahren eine solch gute Freundin deines Großvaters und deiner Großmutter gewesen bin, ist er eben zu mir gekommen. Daher weiß ich, dass diese junge, wunderschöne Frau dich geheiratet hat, damit du das Land deines Großvaters erben kannst. Und das meine ich nicht böse dir gegenüber, Allie. Tatsächlich bin ich aufgeregt. Mein Sohn, du hast Initiative gezeigt und getan, worum dich dein Großvater gebeten hat. Ich war mir nicht sicher, ob du es tun würdest, da du eine solche Abneigung gegen das Heiraten hast – und nie große Ambitionen in diese Richtung gezeigt hast. Er hat sich deswegen Sorgen gemacht."

„Ich weiß, dass er das getan hat. Wir stehen hier auf dem Bürgersteig herum und reden über all das. Wir wollten gerade zu Mittag essen. Möchtest du mitkommen?"

„Gern. Ich war auch gerade auf dem Weg dorthin. Lass uns in einer Ecke Platz nehmen. Ich denke nicht, dass du willst, dass alle unsere Unterhaltung mitanhören. Allie gegenüber wäre es auch nicht fair, wenn alle die Details eurer Hochzeit kennen."

Wade nickte und trat dann einen Schritt zurück, damit sie sich bewegen konnten. „Ich stimme dir aus ganzem Herzen zu, Penny." Er beschrieb mit seiner Hand einen Bogen und gewährte ihnen den Vortritt. „Nach Ihnen, meine Damen."

Allie ging mit den beiden auf das Diner zu. Ihre Neugier hatte die Oberhand gewonnen. Es kam ihr so vor, als wären die Umstände um das Testament von Wades Großvater soeben noch etwas komplizierter geworden. Ein Mann, der seinem Enkel ein Ultimatum von drei Monaten stellte um zu heiraten und der andernfalls den riesigen Landbesitz und etliche Millionen – wenn nicht sogar noch mehr – verlieren würde, nun, in ihren Augen klang das nach einem

Mann, der vielleicht nicht mehr ganz richtig im Kopf gewesen war. Aber alle sagten, er hätte das alles aus Besorgnis getan. Was auch immer der Grund sein mochte, sie war ein Teil des Ganzen und wurde Wade immer vertrauter. Sie war gespannt, wie sich die Situation entwickeln würde. Sie wollte das Beste für ihn. Und sie hoffte, dass Penny ihm nichts mitteilen würde, was er nicht hören wollte.

Sie betraten das Restaurant. Es war nicht gerade voll, dafür dass es bereits fast zwei Uhr war. Sie hatten ein spätes Mittagessen zu sich nehmen wollen und spät war es inzwischen wirklich. Die Kellnerin lächelte Wade an und begrüßte ihn auf eine Art und Weise, die Allie annehmen ließ, dass sie früher – oder immer noch – mehr von Wade gewollt hatte als das Lächeln, das er ihr schenkte. Allie ging auf, dass Wade mit seinem guten Aussehen und bekannt, wie er war, sicherlich von vielen Frauen so angesehen wurde. Und das war Teil seines Problems. Sie dachte, dass ihr Verhalten an dem Tag, als er niedergeschlagen in die Raststätte gekommen war und allein an seinem Tisch gesessen hatte, erfrischend auf ihn gewirkt haben musste: sie hatte wirklich wissen wollen, ob es ihm gut ging. Vielleicht hatte er gespürt, dass sich hinter ihrer aufrichtigen Frage kein anderes Motiv verbarg. Oder er war einfach nur so verzweifelt gewesen, dass er jedem von seinem Problem erzählt hätte. Sie wollte gern glauben, dass er speziell auf sie reagiert hatte. Und das wurde immer mehr zu einem Problem für sie, denn in drei Monaten würde ihre Beziehung vorüber sein.

Sie war froh, dass sie nichts über ihn gewusst hatte. Doch sie kannte sich selbst gut genug, um zu wissen, dass sein Geld keinen Einfluss darauf gehabt hätte, wie sie sich ihm gegenüber verhalten hatte.

Penny verschwendete keine Zeit. Sobald sie sich gesetzt hatten, blickte sie die Kellnerin an. „Carla, ich nehme das Übliche, aber heute werde ich mir mal etwas gönnen. Daher gieß mir doch bitte ein halbes Glas gesüßten Tee in meinen ungesüßten Tee. Ich feiere, dass Wade und Allie geheiratet haben."

Die Kellnerin lächelte, sah aber aus, als würde ihr dieses Unterfangen Schmerzen bereiten. „Du hast geheiratet?" Sie atmete aus und zwang sich dann zu einem weiteren Lächeln. „Das ist toll. Ich schätze mal, die Guten tun das eben irgendwann. Herzlichen Glückwünsch."

Allie tat die Frau leid.

„Danke", sagte Wade und richtete seine

Aufmerksamkeit auf Allie. „Ich denke, ich habe es gut getroffen. Das ist Allie."

Carla ging gut mit der Situation um, auch wenn Allie sah, dass sich die Haut um ihren Mund verzog, als sie nun noch breiter lächelte. „Freut mich, dich kennenzulernen. Kann ich euch schon etwas bringen?"

Und schon war die unangenehme Situation vorüber. Wade bestellte ein paniertes Rindersteak mit Kartoffelbrei und Erbsen. „Hier gibt es das beste panierte Rindersteak des ganzen Landes, wenn ihr mich fragt."

Sie warf einen Blick auf die Speisekarte und sah dann zu Carla auf. „Ich möchte kein Rindersteak – das ist mir etwas zu schwer. Ich würde gern das Club Sandwich probieren."

Carla tippte mit ihrem Stift auf den Block, den sie in den Händen hielt und schenkte ihr dann ein kleines Lächeln, das ihre Augen nicht ganz erreichte. „Dann schreibe ich das auf. Das wäre auch meine Wahl. Das Club Sandwich ist lecker. Der Speck ist frisch und die Tomaten sind es auch. Sie kommen aus dem Garten."

Nachdem sie das gesagt hatte, verließ sie den Tisch und Penny begann zu reden. Sie hatte ihre Hände auf den Tisch gelegt. „Okay, ihr zwei, dann erzähle ich euch mal, was ich weiß. Dein Großvater hat diese etwas merkwürdige Bedingung ersonnen, dass du heiraten musst, damit du die Ranch erben kannst. Du weißt, er hat das zu deinem Besten getan. Er wollte so gern, dass seine Urenkel auf dem Grundstück herumtoben. Natürlich war ihm bewusst, dass ihr nur die drei Monate verheiratet bleiben und euch dann scheiden lassen könntet. Anschließend könntet ihr beide eurer Wege gehen und hättet beide bekommen, was ihr wollt – Allie den Scheck und du die Ranch und das Geld. Dein Großvater war sich im Klaren darüber, dass du viel Arbeit in den Aufbau der Ranch gesteckt hast. Er hat nicht gewollt, dass sie nicht dir gehört. Aber er kannte dich gut genug um zu wissen, dass du jemanden heiraten würdest.

Er hat gewusst, dass du nur jemanden heiraten würdest, der dich auf die eine oder andere Weise ansprächе. Meinen eigenen Beobachtungen zufolge hattest du genügend Zeit, irgendeiner Frau diesen Deal vorzuschlagen. Aber das hast du nicht getan. Ich war schon etwas in Sorge. Und ich stelle mir vor, dass dein Großvater oben im Himmel genauso besorgt war, aber du hast es dann doch getan. Ich vermute, dass es einen Grund dafür gab, dass du Allie gebeten hast, deine

Frau zu werden. Sag nichts. Ich sehe den Argwohn in deinen Augen, aber wenn du Allie anschaust, dann ist da auch ein kleines Funkeln. Ich hoffe, genauso wie sich das auch dein Großvater erhofft hat, dass zwischen euch beiden noch etwas mehr ist und dass dies der Grund war, warum ihr einander geheiratet habt, jenseits von finanziellen Erwägungen.

Er hat gehofft, dass ihr in den drei Monaten feststellt, dass mehr zwischen euch ist. Der alte Charmeur hoffte, dass ihr euch ineinander verlieben würdet. Er war immer ein Romantiker, wenn man an seinen Ecken und Kanten vorbeikam. Deine Großmutter hat das mir gegenüber oft bezeugt."

Allie sah Wade an. Ihre Schulter berührten sich und sie konnte seine Anspannung spüren.

„So etwas habe ich mir schon gedacht." Er sah nicht gerade glücklich aus. „Aber was auch immer er sich dabei gedacht hat, ich kann nicht gutheißen, was er getan hat. Aber es ist sein Testament und er hat mir sehr deutlich klargemacht, dass es sein Land ist und er damit machen kann, was er will und dass es nicht zählt, wie hart ich gearbeitet habe."

Sie fühlte mit ihm.

„Das ist deine Ansicht. Und ich sage auch nicht,

dass ich mit ihm einer Meinung war. Aber es ist nun einmal so und nun liegt es an euch, das Beste daraus zu machen – wie auch immer ihr als Paar entscheidet, damit umzugehen.“

Ihr Essen kam und sie warteten, während Carla die Teller vor ihnen abstellte.

Als sie gegangen war, nahm Penny ihr Sandwich in die Hand. „Ich hoffe wirklich, dass ihr nicht nur an das Geld denkt, sondern dem Ganzen eine Chance gebt, eine echte Chance. Ich hoffe, dass ihr zwei euch näherkommt und eure Einwände aufgebt.“ Sie sah Allie an. „Ich habe den Eindruck, dass du welche hast. Und ich weiß, dass Wade welche hat. Dieser Junge ist so schweigsam und sein Herz auf eine Weise verschlossen, dass es kein Licht sehen kann. Und ich verstehe, warum. Ich sehe zum Beispiel, wie Carla ihn ansieht. Mir ist klar, dass er in dieser Gegend nicht nur für seinen Charakter bekannt ist. Ich gehe davon aus, dass du dich inzwischen über ihn informiert hast und dir aufgefallen ist, dass er allgegenwärtig ist. Das sind alle McCoy-Jungs. Aber Wade mag es am wenigsten, denke ich. Er ist vorsichtig. Und daher hoffe ich, dass ihr ehrlich und aufrichtig zueinander seid.“

Wade hatte ihr ruhig zugehört. Jetzt holte er tief

Luft. „Penny, hör mir zu. Allie ist ein guter Mensch und ich werde nichts tun, womit ich sie verletzten könnte. Das, was du von uns verlangst, hat das Potential, uns beiden zu schaden. Unsere Vereinbarung ist im Moment rein geschäftlicher Natur. Wenn wir das ändern, könnte Allie verletzt werden. Ich natürlich auch, aber um mich mache ich mir gerade die wenigsten Sorgen. Sie hat das für mich getan – ja, auch für den Scheck, den sie benötigt – aber vor Allem aufgrund der Güte ihres Herzens. Ich habe nicht vor, damit zu spielen.“

Allie biss sich auf die Innenseite ihrer Lippe, als sie darüber nachdachte, was er gesagt hatte. Da war diese kleine Hoffnung in ihr, sie wünschte sich plötzlich, dass sie dem eine Chance geben würden. Auch wenn er arm wie eine Kirchenmaus wäre, würde sie das wollen, denn Wade war ein guter Kerl und das lag nicht an dem, was er besaß. Er war einfach ein guter Kerl und sie fühlte sich so überwältigend zu ihm hingezogen wie noch zu keinem Mann zuvor. Aber vielleicht lag das auch nur daran, dass er ihr für eine Weile einen Rückzugsort vor all den Schwierigkeiten bot, in denen sie steckte.

Aber er hatte in vielerlei Hinsicht recht. Sie war

verletzlicher als er und sie könnte wirklich verletzt werden, wenn sie dieser Anziehung nachgaben, die sie beide fühlten und diesen Weg weitergingen. Denn sie hegte nicht den geringsten Zweifel daran, dass Wade sie verlassen würde. Sie hatte drei Monate und dann würde alles vorüber sein. Nichts an seinem Verhalten deutete darauf hin, dass irgendetwas, das sie täte, daran etwas ändern würde…

Penny warf Wade einen spitzen Blick zu. „Ich verstehe, was du sagst, Wade. Aber genau das hat dein Großvater gewollt. Er wollte, dass du dem Ganzen eine Chance gibst. Und aus diesem Grund habe ich ihm versprochen, dass ich ein paar Dinge für euch tun würde, die ich auch getan hätte, wenn es sich um eine normale Ehe handeln würde. Ich werde in zwei Wochen eine Hochzeitsfeier mit Tanz für euch veranstalten. Ich erwarte, dass ihr kommt und euch wie ein Ehepaar verhaltet. Deine Nachbarn wissen nichts von dem Testament und werden dir alles Gute wünschen und deine Braut kennenlernen wollen. Ihr müsst lediglich so glücklich lächeln wie ein frisch verheiratetes Ehepaar, den Kuchen anschneiden und den ersten Tanz tanzen, so als wäre das die Feier an eurem Hochzeitstag. Was sagt ihr dazu?"

Allie war sprachlos. Betäubt. Ihr war schlecht.

KAPITEL ZEHN

Wade starrte Penny an, die Frau, die für ihn wie eine Großmutter war. Die immer für seine Familie da gewesen war. Er mochte ihre Idee kein bisschen. Er war gerade versehentlich mit seinem Oberschenkel gegen Allies Oberschenkel gestoßen und sofort war Hitze durch seinen gesamten Körper gefahren. Seit dem Füttern der Kälber am Morgen kämpfte er noch stärker als zuvor darum, der Anziehungskraft, die sie auf ihn ausübte, nicht zu erliegen.

Es waren gerade einmal drei Tage vergangen und schon steckte er in Schwierigkeiten. Er fühlte sich zu Allie hingezogen, aber das bedeutete nicht, dass er sich in sie verlieben würde. Das würde er nicht zulassen. Er hatte seine Gründe und versucht, sie zu erklären. Er wollte Allie nicht verletzen, befürchtete aber, dass er genau das unweigerlich tun würde. Und jetzt brachte Penny seinen ganzen Plan durcheinander. Aber er würde nicht darum herumkommen. Penny bekam, was Penny wollte.

„Penny, du machst mich verrückt, aber okay. Wir werden kommen, denn ich weiß, dass du und Großvater einen Plan geschmiedet habt und da müssen wir nun eben durch. Ist das für dich in Ordnung, Allie?"

Sie biss sich auf die Innenseite ihrer Lippe und blickte die beiden ernst an. „Ist es, aber ich hatte gedacht, dass ich hierherkommen würde, ein paar Dinge über das Ranchleben lernen würde und ein bisschen so tun müsste, als wären wir ernsthaft verheiratet, bevor wir wieder getrennter Wege gehen. Ich hatte nicht gedacht, dass ich wirklich jemanden anlügen müsste. Mir war bis zu diesem Moment nicht klar, dass dir alle deine Freunde und Nachbarn gratulieren wollen würden. Das ist eine Lüge. Direkt ins Gesicht. Ich gehe mal davon aus, dass du auch Wades Geschäftspartner und Bekannte seines Großvaters einladen wirst?"

Penny nickte.

Allie holte tief Luft und Wade spürte den Aufruhr, der in ihr tobte. Aber er wusste nicht, was er dagegen tun sollte.

„Das bedeutet, dass wir sie alle anlügen werden. Das behagt mir nicht. Ich kann nicht gut lügen. Das konnte ich noch nie und ich mag es auch nicht. Das ist wahrscheinlich der Grund, warum ich so schlecht darin bin und immer auf die Lügen hereingefallen bin, die mir irgendwelche Typen erzählt haben."

Wade hatte seinen Appetit verloren. Sie sah panisch aus. Sie war aufgeregt und hatte ihre Hände so fest um den vor ihr auf dem Tisch stehenden Teller geschlossen, dass ihre Knöchel weiß hervortraten.

Er legte eine Hand auf ihre. „Entspann dich, Allie. Komm schon, atme. Mach dir nicht solche Gedanken. Wir werden sie nicht anlügen. Sagen wir einfach, dass wir beide uns während des Empfangs besonders viel Mühe geben, ganz wie mein Großvater es gewollt hat. Damit würden wir nicht allzu dreist lügen – wir geben uns Mühe. Was denkst du? Wäre das hilfreich?" *Worauf ließ er sich da ein?*

„Ich weiß, dass du das nicht willst und ich verstehe es. Ich respektiere es, dass du mich weder anlügen noch mir etwas vormachen möchtest. Es ist nur so viel komplizierter, als ich bei unserer Hochzeit annahm. Ich dachte, alles wäre ganz einfach und unkompliziert. Ich hatte ja keine Ahnung."

„Meine Liebe", Penny lächelte sie mitfühlend an, „ich mag dich. Ich kann dir sofort sagen, dass Wades Großvater und auch seine Großmutter dich gemocht hätten. Du bist ehrlich und trägst dein Herz auf der Zunge. Das ist ein bisschen gefährlich, aber es bedeutet, dass du an das Gute glaubst. Mein Ratschlag, von einer Frau zur anderen wäre, dass du in dieser Situation dein Herz vielleicht etwas herauslassen solltest. Wenn das denn überhaupt möglich ist. Ich kann verstehen, wenn das nicht möglich ist und ich verstehe jetzt, was Wade gemeint hat. Er will dich nicht verletzen und ich verstehe nun, wovon er gesprochen hat. Aber ich sehe nicht, was es schaden könnte, wenn ihr es für diesen einen Abend wirklich probiert, so wie Wade es vorgeschlagen hat. Es wäre keine Lüge. Nur wir drei wüssten davon. Was sagst du?"

Ihre Blicke verbanden sich miteinander.

„Okay. Ich bin dabei. Wir machen es", sagte Allie.

Ihre Hände zitterten nur noch leicht unter seinen und erst jetzt fiel Wade auf, dass er noch immer ihre

Hände hielt. Er konnte sich in diesen blauen Teichen verlieren. Wade wurde klar, dass Penny sie beobachtete und dass Allie, ohne es zu wissen, bereits in Schwierigkeiten steckte. Wade stöhnte innerlich auf und löste seine Hand von ihrer. Er wusste, dass er eingebildet klingen würde, wenn er sagen würde, dass er wüsste, dass sie drauf und dran war, sich in ihn zu verlieben. Aber er konnte es sehen, es stand ihr ganz deutlich ins Gesicht geschrieben. Man musste kein Genie sein, um das zu erkennen. Damit befand auch er sich in Schwierigkeiten, denn der Gedanke daran, sie beim Tanzen in den Armen zu halten, behagte ihm viel zu sehr.

Allie blickte über die Weide und beobachtete die Fohlen, die zusammen mit den ausgewachsenen Pferden ausgelassen über die Wiesen tollten. Der Anblick war wunderschön. Das Gras war grün und üppig und die Pferde bezaubernd. Insgesamt waren es acht ausgewachsene Pferde und sechs Fohlen. Das Hübscheste von ihnen, ein Goldfarbenes mit einer cremefarbenen Mähne, die im Wind wirbelte, galoppierte über die Weide.

Während sie dort stand, tätigte sie einen Anruf und erkundigte sich nach ihrer Mutter. Ihr Zustand war unverändert. Allie hatte sich vorgenommen, sie in der nächsten Woche zu besuchen, um sich davon zu überzeugen, dass alles in Ordnung war. Sie musste Wade fragen, ob sie fahren oder das Flugzeug nutzen sollte. Er hatte ihr zu verstehen gegeben, dass dieses, während sie hier war, zu ihrer Verfügung stünde. Der Satzteil *während sie hier war* war ihr nicht entgangen.

Seit ihrem gemeinsamen Mittagessen mit Penny hatte Wade ihr noch ein weiteres Mal gezeigt, wie man die Kälber fütterte und ihr dann bescheinigt, dass sie das fortan auch allein tun konnte. Darüber war sie so stolz gewesen, dass sie dem Drang, ihn zu umarmen, nur schwer hatte widerstehen können. Dieses Mal war er zurückhaltender gewesen als beim ersten Mal. Es kam ihr so vor, als wolle er sie auf Distanz halten, daher hatte sie ihre Aufregung etwas im Zaum gehalten. Er hatte lange gearbeitet und abends nicht mehr mit ihr auf der Schaukel gesessen. Trotzdem aßen sie gemeinsam. Außerdem hatte er ihr die Schlüssel für den Truck gegeben, damit sie die Gegend erkunden konnte, wenn sie das wollte. An einem der letzten Tage war sie nach Fredericksburg gefahren und war über die lange Hauptstraße geschlendert, an der sich Geschäft an Geschäft reihte. Sie hatte alleine in einem Restaurant an einem Tisch im Freien zu Mittag gegessen, hatte der Live-Musik gelauscht und Leute beobachtet. Sie hatte der Versuchung nachgegeben, in eine der vielen Eisdielen zu gehen und ein Eis und ein Stück Karamell zu kaufen. Am Ende war sie mit leeren Händen nach Hause zurückgekehrt.

„Wie war dein Tag?", hatte Wade sie am Abend auf dem Weg in sein Büro gefragt.

„Es war nett. Ich habe den Tag genossen. Und wie war dein Tag?"

Er hatte sie zurückhaltend angeschaut. „Wir haben Rinder zum Schutz vor einer Sturzflut aus einer Schlucht auf eine flachere Weide gebracht. Es war heiß. Es tut mir leid, aber ich muss noch etwas Papierkram für eine Gruppe von Rinderkäufern erledigen."

„Klar. Ich werde noch etwas schaukeln und dann ins Bett gehen."

Und dann war sie mit ihrem Block und dem Stift zur Schaukel gegangen, während er sich in sein Büro zurückgezogen hatte.

Als sie so dastand und die Pferde betrachtete, da

ging sie im Kopf jeden Moment durch, den sie zusammen verbracht hatten, bevor er sich von ihr zurückgezogen hatte. *Was war schiefgelaufen?*

Vier Tage waren seitdem vergangen und ihr fiel so langsam die Decke auf den Kopf. Und sie vermisste Wade. Sie hatte die Kälber gefüttert, nachdem sie ihm versichert hatte, dass sie es schaffen würde und sie hatte es gut hinbekommen.

Allie erschrak, als sie einen Truck den Weg entlangkommen sah. Sie befand sich auf einer Weide hinter dem Stall und war sich nicht sicher, ob man sie vom Truck aus sehen konnte, aber er bog in diesem Moment auf den Weg ab, der zu ihr führte, so als hätte der Fahrer des Wagens sie beim Pferdestall entdeckt.

Der Truck kam zum Stehen und eine Frau, die etwas älter war als sie selbst, sprang heraus und schritt auf sie zu. „Hallo, bist du Allie?"

Allie ging neugierig auf die brünette Frau zu. „Die bin ich. Ich bin mit Wade verheiratet." Sie wusste nicht, was sie sonst hätte sagen sollen, fühlte sich aber trotzdem unwohl dabei zu sagen, dass sie mit Wade verheiratet war.

„Großartig." Ein breites Lächeln breitete sich auf dem Gesicht der Frau aus. „Ich freue mich wirklich sehr, dich kennenzulernen. Ich bin Caroline McCoy. Wades Cousine… Cousine zweiten Grades, um genau zu sein. Unsere Großväter sind Brüder. Nicht, dass du mich mit seinen Cousins – meinen Brüdern – verwechseln würdest, aber ich bin das einzige Mädchen der Bande. Und ich bin so begeistert, dass einer der Jungen das Handtuch geworfen hat und sesshaft wird."

„Oh, das ist schön." Was sollte sie sagen? Offensichtlich wusste Caroline nicht, warum er und Allie geheiratet hatten. Allie wurde klar, dass Wade und seine Brüder niemandem von dem Testament erzählt hatten. Auch nicht ihren Cousins und Cousinen. Ihr ging auf, wer Caroline war. „Oh, deine Eltern sind bei dem Flugzeugabsturz zusammen mit Wades Eltern gestorben, oder?"

Caroline nickte. „Ja, leider haben wir sie alle viel zu früh verloren. Wir McCoy Cousins und Cousinen stehen uns deswegen sehr nahe, auch wenn wir uns wünschten, es wäre anders gekommen. Es macht uns stärker. Ich liebe Wade, Todd und Morgan, so als wären sie meine Brüder."

„Euer Verlust tut mir leid. Auch ich habe meinen Vater vor nicht allzu langer Zeit verloren und es ist immer noch sehr schwer." Sie konnte sich nicht dazu durchringen, noch mehr über ihre Situation und den Gesundheitszustand ihrer Mutter zu erklären. Es ging ihr noch zu nahe.

„Danke, und das mit deinem Vater tut mir leid. Es ist nicht einfach, aber Wade kann dir durch diese schwere Zeit helfen."

„Ja", sagte sie und wusste, dass das in vielerlei Hinsicht wahr war.

Caroline lächelte. „Ich bin herübergekommen, um dich willkommen zu heißen. Ich hoffe, dass Wade gut mit dir umgeht."

Ihre Worte waren scherzhaft gemeint und brachten Allie zum Lachen. „Das tut er."

„Das habe ich mir gedacht, schließlich hat er dich geheiratet. Was für eine Geschichte! Irgendwann werde ich die Einzelheiten hören wollen. Ich meine, er verabredet sich kaum mit jemanden, dann unternimmt er diesen Trip, um ein paar Rinder zu verkaufen und kehrt mit einer Frau nach Hause zurück. Seid ihr miteinander ausgegangen und wir haben es bloß nicht gewusst?"

„Ähm, nein. Wir haben uns kennengelernt, als er an der Raststätte hielt, an der ich gearbeitet habe.“

Man musste Caroline zu Gute halten, dass sie dies lediglich mit einem Lächeln quittierte. „Liebe auf den ersten Blick. Ich liebe das. Ich wollte bereits herkommen und dich begrüßen, seit ich von eurer Hochzeit erfahren habe. Eure Beziehung muss ziemlich stürmisch gewesen sein.“

„Das kann man so sagen“, erwiderte Allie in dem Bestreben, so wenig wie möglich preiszugeben. Sie fragte sich, ob Caroline wohl annahm, dass sie sich bei einer von Wades früheren Reisen kennengelernt hatten und zumindest eine kurze Zeit zusammen gewesen waren. Wenn das der Fall war, dann würde sie dem nicht widersprechen oder näher darauf eingehen, was wirklich passiert war.

„Wir sollten etwas gemeinsam unternehmen, uns kennenlernen. Ich kann dir helfen, dich an die Gegend zu gewöhnen. Und Penny hat angerufen und mir erzählt, dass sie eine Hochzeitsfeier für euch veranstaltet. Was für eine fantastische Idee. Ein Empfang mit Tanz und Live-Musik und einer Torte, Unmengen an reichhaltiger und cremiger Torte. Wie auch immer, sie meinte, du könntest vielleicht eine

Freundin brauchen, die dir dabei hilft, dich auf diese ausgelassene Feier vorzubereiten und ich freue mich immer auf eine Party. Ich wollte dich ohnehin kennenlernen, also haben uns quasi die Sterne einander in die Arme geschoben. Ich wäre schon eher herübergekommen, aber ich war nicht in der Stadt. Aber keine Sorge, jetzt bin ja da."

Allie mochte die Frau, die sie auf vielerlei Weise an Ginny erinnerte. Sie vermisste Ginny sehr. Ihre kurzen Telefongespräche reichten nicht aus, sie verpassten einander häufig. Caroline schien ebenso kühn zu sein wie Ginny und Allie fühlte sich davon angezogen.

Sie musste unbedingt bald zurück nach Tyler und ihre Mutter und Ginny besuchen. Sie würde morgen mit Wade sprechen.

Sie entspannte sich. „Ich habe schon darüber nachgedacht, was ich zu der Feier anziehen könnte. Also, was trage ich zu dieser ausgelassenen Feier?", fragte sie mit den Worten, die Caroline zuvor benutzt hatte. „Hast du Lust, shoppen zu gehen?" Normalerweise ging Allie nicht mit Leuten shoppen, die sie kaum kannte, aber sie war bereits ein bisschen verzweifelt.

„Magische Worte. Was machst du heute Nachmittag?"

„Ähm, naja, nichts. Wade arbeitet mit den Rindern und Nelda hat bereits dafür gesorgt, dass das Haus funkelt und das Abendessen im Kühlschrank steht. Die Kälber habe ich auch schon gefüttert. Um die Wahrheit zu sagen, ich langweile mich zu Tode."

Ein Grinsen breitete sich auf Carolines Gesicht aus. „Hol deine Sachen und steig ein. Wir werden das perfekte Kleid für dich finden und etwas Mädelszeit miteinander verbringen. In Fredericksburg gibt es ein paar großartige Fachgeschäfte. Oder wir fahren nach San Antonio. Das ist nächstgelegene Ort, an dem man ein anständiges Kleid finden kann. Wir müssen nur deinem Schatz eine kurze Nachricht hinterlassen, in der wir ihm mitteilen, dass ich dich entführt habe und wir auf dem Weg nach Fredericksburg sind. Wenn wir dort nicht das perfekte Kleid finden, dann müssen wir eben noch einmal shoppen gehen." Sie lachte. „Sag ihm, dass ich gesagt habe, wir sind zurück, wenn wir zurück sind."

Allie gluckste, sie war sich nicht ganz sicher, was sie von Caroline halten sollte, aber sie erinnerte sie mit Sicherheit an Ginny. Ja, sie sollte wirklich nach Hause fahren und sie besuchen. Sie könnte Ginny einladen, zu der Feier zu kommen, wenn sie Zeit hatte. Oder vielleicht könnten sie ihr auch das Flugzeug schicken, dass Wade besaß, denn wahrscheinlich hatte sie nicht die Zeit, das Weingut allzu lange allein zu lassen. Sie lebte für ihre Arbeit. Sie beschloss, Ginny am nächsten Tag anzurufen.

„Gut, dann machen wir das. Ich schätze, ich sollte mich umziehen?"

„Nein, das passt. Falls es dir nicht aufgefallen ist, ich bin auch eher das Jeans-und-T-Shirt-Mädchen. Du trägst zumindest Sandalen – ich habe immer noch meine Stiefel an. Solange wir nur bezahlen, ist es denen glaube ich herzlich egal, wie wir aussehen."

Sie war auf jeden Fall wie Ginny. „Das klingt gut."

„Für den Tanz werde ich mich aber auf jeden Fall herausputzen, das verspreche ich dir. Ich habe auch nichts gegen Rüschen, alles zu seiner Zeit. Ich bin gerade erst vom Pferd gestiegen, ich könnte also ein bisschen stinken. Ich hoffe, das macht dir nichts aus." Sie lachte. „Ich mache nur Spaß. Ich habe geduscht, bevor ich hierhergekommen bin – ich wollte nicht nach meinen Pferden riechen, wenn ich dir zum ersten Mal begegne.“

Allie lachte und wusste, dass sie gut mit Caroline auskommen würde.

Sie gingen zu ihrem Truck. „Ich fahre mit dir bis zum Haus und schreibe dort die Nachricht für Wade.“

„Steig ein. Das klingt doch nach einem Plan.“

Ein paar Minuten später unterhielten sie sich bereits wie alte Freunde, als Caroline die kurvenreichen Straßen in Richtung Fredericksburg entlangfuhr.

„Du hast dir wirklich mit den Cops eine Verfolgungsjagd geliefert?“, fragte Allie, nachdem sie sich nach Geschwindigkeitskontrollen in der Gegend erkundigt hatte. Caroline fuhr immer etwas schneller als erlaubt und von Zeit zu Zeit klammerte sich Allie haltsuchend an der Einfassung ihres Sitzes fest. Die Frau fuhr, als wenn es irgendwo brennen würde und sie die Fahrerin des Feuerwehrautos wäre.

Caroline zwinkerte ihr zu. „Es ist leicht, dich aufzuziehen. Nein, ich bin nicht vor der Polizei geflohen, aber ich habe darüber nachgedacht. Jesse James Johnson – so heißt der Deputy von Stonewall – und ich kommen nicht allzu gut miteinander aus. Ich ärgere ihn gern etwas, wenn ich ihn sehe und darüber habe ich gesprochen. Ich beschleunige ein wenig, um ihn zu reizen. Manchmal lässt er mich nicht so einfach davonkommen. Ein oder zwei Mal hat er damit gedroht, mich festzunehmen und mich zur Rechenschaft zu ziehen.“

„Warum tut er so etwas?“ Allie wusste nicht, ob sie weiter nachfragen sollte oder ob es nicht einfach so war, dass Caroline sie gern durch den Kakao zog. Sie würde Wade am Abend über sie ausfragen.

„Weil ich ihn frustriere. Er hält mich für ein verzogenes Gör und ich denke, dass er ein Bild von einem Mann ist, der denkt, dass er das Sagen hat, nur weil er eine Uniform trägt. Ich habe ihm gesagt, wenn er mich anklagt, dann wird ihn das seinen Job kosten.“

„Das hast du gesagt?“ Verwirrt hielt Allie nach Streifenwagen Ausschau.

„Das habe ich doch nur gesagt, um ihn zu ärgern.“ Caroline lachte. „Es ist ziemlich witzig, ihn zur Weißglut zu treiben.“

Allie war erleichtert, als die Stadt in Sicht kam und der Verkehr dichter wurde, sodass Caroline gezwungen war, den Fuß vom Gas zu nehmen. „Du erinnerst mich an meine Freundin Ginny. Ich glaube, ihr zwei würdet euch blendend verstehen. Ihr jagt mir beide irgendwie Angst ein."

Caroline warf den Kopf zurück und johlte. „Ich sollte diese Ginny unbedingt kennenlernen, denn ich glaube nicht, dass ich jemals irgendjemandem Angst eingejagt habe. Vielleicht muss ich deine Freundin kennenlernen, damit ich herausfinden kann, was sie tut, das dich an mich erinnert. Vielleicht sollte ich etwas ruhiger werden."

„Irgendwas sagt mir, dass das wahrscheinlich nicht möglich ist, denn ich weiß, dass Ginny das nicht kann."

„Ich habe dich nur aufgezogen, verstehst du? Mein Großvater ist mit Jesse James einer Meinung – er sagt mir ständig, dass ich ein verzogenes Gör bin und dass mich eines Tages jemand beim Wort nehmen wird und ich eine Menge Ärger bekommen werde."

„Nun, ich hoffe, dass es nicht dieser Deputy sein wird und er dich ins Gefängnis wirft."

„Das würde er nicht tun. Außerdem mag er mich eigentlich und ich bin mir nicht sicher, aber ich denke, ich mag ihn auch. Aber das werde ich ihm nicht sagen – ich mache ihm lieber weiterhin das Leben schwer."

Allie stellte sich den Deputy vor, wie er sich mit flackernden Lichtern eine rasante Verfolgungsjagd mit

Caroline lieferte. Sie musste an Wade denken und daran, wie sie ihn aufgezogen hatte, dass er ihr über die Weide würde nachjagen müssen, wenn ihr Pferd mit ihr durchginge. Der Gedanke daran brachte sie zum Lächeln. Im Grunde genommen stellte sie es sich ziemlich aufregend vor, so von Wade gerettet zu werden. Vielleicht hatte Caroline ähnliche Fantasien in Bezug auf den Deputy, dessen Name klang wie der eines Gesetzlosen.

Sie erreichten das Einkaufsviertel der Stadt, ohne verfolgt oder ins Gefängnis gesteckt worden zu sein, was Allie erleichterte. Sie folgte Caroline in ein Geschäft mit teuer aussehender Kleidung. Sie blieb in der Tür stehen. Sie konnte sich das nicht leisten. Doch dann fiel ihr wieder ein, dass sie sich alles leisten konnte, was sie wollte. Das kam ihr sonderbar vor. Seit dem Unfall ihrer Eltern hatte sie sich nichts mehr gegönnt. Ihre Geldprobleme hatten ihr die Luft zum Atmen genommen und die Gewissheit, sich wahrscheinlich alles hier leisten zu können, war überwältigend. Aber dass sie das tun konnte, hieß nicht, dass sie es auch tun würde. Sie war sparsam und nahm sich vor, ihr Geld nur für Dinge auszugeben, die sie brauchte. Aber sie musste auch sicherstellen, dass sie angemessen gekleidet war.

„Bist du bereit, bis zum Umfallen einzukaufen?" Caroline drehte sich um und bedeutete Allie, ihr zu folgen.

„Zumindest bis wir das richtige Kleid gefunden haben. Ich hoffe, wir finden es schnell."

Caroline sah sie an, als hätte sie gerade etwas Furchtbares gesagt. „Schnell? Willst du mich auf den Arm nehmen? Wir werden jedes Kleid in diesem Geschäft anprobieren und wenn du hier nichts findest, dann gehen wir zum nächsten. Es geht um deine Hochzeitsfeier. Du musst unglaublich aussehen. Dafür sorgen, dass sich mein Cousin Wade noch mal ganz neu in dich verliebt."

Sie kam sich plötzlich sehr heuchlerisch vor, denn es war offensichtlich, dass Caroline nicht wusste, dass sie die Ehe nur zum Schein eingegangen war. Aber der Plan, Wade dazu bringen zu können, sich in sie zu verlieben, war reines Wunschdenken. Das würde nicht passieren. Trotzdem würde es ihr nichts ausmachen, herauszufinden, ob sie ihn zumindest dazu bringen konnte, darüber nachzudenken.

„Du hast völlig recht", sagte sie. „So machen wir es."

KAPITEL ELF

Als Wade am Abend erschöpft und verschwitzt nach Hause kam, spürte er Besorgnis in sich aufsteigen, als er Allie nirgendwo fand. Er suchte im Haus nach ihr und wollte gerade wieder nach draußen gehen, als er einen Zettel auf der Arbeitsplatte in der Küche bemerkte. Sie war mit Caroline shoppen gegangen. Er rieb sich die Schläfe. Seine Cousine war wieder in der Stadt. Und sie war mit Allie unterwegs, um ein Kleid für die Feier zu kaufen. Das würde ihr sicher Spaß machen, dachte er, als er zurück in sein Büro ging, um an einer Telefonkonferenz mit seinen Brüdern teilzunehmen. Sie waren verstimmt gewesen, als er ihnen mitgeteilt hatte, dass er Allie geheiratet hatte, um die Ranch zu retten.

Er war zu beschäftigt gewesen, um sich lange

Gedanken darüber zu machen, wie sie sich fühlen mochten. Er hoffte, dass der Anruf an diesem Abend, eine regelmäßig stattfindende Besprechung geschäftlicher Angelegenheiten, besser laufen würde als das Telefongespräch mit Morgan und die Unterhaltung mit Todd. Er hatte außerdem vor, ihnen von Penny und der Feier zu erzählen und ihnen zu sagen, dass sie kommen mussten. Er nahm nicht an, dass Morgan es gut aufnehmen würde. Er würde denken, dass man ihn manipulierte und damit hatte er ein großes Problem. Wade würde sich deswegen nicht den Kopf zerbrechen. Er dachte grinsend, dass sein größtes Anliegen im Moment war, zu erfahren, wie Allie in dem Kleid aussehen würde, das sie für die Party gekauft hatte.

Allie hatte das schönste Kleid der Welt gekauft. Oder zumindest das schönste Kleid, das sie jemals besessen hatte. Wade war in seinem Büro gewesen, als sie nach Hause gekommen war und den Kopf durch die offene Tür gesteckt hatte. Sie dachte, dass er erschöpft aussah, als sie ihn vor seinem Computer sitzen sah.

„Schatz, ich bin zu Hause", sagte sie neckend,

während sie sich unbeschwert und glücklich fühlte. *Glücklich.* Es war ein gutes Gefühl und sie beschloss, es zu genießen. Carolines Gesellschaft hatte – ganz wie die von Ginny – dafür gesorgt, dass sie etwas kühner war als gewöhnlich.

Seine Augen leuchteten auf, als er ihre Stimme vernahm und er stand augenblicklich auf und kam um den Schreibtisch herum auf sie zu.

Schmetterlinge wirbelten durch ihren Körper.

„Großartig. Hattest du Spaß? Ich fürchte mich etwas, zu fragen, was genau du mit Caroline gemacht hast. Ich bin schonmal froh, dass ich keine Bürgschaft leisten musste, um euch aus Jesse James' Gefängniszelle zu bekommen."

Sie lachte. „Sie hat mir von ihm erzählt. Auch ich bin überglücklich, dass du das nicht tun musstest. Sie fährt wie ein Rennfahrer."

„Du meinst, so als wäre sie auf der Flucht?"

„Genau. Zum Glück sind wir diesem Jesse James nicht begegnet, auch wenn ich inzwischen etwas neugierig auf ihn bin."

Wade stand genau vor ihr und grinste auf sie herab und sie erschauderte, weil er ihr so nahe war. *Meine Güte, es hatte sie wirklich erwischt.*

„Du wirst ihn sicher nächste Woche auf der Party treffen. Ihn und einen Haufen andere Freunde. Es tut mir wirklich leid, dass du da durchmusst."

Sie weigerte sich, sich von dem Gedanken an die Party herunterziehen zu lassen und dass es eigentlich egal war, ob sie seine Freunde und Familie kennenlernte, da sie ohnehin nicht lange genug hier sein würde, um auch nur alle ihre Namen zu lernen. „Das wird lustig. Ich habe ein wunderschönes Kleid gefunden. Ich werde mich wie eine Prinzessin fühlen. Caroline hat mich dazu gebracht, es zu kaufen, auch wenn ich es als zu viel empfunden habe."

„Das ist gut. Du hast ja Geld – du hast doch die Karte benutzt, die ich dir gegeben habe, oder?"

„Ja, ich habe mich daran erinnert und da es für unsere Feier war, habe ich sie benutzt. Es hat sich trotzdem merkwürdig angefühlt. Aber das habe ich nicht gemeint, als ich sagte, dass das Kleid zu viel ist. Ich meinte, es ist zu übertrieben, zu bombastisch – du weißt schon… zu schick für mich."

Seine Brauen kräuselten sich wie so oft über seinen ernsten Augen. „Es gibt nichts, das zu schick für dich ist. Ich mag es nicht, wenn du dich selbst als nicht gut genug für etwas betrachtest. Du bist genauso gut wie jeder andere und auch ohne das Kleid atemberaubend."

Sie schluckte den Kloß in ihrer Kehle hinunter. Es war nicht ihre Absicht gewesen, Mitleid zu erregen oder ein Kompliment zu erhaschen, als sie die Worte ausgesprochen hatte. Es war nur ein Kommentar gewesen, ein ganz gewöhnlicher Gedanke, mit dem sie nichts bezweckt hatte. Aber er war sofort darauf angesprungen und hatte dafür gesorgt, dass sie sich besser fühlte. Das berührte sie zutiefst und machte sie sprachlos.

Er berührte ihr Kinn. „Ich kenne dich erst seit Kurzem, aber ich habe den Eindruck, dass du häufig negativ über dich selbst sprichst. Du solltest damit aufhören. Ich habe irgendwo ein Plakat gesehen, auf dem stand, dass man zuallererst gut zu sich selbst sein soll, bevor man gut zu anderen sein kann. Das färbt dann gewissermaßen ab. Du bist bereits gut zu anderen – stell dir nur mal vor, wie viel erstaunlicher du erst sein wirst, wenn du zuerst netter mit dir selbst umgehst."

Ihr Mund klappte auf. Sie stieß ein kleines Lachen aus. „Wenn es deine Absicht ist, mein Selbstwertgefühl zu steigern, dann muss ich dir sagen, dass du das großartig machst. Du solltest das beruflich tun."

Seine Augen tanzten vor Freude. „Du bist in mein Leben getreten und erforderst konstantes Training. Wenn ich sehe, dass du dir selbst gegenüber nachgiebiger wirst und ich denke, dass du Fortschritte machst, dann ziehe ich es vielleicht in Betracht." Er grinste.

Sie grinste ebenfalls und so standen sie da und grinsten einander an.

„Zeigst du mir das Kleid?", fragte er nach einem langen, gefährlichen Moment.

Einem Moment, in dem Allie gegen den Wunsch ankämpfen musste, ihre Arme um ihn zu schlingen und die Geborgenheit und Aufregung seines Körpers an ihrem zu spüren. Und dann diese lächelnden, verlockenden Lippen zu küssen.

Meine Güte, vielleicht sollte sie nicht mehr mit Caroline rumhängen; sie fühlte sich im Moment viel zu wagemutig. Natürlich würde sie so etwas nicht tun – sollte es nicht tun… aber sie hatte definitiv darüber nachgedacht.

„Nicht vor der Party. Tut mir leid." Sie liebte es, wie seine Augen bei ihren Worten tanzten.

„Ich verstehe, du willst mich zappeln lassen."

Da sie sich neckten, ging sie noch einen Schritt weiter. Sie legte einen Finger auf seine Brust und klopfte leicht gegen seinen Brustkorb. „Auf jeden Fall, Cowboy." Unfähig, die Spannung aufrechtzuerhalten, lachte sie im nächsten Moment auf, wirbelte herum und ging über den Flur davon. „Vielleicht sollte ich mich nicht mehr mit deiner Cousine treffen. Sie färbt auf mich ab."

„Ich mag es. Wegen mir musst du also nicht damit aufhören", rief er und lachte dann in sich hinein. „Gehst du ins Bett?"

Am anderen Ende des Raumes drehte sie sich um. „Ja, und ich muss die gekauften Sachen wegräumen. Das mit dem Shoppen bis zum Umfallen habe ich wohl etwas zu wörtlich genommen. Ich stehe kurz davor, ohnmächtig zu werden. Gute Nacht."

„Gute Nacht. Träum was Schönes."

Sie träumte tatsächlich etwas Schönes. Sie träumte, sie hätte Wade bei einem Picknick kennengelernt und sich in ihn verliebt. Und dass es echt war und nicht eine geschäftliche Abmachung.

Nelda beendete gerade ein Telefongespräch, als Wade aus der Scheune hereinkam. Sie sah besorgt aus.

„Nelda, was ist los?“

Allie kam aus dem Wohnzimmer. „Nelda, geht es dir gut?“

„Meine Mutter ist gestürzt. Es geht ihr soweit gut. Aber ich mache mir Sorgen. Sie hat sich zum Glück nicht die Hüfte gebrochen, davor habe ich immer Angst. Sie ist neunzig Jahre alt und arbeitet immer noch in ihrem Garten. Wie auch immer, ich bin mit den Nerven am Ende. Ich frage nur ungern, aber ich muss für ein paar Tage zu ihr. Ihr im Krankenhaus helfen und sie wieder nach Hause bringen. Sie hat sich die Hüfte geprellt, ich weiß nicht, wie schlimm es ist. Oder was sie braucht, bis ich dort bin.“

„Dann fahr. Nimm dir die Zeit, die du brauchst. Möchtest du das Flugzeug nehmen?“

„Nein, aber vielen Dank. Ich werde mein Auto brauchen und es sind nur ein paar Stunden bis Waco.“

„Okay, aber wenn du etwas brauchst, dann lass es mich wissen. Es ist natürlich bezahlter Urlaub. Nimm-“

„Nein, das kann ich nicht verlangen.“

„Du hast nichts verlangt. Du und Roland, ihr seid mir eine große Hilfe, diesen Ort – mich – am Laufen zu halten. Ich bin euch sehr dankbar. Geh, verbringe

Zeit mit deiner Mutter. Mach dir um uns keine Sorgen. Wir kommen eine Weile allein zurecht. Aber denk jetzt nicht, dass wir dich nicht brauchen. Stimmts, Allie?"

Allie nickte. „Er hat recht. Richte deiner Mutter alles Gute von uns aus und denk nicht an uns. Ich werde für diesen Mann hier kochen und er wird lächelnd essen, was immer ich vor ihn hinstelle."

Nelda lachte. „Das hört sich interessant an." Sie zwinkerte ihnen zu. „Genießt die Zeit zu zweit. Frischvermählte brauchen das. Gut, dann rufe ich jetzt Roland an und fahre dann los."

„Wenn du ihn gern bei dir hättest, kann er dich begleiten."

„Nein, ich würde verrückt werden, wenn er im Krankenhaus die ganze Zeit auf und ab läuft, ohne dass er etwas tun kann. Behaltet ihn bitte."

Wade grinste. „Ich verstehe, was du meinst. Ich würde in seiner Situation das Gleiche tun."

Allie umarmte die ältere Frau und er auch und dann gingen sie gemeinsam zu ihrem Auto und sahen ihr nach, als sie davonfuhr. Als er zu Allie herabschaute, bemerkte er einen sorgenvollen Blick auf ihrem Gesicht.

„Was stimmt nicht?" Er senkte den Kopf, um ihr

in die Augen schauen zu können.

„Es tut mir so leid für ihre Mutter. Außerdem ist mir eingefallen, dass ich mit dir sprechen wollte. Auch ich muss nach Hause und nach meiner Mutter sehen.“

„Dann tu das. Was hältst du davon, wenn ich den Piloten anrufe, er das Flugzeug fertig macht und wir für einen Tag dort runterfliegen. Oder zwei. Clay und Roland können sich hier um alles kümmern.“

„Du möchtest mitkommen? Wirst du nicht unruhig durch die Pflegeeinrichtung tigern?“

„Ja, ich möchte gern mit dir kommen. Und ich würde mir gern die Situation vor Ort anschauen. Sicherstellen, dass es nicht noch mehr gibt, was wir tun können.“

Ihr traten Tränen in die Augen und sie schlang ihre Arme um ihn. „Vielen Dank. Du bist so ein herzensguter Mann.“

Er zog sie an sich, dankbar dafür, dass er ihr helfen und für sie da sein konnte.

Allie starrte aus dem Fenster des kleinen Flugzeugs. Es fiel ihr schwer, zu glauben, dass dies gerade wirklich geschah. „Gehört dir dieses Flugzeug?“ Sie musste diese Frage einfach stellen. Es kam ihr so unbegreiflich vor, dass sie hier saß und nach Hause flog.

„Nein, nicht vollständig. Mein Großvater hat schon früh herausgefunden, dass er es präferiert, zum Telefon greifen zu können und in weniger als einer Stunde ist ein Flugzeug startbereit. Das passte gut zu unseren geschäftlichen Bedürfnissen, daher investierte er in die Firma meines Cousins und wir haben Zugang zu einem Flugzeug, wann immer wir es brauchen. Ich fliege nicht so viel wie Todd und schon gar nicht so viel wie Morgan, aber wenn wir am selben Tag in entgegengesetzte Richtungen reisen müssen, dann lässt sich das auf diese Weise arrangieren."

„Oh." Dieser Lebensstil war so ganz anders als ihrer. Er saß neben ihr und beugte sich vor, um über ihre Schulter zu schauen. Er roch so wundervoll. „Nochmals vielen Dank, dass du mit mir kommst. Es bedeutet mir viel." Das meinte sie ernst.

Wades graublaue Augen hielten ihren Blick. „Ich freue mich, dass du mir gestattet hast, dich zu begleiten." Er hob eine Hand und legte sie zärtlich an ihre Wange. „Wie geht es dir wegen deines Vaters?"

Sie schluckte. Es berührte sie zutiefst, dass er sich nach ihren Sorgen erkundigte. Das schien er regelmäßig zu tun. Er fragte nach ihren Sorgen, während sie dasselbe nicht von sich behaupten konnte.

„Ich vermisse ihn so sehr. Manchmal trifft es mich völlig unerwartet und dann wiederum habe ich einen guten Tag, so wie gestern und heute und denke den ganzen Tag gar nicht an ihn. Dann fühle ich mich schuldig. Wie geht es dir? Es tut mir leid, dass ich dich nicht deswegen gefragt habe."

„Es geht mir gut. Ich vermisse meinen Großvater, aber ich denke, wir können die Zeit nicht aufhalten. Außerdem ist er in gewisser Weise noch sehr präsent, erteilt Befehle und sorgt dafür, dass man an ihn denkt." Er grinste, wurde dann aber wieder ernst. „Ich bin froh, dass ich dich getroffen habe, Allie. Ich glaube nicht, dass er genau das im Sinn hatte, aber der Plan, den er ausgeheckt hat, hat es mir ermöglicht, dich kennenzulernen und ich hoffe, dir helfen zu können. Denn du hast mir immens geholfen."

„Das freut mich. Ich wünschte, ich hätte die Möglichkeit gehabt, ihn kennenzulernen. Er scheint ein sehr guter Großvater gewesen zu sein. Er hat seine Jungs sehr geliebt und hat noch mehr für euch gewollt."

Er sah nachdenklich aus. „Mehr, ja genau, das

wollte er. Geld ist nicht alles. Er wusste das. Aber genug von mir geredet – ich habe dich zuerst gefragt. Wie kommst du zurecht?"

Sein Daumen strich sanft über ihre Wange und sie wünschte, seine Hand würde für immer genau dortbleiben. Sie war überrascht, dass er sie nicht längst hatte sinken lassen. Sie flogen mit mehreren Hundert Stundenkilometern dahin und ihr Herz raste mit Lichtgeschwindigkeit.

„Es geht mir gut. Ich freue mich darauf, meine Mutter zu sehen, auch wenn sie mich nicht erkennen wird. Sie wird nicht einmal wissen, dass ich dort bin. Trotzdem werde ich ihre Hand halten, ihre weiche Haut spüren und mit ihr reden, so wie ich es jeden Tag getan habe, bevor… ich zu dir auf die Ranch gezogen bin." Sie schniefte. „Es tut mir leid, ich wollte nicht emotional werden. Ich dachte, ich hätte es im Griff. Ich bin einfach so froh, sie zu sehen."

Er sah besorgt aus und ließ seine Hand fallen. Dann griff er nach ihrer Hand. „Allie, es tut mir so leid. Was bin ich nur für ein Trottel gewesen. Wegen mir bist du ans andere Ende von Texas gezogen, dabei musst du in der Nähe deiner Mutter sein. Sie braucht dich."

„Die Ärzte haben gesagt, dass ich nicht jeden Tag zu kommen brauche."

„Es ist mir egal, was sie gesagt haben. Du willst jeden Tag bei ihr sein. Was hältst du davon, wenn wir sie näher zu uns verlegen lassen?"

Sie war sprachlos. „Aber es ist doch nur für drei Monate."

„Inzwischen ist es sogar weniger. Aber was ist, wenn sie aufwacht und du nicht schnell genug bei ihr sein kannst? Denn du wirst in fünf Minuten dort sein wollen. Ich würde das wollen. Nein, ich habe alles falsch gemacht."

„Vielleicht ist es gar nicht gut, wenn man sie bewegt."

„Überlass das mir. Ich werde das in Erfahrung bringen, während du Zeit mit ihr verbringst. Dann kannst du anschließend mit den Ärzten eine Entscheidung treffen. Aber dann weißt du zumindest, welche Möglichkeiten du hast."

„Ich… ich weiß nicht, was ich sagen soll. Das ist mehr, als ich jemals erbeten hätte. Vielen Dank."

„Du musst mir nicht danken. Allie, ich hätte schon

viel eher daran denken sollen.“

„Vielleicht, wenn du das sagst, aber ich habe gar nicht an diese Möglichkeit gedacht. Unsere Leben sind einfach grundverschieden.“ Und obwohl sie ihm für das, was er in Aussicht gestellt hatte, unglaublich dankbar war, so war ihr doch einmal mehr eindrucksvoll vor Augen geführt worden, wie unterschiedlich die Welten waren, in denen sie lebten.

KAPITEL ZWÖLF

Wade war ein Idiot. Wie hatte er Allie von ihrer Mutter wegbringen können ohne auch nur einen Gedanken daran zu verschwenden, sie in eine erstklassige Einrichtung in San Antonio oder Austin verlegen zu lassen? *Wie hatte er das von ihr verlangen können? Er hatte sich um ihre gesamten Ausgaben gekümmert, die Miete, die Kreditraten für das Auto, einfach alles, aber er hatte nicht daran gedacht, sie näher zu Allie verlegen zu lassen.*

Als sie die Reha-Einrichtung in Tyler erreichten, ging er mit Allie hinein, um nach ihrer Mutter zu sehen. Sein Herz krampfte sich zusammen, als er die kleine Frau im Bett liegen sah. Sie war genauso zierlich wie Allie und die Ähnlichkeit war bemerkenswert. Aber im Gegensatz zu Allie, die voller

Leben war und strahlte, sah ihre Mutter bleich und unbeweglich aus.

„Hallo Mom", sagte Allie leise und nahm ihre Hand vorsichtig in ihre. „Es tut mir leid, dass ich die ganze Woche über nicht hier gewesen bin. Du siehst trotzdem gut aus. Ich habe Wade, meinen Mann, mitgebracht, damit er dich kennenlernen kann. Wir werden versuchen, dich näher zu uns verlegen zu lassen, damit ich dich häufiger besuchen kann. Ist das nicht großartig?"

Ihre Stimme zitterte und er legte seine Hand auf Allies Schulter und drückte sie sanft. Er beugte sich vor und sprach leise. „Wenn es dir hier soweit gut geht, dann lasse ich euch jetzt allein. Ich werde sehen, was wir tun können."

Sie nickte. „Danke."

Im Flur begegnete er Ginny.

Sie blieb stehen, um ihn anzusehen. „Du bist nicht so dumm, wie ich zunächst gedacht habe, das muss ich zugeben. Das ist gut. Die Ärzte wissen nicht, ob Mrs. Jordan aus dem Koma erwachen wird. Wenn ihr etwas zustößt, während Allie bei dir ist, wird sie der Gedanke umbringen, dass sie nicht in der Nähe war, um ihre Mutter sehen zu können. Ich meine, du magst sie mit deiner Ranch und alldem ja ablenken, aber ein Teil von ihr will hier bei ihrer Mutter sein. Ich begrüße es, dass du das erkannt hast." Sie tippte sich grüßend an ihren hellgrünen Hut und schritt dann den Flur entlang und in das Zimmer zu Allie.

Wade hatte nicht einmal Zeit gehabt, etwas zu erwidern. Er war dankbar, dass er seine Dummheit überwunden hatte und hoffentlich in der Lage sein würde, die Situation zu verbessern, denn alles, was Ginny gesagt hatte, war wahr.

Als sie abends nach Hause kamen, war es schon spät. Allie war erschöpft, durcheinander und dankbar. Ihre Mutter schlug sich wacker, auch wenn es bislang keine Veränderungen gab. Die Ärzte hatten jedoch die Erlaubnis erteilt, dass sie in eine Reha-Einrichtung gebracht wurde, die nur etwas mehr als eine Stunde von der Ranch entfernt war. Die Einrichtung war hervorragend und Allies Mutter würde dort eine äußerst gute Pflege erhalten. Allie würden sie jeden Tag besuchen können, wenn sie wollte. Wade hatte sich um alles gekümmert und sie würde in der kommenden Woche verlegt werden, wenn das Zimmer für sie bereitstand. Er hatte ihr versichert, dass er dafür sorgen würde, dass ihre Mutter zurück nach Tyler oder wohin Allie wollte, gebracht würde, wenn sie innerhalb der dreimonatigen Frist nicht aus dem Koma erwachen würde.

Sie war immer noch verblüfft deswegen, aber die Hauptsache war, dass ihre Mutter wieder in ihrer Nähe wäre. Zu Allies Überraschung hatte Ginny gesagt, dass Wade es gut gemacht hatte. Was ein großes Lob aus dem Mund eines scharfzüngigen texanischen Mädchens war.

Als sie endlich das Haus betraten und den Flur zu ihren Zimmern hinuntergingen, blieb Wade an ihrer Tür stehen. „Du siehst müde aus. Ich hoffe, du bekommst etwas Schlaf und dass die Verlegung deiner Mutter hilft, noch mehr Stress von deinen Schultern zu nehmen."

Sie sah ihn an. „Vielen Dank. Das tut es. Aber, Wade, du weißt, dass du nicht immer da sein wirst, um mich zu entlasten. Außerdem bin ich widerstandsfähiger als ich aussehe."

Er lächelte. „Das weiß ich. Ich denke, du bist einer der stärksten Menschen, die ich kenne. Du redest nicht viel darüber, aber du hast Schneid und das war mir vom ersten Moment an klar, als ich dich kennengelernt habe."

„Wirklich?"

Er umfasste ihr Kinn. „Wirklich." Und dann küsste er ihre Nasenspitze. „Geh jetzt schlafen."

Allie schlüpfte in ihr Zimmer, ging aber nicht sofort ins Bett. Stattdessen kuschelte sie sich, nachdem sie geduscht und sich ein paar Shorts und ein passendes Shirt angezogen hatte, in den behaglichen Sessel, der am Fenster stand und starrte auf den riesigen Mond und gestattete den Gefühlen, die sie unterdrückt hatte, hervorzukommen. Sie kannte Wade McCoy erst seit Kurzem und doch war ihr Herz bereits in Gefahr.

Sie würde ihm niemals zurückzahlen können, was er für sie getan hatte. Es fühlte sich seltsam an, sich in einer Beziehung zu befinden, die so wenig im Gleichgewicht war. Aber, rief sie sich ins Gedächtnis, sie war ja nicht in einer echten Beziehung. Das Alles war eine geschäftliche Transaktion und er hatte ihr zugesagt, alles Nötige für ihre Mutter zu tun, wenn sie ihn heiratete. Und das tat er.

Es mochte nicht persönlich gewesen sein. Aber es hatte sich persönlich angefühlt.

Was sollte sie also tun?

Wade hatte nicht gut geschlafen. Seine Frau ging ihm nicht aus dem Kopf. Seine Frau, die im Zimmer gegenüber schlief. Er sagte sich, dass er sich auf gefährlichem Terrain bewegte, wenn er an sie als seine Frau dachte. Aber am Tag zuvor hatte es sich angefühlt, als wäre sie seine Frau. Es hatte sich gut angefühlt, etwas Bedeutungsvolles für sie zu tun. Das hatte er nie zuvor gespürt. Nicht so.

Er ertrug es nicht, noch länger liegen zu bleiben, daher stand er früher als gewöhnlich auf und ging in die Küche. Er blieb abrupt stehen, als er Allie mit dem Rücken zu ihm am Herd stehend vorfand, wo sie gerade Speck in einer Bratpfanne briet, während sie leise vor sich hin summte. Auf dem gedeckten Tisch stand sogar eine kleine Vase, in der sich ein paar Rosen vom Busch neben der Terrasse befanden. Sein Herz stolperte und ein Gefühl der Zufriedenheit überkam ihn. Es war so stark, dass er sich zwingen musste, den Kloß in seiner Kehle herunterzuschlucken. Er hatte das überwältigende Bedürfnis, hinter sie zu treten, ihr einen Kuss auf den Nacken zu drücken, seine Arme um sie zu legen und ihr einen Guten-Morgen-Gruß ins Ohr zu flüstern. In seiner

Vorstellung drehte sie sich in seinen Armen um und drückte ihm einen Kuss auf die Lippen, bevor sie ihm ebenfalls einen guten Morgen wünschte.

Er musste ein Geräusch gemacht haben oder sie hatte seine Anwesenheit gespürt, denn sie drehte sich um und lächelte. „Guten Morgen. Ich dachte, ich zeige dir, was ich kann und versuche meine Dankbarkeit für gestern zum Ausdruck zu bringen.“

Beweg dich. Er betrat den Raum und ging auf die Kaffeekanne zu. „Es riecht unglaublich. Ich habe gar nicht darüber nachgedacht, bis ich hereinkam und dich entdeckte. Nelda ist immer hier und brät Speck, daher hat mein Hirn wohl… wie auch immer, du siehst toll aus – ich meine, hier in der Küche.“ *Empfanden Frauen es als Beleidigung, wenn man ihnen sagte, dass sie in der Küche gut aussahen?* Er hatte sie nicht beleidigen wollen, aber es war so. Und sie sah aus, als wäre sie gern dort. Er füllte eine Tasse mit Kaffee, um seinen Händen etwas zu tun zu geben, denn er wusste nicht wohin mit ihnen und hätte sie gern um ihre Taille gelegt oder ihre Hand in seine genommen und sie an sich gezogen. Er trank einen Schluck Kaffee und musterte sie über den Rand seiner Tasse hinweg. „Du schuldest mir nichts. Wie ich schon sagte, es war Teil der Abmachung. Und ich hätte es bereits früher tun sollen."

Sie atmete tief ein und lächelte dann. „Dann werde ich nicht weiter darauf herumreiten." Sie wandte sich wieder dem Herd zu und begann, den Speck auf einen Teller zu häufen, der mit Servietten ausgelegt war. Dann trat sie zum Ofen und zog die Tür auf. Sie nahm einen Topflappen von der Arbeitsplatte und holte ein Blech mit Keksen aus dem Ofen, außerdem noch etwas anderes… Zimtschnecken. Ein leichter Geruch nach Zimt hatte schon zuvor den Raum erfüllt, aber als sie die Ofentür öffnete, erfüllte der Duft den ganzen Raum und sein Magen begann zu knurren.

„Da ich nicht wusste, ob du Zimtschnecken magst, habe ich auch noch Kekse gebacken."

„Du hast dich selbst übertroffen. Ich liebe beides."

Sie lächelte. „Großartig. Ginnys Großmutter hat uns beiden beigebracht, wie man sie bäckt, daher ist es nicht fair, wenn ich den ganzen Ruhm einheimse. Du wirst es gleich erleben, sie sind großartig."

Er grinste. „Aber du hast sie gebacken."

„Das habe ich. Aber es sind die Technik und die Zutaten, die das Ergebnis ausmachen. Beides habe ich von Mimi übernommen – das ist der Name von Ginnys

Großmutter – und wenn der Weg zum Herzen eines Mannes wirklich durch seinen Magen geht, dann wirst du dich gleich in sie verlieben."

Er konnte ihrer Logik nicht ganz folgen, aber als er kurz darauf in eine der Zimtschnecken biss, erkannte er, dass es stimmte: wenn der Weg zu seinem Herzen über seinen Magen führte, dann könnte er sich definitiv verlieben. Nur das es nicht Mimi wäre, in die er sich verlieben würde. Es wäre diejenige, die sich die Zeit genommen hatte, die Zimtschnecken nur für ihn zuzubereiten.

„Was habe ich gesagt?" Sie strahlte ihn von ihrem Platz aus an und biss ebenfalls von ihrer Zimtschnecke ab. „Mmm, das ist so unglaublich lecker."

Er biss erneut ab und fühlte sich, als wäre er im Himmel. „Du solltest eine Bäckerei eröffnen."

Sie lachte. „Nicht mit den Öffnungszeiten, die dies erfordert. Nein danke. Ich begnüge mich damit, eines Tages meine Kinder und meinen Ehemann in Erstaunen zu versetzen… ich meine, meinen echten Ehemann. Den, mit dem ich eines Tages Kinder haben werde."

Er hörte auf zu essen. „Richtig." Er verlor seinen Appetit. „Sie werden sich glücklich schätzen können.

Wenn du so etwas für sie bäckst", würgte er heraus.

Sie lächelte. „Danke." Sie legte den Rest ihrer Zimtschnecke ab und sah dann nach unten, als würde sie nachdenken.

„Allie, macht es dir etwas aus, wenn ich dich frage, warum du in der Raststätte gearbeitet hast? Ich meine, nichts ist falsch daran, aber ich frage mich das trotzdem." Sie hätte ebenso gut backen oder etwas anderes tun können. Auch wenn es nicht so klang, als ob sie das gern getan hätte.

Sie sah ihn unschlüssig an. „Nun, der Job hat gut gepasst, als ich so viel Zeit im Krankenhaus bei meiner Mutter verbracht habe. Ich habe dort bereits in Teilzeit gearbeitet, als ich noch aufs College ging. Nachdem mein Blumenladen abgebrannt war."

„Du hast ein Blumengeschäft besessen und das ist abgebrannt?"

„Ja, kurz vor dem Unfall meiner Eltern."

„Das ist alles zur gleichen Zeit passiert." Er sah sie neugierig an. „Warum hast du dein Geschäft nicht wiederaufgebaut?"

„Ich hatte nicht das Geld, um es wiederaufzubauen. Wie auch immer, das ist vorbei. Ich werde mal meine Kälber füttern gehen. Fährst du heute auf die Felder?“

„Das tue ich. Willst du mitkommen?“ Sie hatte es vermieden, auch nur eine einzige seiner Fragen zu beantworten. *Was war geschehen?* Denn irgendetwas sagte ihm, dass mehr an der Geschichte dran war.

Sie hob den Kopf. „Ja. Das wäre toll. Ich verspreche auch, dir nicht in die Quere zu kommen.“

Er freute sich über ihre Begeisterung. „Das tust du nicht. Wir können das Geländefahrzeug nehmen, wenn es dir nichts ausmacht, mit mir zusammen zu fahren.“

„Nein, macht es nicht. Aber warum reiten wir nicht?“

„Weil sie die Pferde heute aus einer Schlucht heraustreiben und für diesen Job brauche ich den Wagen. Außerdem möchte ich nicht, dass du in dieser Gegend allein auf einem Pferd sitzt. Dort habe ich dich lieber bei mir.“ Er hielt ihren Blick fest. Er wollte nicht, dass sie auf einem Pferd saß, weil er sich danach sehnte, dass sie sich auf dem Geländefahrzeug an ihm festhielt. Er wollte unbedingt, dass sie ihre Arme um ihn legte und wenn dies der einzige Weg war, um das zu erreichen, dann war das eben so.

KAPITEL DREIZEHN

Am Abend der Party stand Allie vor dem Spiegel und musterte ihren Anblick. Ihr Kleid war ein bisschen gewagter als die Kleidungsstücke, die sie normalerweise trug, aber Caroline hatte ihr dringend geraten, es zu kaufen. Und sie liebte es wirklich sehr. Der Ausschnitt war etwas tiefer als sonst, aber nicht unanständig tief. Der wunderschöne Rock umspielte ihre Beine und dazu trug sie ein Paar Schuhe, dessen Absätze etwas höher waren als die, die sie normalerweise trug. Und Caroline würde vorbeikommen und ihr mit ihrer Frisur helfen.

Sie war überrascht gewesen, als Caroline, Cowgirl, dass sie nun einmal war, sie darüber aufgeklärt hatte, dass sie sehr gut im Frisieren von Haaren war. Allie war so nervös, dass sie sich über jede Unterstützung freute und es war schön zu wissen, dass sie auf Caroline zählen konnte. Sie starrte auf das Kleid, das sie vor sich hielt und fragte sich, was Wade wohl davon halten würde. Das fragte sie sich schon die ganze Zeit. Sie dachte unentwegt an ihn. Sie hatten eine wundervolle Woche miteinander verbracht, aber stets hatte eine gewisse Spannung in der Luft gelegen. Sie vermutete, dass er Gefühle für sie entwickelt hatte. Auf jeden Fall empfand sie etwas für ihn, Gefühle, die es ihr schwermachen würden, ihn wieder zu verlassen.

Würde er wollen, dass sie wieder ging?

Das war die Abmachung und nichts, was er in der letzten Woche gesagt hatte, hatte darauf hingedeutet, dass er seine Meinung geändert hatte. Bereits ein Monat war vergangen, zwei weitere lagen noch vor ihnen. Sie konnte nur hoffen, dass er sich in dieser Zeit in sie verliebte, so wie sie sich in ihn verliebt hatte.

Sie hörte die Klingel, legte das Kleid aufs Bett und eilte nach unten, um Caroline hereinzulassen. Sie hatte mit dem Kleid in Wades Schlafzimmer gestanden, um auch Caroline gegenüber den Eindruck aufrechtzuerhalten, dass sie tatsächlich verheiratet waren. Sie war nicht allzu glücklich über die Lüge, aber da es niemanden etwas anging, fühlte sie sich auch nicht allzu schrecklich deswegen.

Sie riss die Tür auf und sah sich Caroline gegenüber, die mit einer Hand in der Hüfte vor ihr stand und sie angrinste. Caroline trug ein wunderschönes silbernes Kleid, das sie ebenfalls neulich gekauft hatte und das keinen weiten Rock hatte. Stattdessen war es gerade geschnitten und endete auf Höhe ihrer Wade. Dazu trug sie ein Paar glitzernde, hochhackige Schuhe. Sie sah umwerfend aus. Allie nahm ihren Anblick überrascht zur Kenntnis. Sie hatte sie bereits beim Shoppen in dem Kleid gesehen, aber jetzt trug sie ihr Haar locker hochgesteckt. Es fiel in Wellen über ihre Schultern herab. Dazu hatte sie ein wunderschönes Makeup aufgelegt. Sie sah atemberaubend aus.

„Komm rein. Du siehst umwerfend aus. Ich bin so nervös, dass ich es kaum aushalte. Wade ist noch nicht da. Er ist spät dran, aber er hat gesagt, dass es nicht lange dauern würde, bis er sich umgezogen hat. Es gab eine Art Notfall und sie brauchten ihn irgendwo – ich glaube, auf der Südweide oder dort irgendwo. Sie haben in letzter Zeit sehr viel Vieh getrieben."

„Irgendwas ist immer los. Gewöhn dich am besten daran. Aber wenn er gesagt hat, dass er pünktlich hier sein wird, dann wird er das auch sein. So ist Wade – wenn er sagt, dass er etwas tut, dann tut er es für gewöhnlich auch. Er ist äußerst zuverlässig."

Als sie die Treppe hinaufgingen, verharrten Allies Gedanken bei Wade. Sie war dabei, sich in ihn zu verlieben und an diesem Abend würden sie allen Anwesenden vorspielen, dass sie wirklich verheiratet waren. Sie hatte es so gewollt, aber im Moment war sie sich nicht mehr sicher, ob sie damit umgehen konnte. Er würde sie in seinen Armen halten und mit ihr tanzen. Sie dachte an den Tag, an dem sie mit ihm auf dem Geländefahrzeug unterwegs gewesen war, um nach den Rindern zu sehen. Sie hatte sich beinahe die ganze Zeit über an ihm festhalten müssen und am Ende des Tages war sie kaum in der Lage gewesen, sich nicht in seine Arme zu werfen und ihn anzubetteln, sie zu küssen. Da sie sich selbst nicht traute, war sie so schnell wie möglich in ihrem Zimmer verschwunden und hatte gesagt, dass sie erschöpft sei. Und das war sie auch gewesen – das beständige Hoffen darauf, dass er sie küssen würde, hatte sie ausgelaugt.

Wie sollte sie es nur fertigbringen, ihre Gefühle an diesem Abend zu verbergen?

„Okay, Mädchen. Setz dich hierher." Caroline

klopfte leicht auf den Stuhl vor dem Badezimmerspiegel.

Allie setzte sich und sah Caroline im Spiegel an. „Was willst du tun? Ich habe meine Haare noch nie richtig hochgesteckt. Ich meine, natürlich habe ich sie in einem Pferdeschwanz getragen, aber elegant… das habe ich noch nie getan. Deine Frisur ist wunderschön, aber ich finde, das ist etwas zu viel für mich, denkst du nicht auch?"

Caroline warf ihr im Spiegel einen Blick zu, der ihr zu verstehen geben sollte, dass sie sie zu ignorieren gedachte. Sie hob den Lockenstab auf, den Allie aufgeheizt hatte. „Überlass mir deine Haare. Was ich genau mache, weiß ich erst, nachdem ich angefangen habe. Ich werde auf jeden Fall ein paar Strähnen locken und zumindest einen Teil von ihnen hochstecken. Du wirst sehr sexy aussehen. Schließlich ist das eine Hochzeitsfeier – da trägt man eine Hochsteckfrisur. Eins kann ich dir sagen: wenn Wades Großvater noch am Leben wäre, dann hätte er die Feier ausgerichtet. Eine riesige Feier. Penny versucht ihr Möglichstes, um es so zu machen, wie er es getan hätte. Aber das ist nicht leicht."

„Wirklich?"

„Oh ja. Diese Ranch hat schon einige rauschende Partys gesehen. Mein Großonkel J.D. liebte gute Partys und im Laufe der Jahre wurden sie immer größer. Als wir noch jünger waren und die Partys weniger prunkvoll, da wurden einfach Lichter auf die Terrasse gestellt und die Scheune leergeräumt und zu einem Tanzsaal umfunktioniert. Eins kann ich dir sagen, Wade kann wirklich tanzen! Genauso wie seine Brüder. Morgan ist richtig gut, aber auch Wade und Todd können sich sehen lassen. Wade tanzt sehr gut Two-Step. Und Walzer. Hast du schon mal mit ihm getanzt?"

Allie wurde etwas flau im Magen bei dem Gedanken daran, mit Wade zu tanzen und die Schmetterlinge in ihrer Brust flogen übermütige Kapriolen. Ihr ganzer Körper fühlte sich mit einem Mal warm an. „Nein, das habe ich nicht und ich tanze auch nicht allzu gut."

Caroline lächelte. „Er wird es dir zeigen. Überlass ihm einfach die Führung und du wirst sehen, dass es wunderbar funktioniert."

Sie sah Caroline dabei zu, wie sie die letzten Strähnen zu großen Locken drehte. Als sie sie fallen ließ, fielen sie in sanften Wellen auf Allies Rücken herunter. Ihre Augen wirkten dadurch noch größer, aber ihr gefiel das Ergebnis, auch wenn sie sich ein bisschen unwohl damit fühlte.

„Ta-da“, flötete Caroline. „Fertig. Du siehst fantastisch aus. Wade wird sich überglücklich schätzen können.“

Allie starrte ihr Spiegelbild an und berührte ihren Hals. „Ich sehe ein bisschen anders aus als sonst, oder?“

„Du siehst wunderschön aus. Wie Cinderella, die nach ihrem Typen sucht.“ Caroline stemmte eine Hand gegen ihre Hüfte. „Ich habe das Gefühl, du glaubst mir nicht.“

„Ich habe noch nie sehr viel Selbstvertrauen besessen. Aber du – du hast mich schön gemacht.“

„Nein, ich habe nur das, was der Herr dir geschenkt hat, noch etwas herausgekitzelt. Das kann jeder.“

Allie seufzte. „Ich bin unglaublich nervös.“

„Das machts nichts, versuch nur, dich davon nicht unterkriegen zu lassen. Zieh jetzt das Kleid an.“

Sie ging ins Nebenzimmer, schlüpfte in ihr Kleid und zog sich die Schuhe an. Caroline hatte bei ihren Haaren so tolle Arbeit geleistet, dass sie nur eine dünne Schicht Make-Up auflegte. Sie brauchte nicht viel, da die Sonne ihrer Haut einen goldenen Schimmer verliehen hatte. Sie tupfte sich etwas Rouge auf die Wangen, trug etwas Mascara auf und zum Schluss noch etwas Lipgloss. Und dann starrte sie sich im Spiegel an. Sie fühlte sich ein bisschen wie eine Märchenprinzessin. Sie sagte sich selbst, dass das albern war. Aber sie wurde das Gefühl nicht los, dass Wade ihr Märchenprinz war. Ihr Leben hatte Kopf gestanden, als er in die Raststätte getanzt war und ihr Leben unweigerlich verändert hatte. Zumindest für den Moment.

Wade war spät dran. Er brachte den Truck mit quietschenden Bremsen zum Stehen und war praktisch schon herausgesprungen, bevor er noch ganz zum Stillstand gekommen war. Er joggte über den Kies, dann den Rasen und war innerhalb von Sekunden auf der Terrasse. Innerhalb von dreißig Sekunden hatte er es aus dem Auto und durch die Hintertür geschafft. Dies würde schließlich ihre Hochzeitsfeiertanzparty sein – oder wie auch immer sie es genannt hatten – und er war spät dran. Sie hatte nichts Entsprechendes gesagt, aber er nahm an, dass sich Allie wirklich auf diesen Abend freute. Das tat er auch... und auch wieder nicht. Er würde sie in den Armen halten dürfen – das Tanzen bot den perfekten Vorwand. Noch würde er nicht zu spät kommen, aber wenn er sich nicht zügig duschen und umziehen würde, dann würde genau das geschehen. Er zog sein Hemd im Waschraum aus, streifte sich seine Arbeitsstiefel von den Füßen und ließ sie im Flur liegen. Während er auf Socken quasi durch den Wohnbereich des Hauses joggte, fragte er sich, wo Allie war. Er wusste, dass Caroline hatte kommen wollen, um ihr die Haare zu machen, daher nahm er an, dass sie schon umgezogen war, als er die Treppe hinauflief.

Er rief nach ihr: „Allie, ich bin zu Hause. Wo bist du?" Er klopfte an die Tür des Gästezimmers und stieß sie auf. „Allie, bist du hier?" Keine Antwort. *Vielleicht war sie draußen auf der Veranda oder vielleicht war sie auch schon mit Caroline gegangen.* Sicher nicht. *Vielleicht befand sie sich in seinem Zimmer.* Er öffnete die Tür und blieb abrupt stehen. „Allie", brachte er sprachlos hervor.

Allie stand in der Mitte seines Zimmers und sah aus, als wäre sie einer Zeitschrift entstiegen. Sie stand mit dem Rücken zu ihm und drehte sich herum, als er eintrat. Der Rock wirbelte um ihre Beine herum, als sie herumschwang. Er betonte ihre schmale Taille und ihre Anmut. Ihre großen Augen trafen seine und raubten ihm den Atem. Er hatte sie erschreckt und keuchend hob sie eine Hand an ihr Herz. Er lächelte. Sein Magen fühlte sich an, als wäre darin gerade ein Vogelschwarm aufgeflogen. „Du siehst wunderschön aus." Er schnappte nach Luft. Er war nicht sehr gewandt, wenn es um Worte ging.

„Du hast es geschafft", sagte sie atemlos. „Du hast mich erschreckt. Und ich weiß nicht einmal, warum. Ich wusste doch, dass du kommen würdest."

„Wow, du raubst mir den Atem." Sein Gehirn war ganz durcheinander und sein Mund trocken.

Sie lächelte, beinahe schüchtern. „Vielen Dank. Ich hatte gehofft, dass es dir gefallen würde. Ich wollte dich dort nicht in Verlegenheit bringen."

Er ging zu ihr hinüber. Am liebsten hätte er sie berührt, aber er hatte den ganzen Tag über mit Kühen gearbeitet. „Liebling, du kannst mich gar nicht in Verlegenheit bringen. Viel eher könnte es passieren, dass ich mich versucht fühle, deine Lippen zu küssen, bis du außer Atem bist und wir deswegen zu spät kommen. Ich höre wohl besser damit auf, dich anzustarren und mache mich fertig, andernfalls wird mir Penny das Fell über die Ohren ziehen, weil wir zu spät gekommen sind."

Sie lachte. „Okay. Ich gehe hinunter und warte dort auf dich. Wahrscheinlich ist es besser, wenn ich nicht hier bin, wenn du ohne Kleidung aus der Dusche stürmst." Ihr Blick fiel auf seine nackte Brust und alles in ihm spannte sich an. Sie errötete, wirbelte herum und rannte praktisch aus dem Zimmer.

Er beeilte sich und sprang rasch unter die Dusche. Innerhalb weniger Minuten hatte er sich geduscht, Duftwasser aufgetragen, sich rasiert, die Haare gekämmt und war zu seinem Kleiderschrank gegangen, um zu entscheiden, was er anziehen würde. Er besaß einen großen begehbaren Kleiderschrank. Eine Seite war mit der Kleidung gefüllt, die er immer trug – seinen Jeans und Hemden. Auf der anderen Seite des Schranks verwahrte er die schickeren Kleidungsstücke auf, die er nur trug, wenn man ihn dazu zwang. Er entschied sich für eine gestärkte Jeans und ein gestärktes weißes Hemd. Er ging schließlich tanzen und in Texas war man bei einer solchen Gelegenheit mit gestärkten Kleidungstücken immer gut beraten. Als nächstes griff er seinen guten Stetson, seine besten Stiefel und einen Gürtel. Er war so sehr in Eile, dass ihm keine Zeit blieb, um darüber nachzudenken, wie nervös er wegen des Tanzes war. Er hatte bereits die ganze Woche über daran denken müssen. Doch als er jetzt die Treppe hinuntereilte und Allie in ihrem wunderschönen Kleid und mit den über den Rücken fallenden Locken am Fenster stehen sah und sie sich zu ihm umdrehte, da wusste er, dass er in Schwierigkeiten steckte. Denn er konnte nur ans Tanzen denken. Was nur ein Vorwand dafür war, sie in den Armen zu halten.

Und dann war da auch noch der Umstand, dass er versprochen hatte, heute Abend so zu tun, als ob sie wirklich verheiratet waren. Was bedeutete, dass es geschehen könnte, dass er sie küssen musste. Er war sich nicht sicher, ob er das tun konnte. Und danach wieder auf Abstand gehen konnte.

KAPITEL VIERZEHN

Die Hochzeitsfeier war gut besucht. Penny besaß eine große Ranch. Allie wusste nicht genau, warum sie diese Entdeckung überraschte, denn sie hätte von selbst darauf kommen können, wie ihr nun auffiel. Penny hatte Wades Großvater sehr nahegestanden und ihre Ranches lagen in unmittelbarer Nähe zueinander. Überall auf Wades Ranch gab es Öl, daher hätte sie davon ausgehen müssen, dass es bei Penny genauso war. Nach den verschiedenen Fahrzeugtypen in der Auffahrt zu urteilen, würden jedoch Menschen mit ganz verschiedenen finanziellen Hintergründen auf der Feier anwesend sein. Das beruhigte sie etwas. Sie würde nicht die einzige Person sein, die nicht an Geld gewöhnt war.

Wade half ihr aus dem Truck heraus und sah sie

dann an. „Heute Abend werden wir so tun, als ob wir uns unter normalen Umständen getroffen und geheiratet hätten und planten, für den Rest unseres Lebens glücklich zusammenleben." Seine Augen funkelten, als er das sagte. „Ist das für dich in Ordnung? Hältst du das den ganzen Abend über durch?"

Er tat das für sie. Warum in aller Welt fühlte es sich dann so unangenehm an? Aber wenn sie so tun könnte, als wären sie tatsächlich verliebt, dann würde sie es vielleicht durchstehen können. *Wem wollte sie etwas vormachen?* Das war lächerlich. „Wade, es gibt kein anderes Wort für das, was wir tun. Ich fühle mich einfach unwohl bei dem Gedanken, alle anlügen zu müssen. Ich weiß nicht, warum ich gesagt habe, dass es in Ordnung wäre, wenn wir nur so tun, als ob. Es ist genauso falsch, es so zu machen, wie es im anderen Fall wäre."

Zu ihrer Überraschung umfasste er ihr Gesicht mit beiden Händen. Er lächelte sie an. „Allie, es geht niemanden etwas an, außer uns selbst, warum wir geheiratet haben oder wann wir uns voneinander trennen. Diese Leute sind hier, um sich mit uns zu freuen. Lass sie sich für uns freuen. Wir haben getan, was wir tun mussten und es gibt genug Gründe dafür, dass sie sich für uns freuen. Das mögen nicht unbedingt genau die Gründe sein, die sie sich vorstellen, aber sie können sich trotzdem für uns freuen. Ich habe dir versprochen, dass ich mich heute Abend so verhalten werde, als ob wir uns wirklich ineinander verliebt und geheiratet hätten. Und genau das werde ich tun. Ich habe das Gefühl, dass ich dir unrecht tun würde, wenn ich es nicht tun würde und das möchte ich nicht. Du hast mir und meiner Familie so sehr geholfen, dass ich alles dafür tun werde, dass du dich wohlfühlst und glücklich bist."

Es fiel ihr schwer, einen klaren Gedanken zu fassen, solange seine Hände ihr Gesicht so sanft umfassten und seine Augen sie so aufrichtig ansahen. Ihr Herz pochte und ihr Mund wurde von Moment zu Moment trockener, als ob ein Sandsturm darin wüten würde. Wenn er sie losgelassen hätte, dann wäre sie wahrscheinlich zu Boden gesunken, denn ihre Beine waren so schwach, dass sie sie sicher nicht würden tragen können.

„Du siehst bestürzt aus. Hast du Angst?" Seine Daumen streichelten sanft über die Haut am Ansatz ihrer Ohren. Seine Fingerspitzen strichen über ihre

Kieferpartie und den Haaransatz.

Sie hätte am liebsten den Kopf gedreht, um die Liebkosung noch besser zu spüren. „Ich habe keine Angst."

Sein Blick entspannte sich und er nickte. „Gut." Und zu ihrer großen Überraschung, senkte er im nächsten Augenblick seine Lippen auf ihre herab.

Er küsste sie. Und es fühlte sich so wunderbar an. Es war magisch. Sie schwebte auf Wolke sieben und segelte am blauen Himmel entlang. Ihre Knie wurden schwach. Sie legte ihre Hände um seine Taille, damit sie nicht umfiel. Er zog sich nicht zurück, stattdessen vertiefte er den Kuss, als sie ihren Mund für ihn öffnete. Er nahm seine Hände von ihrem Gesicht und legte sie um ihre Schultern, um sie noch näher zu sich zu ziehen. Sie schlang ihre Hände, die gerade noch auf seinen Hüften geruht hatten, um seinen Hals und spürte seinen Körper an ihrem. Spürte seine Lippen auf ihren.

„Okay, das reicht", murmelte er, nachdem er den Kuss unterbrochen hatte. Er hauchte noch einen flüchtigen Kuss auf ihre Lippen. „Es tut mir leid. Ich habe mich hinreißen lassen." Er lachte, beinahe etwas nervös.

Sie tat es ihm nach. „Du weißt ganz sicher, wie

man überzeugend schauspielert."

„Ich habe gedacht, wir sollten etwas üben. Du weißt schon, bevor wir hineingehen und uns dort küssen – falls wir das tun."

„Ich verstehe." Sie würde ihn so lange üben lassen, wie er wollte.

Penny trat im Foyer auf sie zu. „Da seid ihr ja." Sie zwinkerte Allie zu. „Seid ihr bereit für die Show?"

Allie gluckste und sah zu Wade auf, als sie an die Show dachte, die er gerade für sie draußen veranstaltet hatte. Allie hatte das Gefühl, dass Penny sich gefreut hätte, wenn sie Zeugin des Kusses geworden wäre. Sie selbst schwankte immer noch deswegen.

Als sie die hintere Terrasse des großen Hauses betraten, sahen sie, dass überall Grüppchen herumstanden, Gäste hatten sich auf der gesamten Terrasse, auf dem Rasen und auf dem Steinplattenbereich, der einen großen Pool umgab, verteilt. Zu ihrer Linken waren Erfrischungen aufgebaut und auf dem Rasen standen Tische, die mit weißen Tischdecken bedeckt waren. Flackerndes Kerzenlicht sorgte für eine angenehme Atmosphäre. Außerdem gab es eine große Tanzfläche und eine Band spielte leise im Hintergrund.

„Es ist wunderschön", sagte sie, als alle zu jubeln begannen und in die Hände klatschten und die Band ein fröhliches Lied spielte.

Die nächsten zwanzig Minuten verschmolzen in Allies Wahrnehmung zu einem einzigen Durcheinander. Sie wurde so vielen Menschen vorgestellt, dass sie sich sicher war, sich im Nachhinein an keinen einzigen Namen erinnern zu können. Sie würde all die Namen lernen, wenn sie wirklich hier leben und nicht nur für drei kurze Monate hier wohnen würde. Sie schätzte, dass es ungefähr ein Jahr dauern würde, bis sie jeden kennen würde. Im Moment begnügte sie sich damit, all die Namen zum einen Ohr in ihren Kopf hinein- und zum anderen wieder hinausströmen zu lassen, denn es bestand ohnehin nicht die geringste Möglichkeit, sie alle zu behalten.

Allie hatte sich bei Wade eingehakt und er stellte ihr einen Gast nach dem anderen vor. Sie alle waren gekommen, um ihnen alles Gute für die Zukunft zu wünschen. Sein Großvater hatte viele Menschen gemocht und war sehr beliebt gewesen. Auch Wade und seine Brüder hatten viele Freunde. Er mochte kein Glück haben, wenn es um Frauen ging, aber er hatte sehr gute Freunde.

Und nun belog er sie einen nach dem anderen, als er ihnen Allie vorstellte. Er verstand mit einem Mal gut, warum Allie Bedenken gehabt hatte. Er hatte es kleingeredet als etwas, was sein Großvater gewollt hatte. Nun blieb ihm keine andere Wahl, als ihnen allen ins Gesicht zu lügen und ihnen vorzumachen, er und Allie seien glücklich verheiratet, wohl wissend, dass sie sich in weniger als zwei Monaten scheiden lassen würden – es fühlte sich nicht gut an, derart die Unwahrheit zu sagen. Allie hatte das gewusst. Es war die Schuld seines Großvaters. Ungefähr zum hundertsten Mal fragte er sich, was in aller Welt sein Großvater sich dabei nur gedacht hatte. Wahrscheinlich würde sich Wade auch in vielen Jahren noch am Grab seines Großvaters fragen, was er wohl gedacht haben mochte.

Die Feier war genauso, als hätte tatsächlich jemand geheiratet. Es gab eine riesige, wunderschöne Hochzeitstorte. Allie hatte beinahe einen Atemstillstand erlitten, als sie sie entdeckt hatte. Und er hatte sich ihretwegen schlecht gefühlt. Ihm war nicht bewusst gewesen, dass er sich dermaßen schlecht fühlen konnte.

Ihre Hand hatte sich so fest um seinen Arm gelegt, dass es sich angefühlt hatte, als würde ihm jemand Blut abnehmen wollen. Er hatte versucht, es zu ignorieren, vermutete aber, dass jede Frau von einer pompösen Hochzeit und einer gewaltigen Hochzeitstorte träumte. Und Penny hatte sich nicht lumpen lassen. Er wusste nicht viel über Hochzeitstorten, konnte sich aber nicht vorstellen, dass es eine schönere gab als die, die dort auf dem Tisch stand. Und dann die schöne Tischdekoration, all das Kerzenlicht, die Band… ja, Penny hatte alle Register gezogen, genauso, wie es sein Großvater getan hätte. In diesem Moment kam sie auf sie zugelaufen, ein großes Lächeln auf dem Gesicht.

Als erstes stellte er ihr Todd und Morgan vor. Sie sahen nicht gerade überglücklich aus, waren Allie gegenüber aber höflich und er bemerkte, dass sie von ihrer Sanftmut und Authentizität überrascht waren.

„Ich freue mich, euch kennenzulernen." Sie wirkte besorgt, als sie von Todd zu Morgan schaute.

Von seinem Platz an ihrer Seite aus warf er seinen Brüdern einen Blick zu, der ihnen zu verstehen geben sollte, dass sie sich besser benahmen. Allerdings hatte er auch nicht geglaubt, dass sie unfreundlich zu Allie sein würden und das waren sie auch nicht.

„Es ist schön, dich kennenzulernen." Todd beugte sich nach vorn. „Und danke, dass du uns auf diese Weise geholfen hast."

„Mir geht es genauso. Ich freue mich darüber, dich kennenzulernen", sagte auch Morgan, klang dabei aber vorsichtiger als sein Bruder, als er ihre Hand nahm. Er blickte Wade an. „Wir müssen später reden."

„Okay, Kinder", mischte sich Penny ein. „Es ist an der Zeit, die Hochzeitstorte anzuschneiden und die Party so richtig in Schwung zu bringen. Ihr trinkt einen Hochzeitsdrink und esst ein Stück Hochzeitstorte, während der Fotograf diese schönen Momente festhält. Anschließend wird das Hochzeitslied gespielt und ihr tanzt gemeinsam dazu. Ich kann es kaum erwarten. Es werden Fotos gemacht und ein Video gedreht."

Sie hatte alles genauso geplant, als wäre es eine echte Hochzeitsfeier. Er würde wetten, dass es sogar ein Hochzeitsalbum geben würde. *Aber wofür sollte das gut sein?*

„Mach du, was du willst, Penny. Ich hoffe, Allie kann das alles genießen?" Er sah sie an und zog die

Augenbrauen hoch, gespannt darauf, was sie erwidern würde.

„Ich bin ein bisschen überwältigt. Aber ich genieße es. Ich meine, bis zu einem gewissen Grad. Vielen Dank für die Party, Penny. Du hast wirklich keine Mühen gescheut."

Penny kicherte und sah erst sie, dann ihn und seine Brüder an. „Das macht doch keine Mühe. Es war mir ein Vergnügen. Für mich zählt nur, dass ihr zwei eine gute Zeit habt. Die Großeltern der Jungs hier hätten wahrhaft ihren Spaß an der ganzen Sache. So, jetzt lasst uns den Kuchen anschneiden."

Wade grinste sie an. „Sollen wir?" Er winkelte seinen Arm an und sie schob ihren durch seinen.

„Sie ist wunderbar", sagte Allie, als sie Penny in Richtung der Torte folgten.

„Ja, das war sie schon immer."

Penny reichte ihm ein langes, hübsches, silbernes Messer. Er sah es an. Er musste es verblüfft angesehen haben, denn sie begann zu lachen. „Das ist ein Kuchenmesser für besondere Anlässe. Ich bin mir sicher, dass Allie weiß, was nun kommt, aber ich werde es dir zuliebe noch einmal erklären, Cowboy. Ihr haltet das Messer gemeinsam fest und schneidet ein

Stück aus der Torte. Anschließend füttert sie dich mit einem Stück und du fütterst sie ebenfalls. Du bist doch eigentlich auf genug Hochzeiten gewesen, um das zu wissen, oder?“

„Ja, verstanden.“ Er sah Allie an, die ihn anlächelte.

„Bitte schmiere sie mir nicht ins Gesicht, dann tue ich das bei dir auch nicht“, sagte sie leise.

Einen mutwilligen Moment lang zog er in Erwägung, genau das zu tun, überlegte es sich dann aber anders. „Das würde ich dir nicht antun.“ Nicht an einem Tag wie heute, an dem ihre Nerven ohnehin mehr als strapaziert waren.

Sie standen auf der einen Seite der Torte, der Kameramann auf der anderen. Allie trat neben ihn und er hielt ihr den Knauf des Messers hin. Sie legte ihre Hand darum und er umfasste ihre Hand mit seiner. Er spürte, wie ihre Hand zitterte. Sein Mund wurde trocken. Er fragte sich plötzlich, wie es wohl wäre, wenn dies alles echt wäre. Sie blickte zu ihm auf und er sah sie an. Er wollte ihr so viel geben... *was geben?* Das alles in echt?

Sein Kopf fühlte sich mit einem Mal ganz leer an, als ihm bewusst wurde, was darin vor sich ging.

„Wollen wir? Fang an", flüsterte Allie und holte ihn zurück in die Realität.

„In Ordnung, lass ihn uns anschneiden." Er übte Druck auf das Messer aus und gemeinsam schnitten sie den Kuchen an. Dann führten sie das Messer wieder zurück und schnitten noch einmal in den Kuchen. Jemand reichte ihm einen Teller. Er schob das Stück Torte darauf. Tatsächlich war es Allie, die das tat, seine Hand lag lediglich immer noch fest auf ihrer. Der Kuchen landete auf dem Teller und alle lachten.

„Okay, nimm ein Stück und füttere sie und sie füttert dich… brich einfach ein Stück davon ab", wies Penny ihn an.

Allie bekam ihr Stück und er bekam seines und dann sah er Allie an. Sie blickte ihn mit einer so starken Verletzlichkeit in den Augen an, dass sich sein Herz zusammenzog. Sie hob das Stück Kuchen, das sie in der Hand hielt, hoch und er begriff, dass sie sich gegenseitig füttern sollten und dass er besser etwas täte, anstatt sie nur anzustarren. Im nächsten Moment schmeckte er samtweichen Vanillekuchen und eine süße, cremige Buttercremeglasur. Allie aß ebenfalls. Ihr Mund berührte seine Hand und sie kicherte. Er lächelte, denn es war nicht seine Absicht gewesen, ihr das Stück Kuchen mit so viel Druck zu geben, dass sich der Zuckerguss in ihrem Gesicht verteilte und auf ihren Lippen klebte. Ohne darüber nachzudenken, beugte er sich vor und küsste sie auf die Lippen, um die Glasur zu entfernen. Sie keuchte und er flüsterte: „Es soll ja echt aussehen." Und dann küsste er sie noch einmal.

Er hörte die Kamera klicken und Leute jubeln. All das war ihm egal, denn Allie erwiderte den Kuss.

„Das war wunderbar", rief Penny aus.

Allie war noch ganz benommen und vernahm Pennys Stimme wie aus weiter Ferne. Wade hatte sie zweimal geküsst. Und er hatte ihr zugezwinkert. Sie hatte das Gefühl, in der Luft zu schweben. Das war gefährlich – unglaublich gefährlich. Es sollte echt aussehen, hatte er sie erinnert – es war alles nur gespielt – sie taten nur so, als wäre es echt. *Sie schauspielerten nur, sie schauspielerten nur, sie schauspielerten nur.*

„Okay, ihr beiden, die Band beginnt gleich zu spielen. Kommt, wir gehen dort entlang."

Allie sah Penny an und Penny zwinkerte ihr zu.

Dieses ständige Zwinkern – sie wusste nicht, was sie davon halten sollte. Es war, als wären sie alle in einen Witz eingeweiht, den sie selbst nicht verstand.

Wade griff nach ihrer Hand und gemeinsam schritten sie durch die Menge, die ihnen Platz machte und betraten die Tanzfläche. Die Band begann, ein romantisches Stück zu spielen. Sie stand so neben sich, dass es ihr nicht gelang, festzustellen, um welches Lied es sich handelte. Sie wusste nur, dass es schön war, denn Wade war bei ihr. Ihre Körper trafen aufeinander, als er einen Arm um sie schlang und mit der anderen Hand ihre festhielt. Sie begannen zu tanzen. Sie bewegten sich leicht über die Tanzfläche, während er ihr in die Augen starrte und sie glauben ließ, dass alles real wäre. Dann wirbelte er sie herum, ließ ihre eine Hand los und zog sie wieder zurück zu sich in eine Umarmung, während sie sich im Takt der Musik bewegten. Sie konnte nicht tanzen, tat es aber dennoch und bewegte sich mit ihm, so als wäre ihr Körper dafür bestimmt, sich mit seinem zu bewegen. Sie legte ihren Kopf auf seine Schulter. Das war am besten, da ihr Gesicht so den Leuten verborgen blieb. Ihr war bewusst, dass Bilder gemacht und sie beobachtet wurden; sie zitterte so sehr, dass ihr klar war, dass auch er es spüren musste. *Es war alles eine Lüge. Es war alles eine Lüge.*

Die Worte klangen in ihren Ohren, während sein Herz an ihrer Schläfe schlug und sie sich von ganzem Herzen wünschte, dass es echt wäre.

Als das Stück vorüber war, flüsterte Wade an ihrer Schläfe. „Ich denke, wir haben sie überzeugt."

Seine Worte brachten sie schnell zurück in die Realität. Sie sah ihn an. „Ja, ich denke, man könnte uns beide für einen Oscar nominieren, oder?" Sie sagte das aus purer Selbsterhaltung. Er konnte nicht wissen, dass ihre Gefühle stärker geworden waren; sie waren zu einem festen Knäuel verwoben und sie hatte sich Hals über Kopf in ihn verliebt.

Sie trat einen Schritt zurück und lächelte ihn für alle sichtbar an. Doch in ihrem Herzen wusste sie, dass sie irgendwann die Grenze überschritten hatte und dass sie am Ende der drei Monate teuer dafür würde bezahlen müssen.

Den Rest des Abends über tanzten sie so viel wie möglich. Er hatte ebenso wie sie erkannt, dass sie umso weniger mit anderen Menschen reden mussten, umso mehr sie miteinander tanzten. Zumindest nahm sie an, dass er das gedacht hatte, denn dasselbe war ihr auch klargeworden. Während sie tanzten, kämpfte sie darum, dass ihr Herz sie nicht noch grausamer verriet, als es das bereits getan hatte.

Auf dem Rückweg war sie müde und emotional ausgelaugt und wollte sich nur noch in ihr Zimmer zurückziehen. Sie war verwirrt. Tief in ihrem Herzen sehnte sie sich so sehr danach, dass Wade sie küsste. Es war lächerlich. Sie forderte die anschließende Verzweiflung geradezu heraus. *Was würde ein Kuss schon ändern?* Sie dachte an den Moment, als er sie beim Anschneiden des Kuchens geküsst hatte. Es war nicht einmal ein intensiver Kuss gewesen; nur ein süßer Kuss, der ihr nicht mehr aus dem Kopf ging. Und dann war da noch der Kuss auf dem Parkplatz…

Er öffnete die Tür des Trucks für sie und griff dann nach ihrer Hand, um ihr beim Aussteigen zu helfen. Sie schritt über den Beton. Sie konnte es kaum abwarten, endlich ins Haus zu kommen und die Schuhe auszuziehen. Ihre Füße schmerzten ebenso stark wie ihr Herz. Sie betraten das Haus. Auf dem Rückweg war es im Auto etwas seltsam gewesen; sie hatten ein wenig über den Abend gesprochen und darüber, wie Penny alles organisiert hatte.

Sie beide hatten sich an den Plan gehalten. *Was*

für eine Art, das zu sagen. Es klang, als hätten sie eine Bank ausgeraubt oder einen Überfall begangen. *Lügen waren geraubt worden. Und Träume.*

„Geht es dir gut, Allie?", fragte er leise, als sie in der Küche standen, nachdem sie durch die Tür in der Garage gegangen waren.

„Natürlich. Warum sollte es anders sein?"

„Du weißt schon, ich wollte nur sichergehen. Ich habe nur gedacht, dass du etwas überwältigt sein könntest. Es war eine große Sache."

„Ja, das war es. Es war wunderschön."

„Das stimmt." Sie starrten einander an und dann trat er einen Schritt auf sie zu. „Wir waren gut. Wir haben gesagt, was sie hören wollten und ich hoffe, dass ich meinen Teil der Abmachung eingehalten habe."

Ihr Herz donnerte. Sie sagte sich selbst, dass sie sich besser umdrehen und in ihr Zimmer gehen sollte. Nichts Gutes konnte aus dieser Situation erwachsen. „Das hast du."

Er trat einen weiteren Schritt auf sie zu. Dann grub er seine Hände in ihre Haare und starrte auf sie herab, während er ihr Gesicht mit seinen Händen umfasste. „Du warst so schön heute Abend. Alle haben dich geliebt."

Was sollte sie darauf erwidern? Sie schluckte und blieb still. Sie wusste nicht, was sie sagen sollte. *Ob er ihren rasenden Herzschlag hören konnte?*

Und dann neigte er den Kopf und küsste sie. Im nächsten Moment lagen ihre Arme erneut um seinen Körper und sie küssten einander. Als er plötzlich den Kuss unterbrach und zurücktrat, ließ sie voller Bedauern los. Sie hatte gewusst, dass das geschehen würde. Hatte gewusst, dass er zur Besinnung kommen würde. Sie war vorbereitet.

„Gute Nacht, Wade." Sie drehte sich um und eilte durch die Küchentür in den Wohnbereich zum Flur, zum Treppenabsatz, den Flur entlang und durch ihre Tür, bevor sie sie schnell hinter sich abschloss. Sie drehte sich auf dem ganzen Weg kein einziges Mal um.

KAPITEL FÜNFZEHN

Am kommenden Morgen machte sich Wade bereits früh auf den Weg, um mit den Männern zu arbeiten.

Allie freute sich über die Ruhe und nutzte die Gelegenheit, um Ginny anzurufen.

„Ginny, kannst du dich rarmachen und ein paar Tage zu mir kommen?" Allie hielt das Telefon mit beiden Händen umklammert und starrte aus dem Fenster ihres Schlafzimmers.

„Was ist los? Du klingst traurig." Allie konnte hören, dass Ginny mit den Fingernägeln auf einen Tisch tippte. Sie tat das immer, wenn sie sauer oder wütend war.

Allie versuchte, das Zittern aus ihrer Stimme zu verbannen. In der vergangenen Nacht hatte sie kaum geschlafen, da sie wieder und wieder die Momente durchlebt hatte, in denen Wade sie geküsst hatte. Und die Momente, in denen sie bei der Feier vorgegeben hatten, glücklich verheiratet zu sein, in denen sie einander angelächelt und sich umarmt hatten. *Wie war es möglich, dass sie in diesen wenigen Stunden in ein Kaninchenloch gefallen war, das ihr suggeriert hatte, dass das alles möglich wäre?* „Es geht mir gut. Mir ist nur klargeworden, dass ich bis über beide Ohren in dieser Situation drinstecke."

„Ich wusste, dass du verletzt werden würdest."

„Das weiß ich. Aber Ginny, er ist wunderbar. Mir war gar nicht klar, wie wundervoll."

Ginny knurrte am anderen Ende der Leitung. „Und Mr. Wunderbar wird meinem Mädchen das Herz brechen. Allie, hör mir zu – du musst dich jetzt zurückziehen. Sorge dafür, dass sich dein Herz nicht noch weiter einmischt. Dieser Cowboy hat dir ganz klar gesagt, dass es nur drei Monate dauern würde und dass es dann vorbei wäre. Schon als ich letzte Woche den Blick in deinen Augen gesehen habe, wusste ich, dass genau das geschehen würde."

Allie war klar, dass Ginny drauf und dran war, am anderen Ende der Leitung einen Wutanfall zu bekommen. Wahrscheinlich ging sie inzwischen im Raum auf und ab, denn sie hörte sie nicht mehr auf den Tisch klopfen. Sie hatte Ginny zur Hochzeitsfeier eingeladen, aber sie hatte nicht kommen können. Sie war stark in die Arbeit in der kleinen Kellerei eingebunden, die ihren Eltern gehörte. Ginny liebte das Weingut. Sie arbeitete hart daran, die Trauben zur Perfektion zu bringen und alles, was möglich war, aus ihrem texanischen Wein herauszukitzeln. Er genoss einen sehr guten Ruf. „Ich weiß, dass du nicht zur Party kommen konntest, aber vielleicht klappt es ja diese Woche? In ein paar Tagen wird meine Mutter verlegt, aber ich würde mich wirklich über deine Anwesenheit hier freuen.“

„Ich packe bereits. Das Geschäft kommt auch mal einen Tag ohne mich aus. Außerdem war Dad in letzter Zeit ein bisschen komisch. Er treibt mich in den Wahnsinn. Ich glaube, ich brauche mal eine Pause von ihm. Ich weiß nicht genau, was in ihn gefahren ist. Er nimmt die Abrechnungen noch einmal genau unter die Lupe. Ich mag es nicht, noch weiß ich es zu schätzen, wenn man meine Arbeit noch einmal überprüft. Auch wenn es für den Moment noch sein Unternehmen ist. Aber hier geht es um dich und ich werde dir und diesem Milliardärs-Cowboy einen Besuch abstatten. Und dich vom Abgrund wegziehen. Ihr habt doch nicht…"

„Nein. Aber er hat mich geküsst. Und ich habe ihn geküsst. Und Ginny, es war magisch. Ich habe noch nie zuvor so etwas gefühlt. Es war, als gäbe es eine Verbindung zwischen uns."

„Stopp. Hör sofort damit auf. Es gibt keine Verbindung – *keine* Verbindung. In weniger als zwei Monaten werdet ihr wieder getrennter Wege gehen, erinnerst du dich? Getrennter Wege."

Allie ließ die Stirn auf ihre Handfläche sinken und starrte auf den Tisch. „Ja, du hast recht. Ich weiß, ich weiß. Aber ich stecke in Schwierigkeiten, Ginny. Du musst kommen, um mir dabei zu helfen, mein Herz einzufangen und es zurück in das Gehege zu sperren, aus dem es nicht entkommen darf."

„Nun, mach dir keine Sorgen. Ich bin auf dem Weg. Schick mir die Adresse und ich gebe sie in mein Navi ein. Ich komme, so schnell ich fahren kann. Dad wird es verstehen. Ich denke, er wird vor allem erleichtert sein."

„Ich liebe dich, Ginny. Ginny, die zu meiner Rettung herbeieilt, wie immer." Sie wünschte, sie hätte das nicht zu sagen brauchen. Ginny sagte immer, dass sie zu verletzlich war und das war sie tatsächlich. Das war so lästig, dass sie am liebsten gegen irgendetwas getreten hätte, aber wahrscheinlich würde sie sich dabei nur einen Zeh brechen. „Ich kann es kaum erwarten, dich zu sehen."

Nachdem sie aufgelegt hatten, schickte sie Ginny die Adresse und sah auf die Uhr. Es würde spät werden und wahrscheinlich schon dunkel sein, bevor sie einträfe. Allie war froh darüber, dass Nelda nicht da war und auch Wade noch nicht zurück war. Sie musste heute nicht unbedingt auf ihn treffen. Sie brauchte Raum.

Raum, um wieder auf den richtigen Weg zurückzufinden und sich vom Abgrund wegzuschleppen, wie Ginny es so treffend bezeichnet hatte. Von dem Abgrund, an dem sie so halsbrecherisch herumgeturnt war.

Es war später Nachmittag, als Wade sich endlich dazu in der Lage fühlte, nach Hause zurückzukehren. Er war müde und staubig, denn er hatte sich den ganzen Tag mit seinen Männern um die Zäune gekümmert. Es gab doch nichts Besseres, als Löcher für Zaunpfähle auszuheben, um einen Mann die Dinge vergessen zu lassen, von denen er wünschte sie nicht getan zu haben und ihm genug Zeit zu geben, darüber nachzudenken, was er tun konnte. Die glühende Sonne hatte auf ihn heruntergebrannt und er schwitzte wie ein Ochse. Zum Himmel stinkend betrat er die Küche. Sein Zustand böte einen guten Vorwand, nicht lange bei Allie zu verweilen, wenn er ihr begegnen würde. Er ging gerade durch das Wohnzimmer, als er sie mit einem Buch in der Hand in der Ecke sitzen sah, wo sie aus dem Fenster schaute.

Sie hatte ihn sicher näherkommen sehen. Er hielt inne und riss sich den staubigen Hut vom Kopf. Sein Herz machte einen Satz, als sie ihn ansah. Und, der Herr mochte ihm helfen, er wollte durch den Raum gehen, sie in seine Arme ziehen und küssen.

Er steckte wirklich in Schwierigkeiten.

Wie hatte das geschehen können? „Ich musste ein paar Zäune reparieren. Geht es dir gut?"

Sie schloss das Buch und nickte.

Er fühlte sich schuldig, weil er wusste, dass sie wusste, dass das ein Vorwand war. *Wann hatte er sich in einen Feigling verwandelt?*

„Ich hoffe, die Zäune sind gut geworden. Du siehst so aus, als hättest du hart gearbeitet."

„Ja, das haben wir."

„Ähm, ich denke wir müssen reden." Sie stand auf.

„Du hast wahrscheinlich recht. Schau, wegen gestern Abend. Ich hätte dich wahrscheinlich nicht küssen sollen."

„Nein, entschuldige dich nicht. Ich bin diejenige, die dich dazu gebracht hat, so zu tun, als hätten wir wirklich geheiratet. Und genau das hast du getan. Und ich weiß nicht… irgendwann mittendrin haben wir uns vielleicht etwas mitreißen lassen. Ich möchte nur, dass du weißt, dass mir klar ist, dass nichts daraus werden wird. Du musst dich deswegen nicht unbehaglich fühlen. Ich weiß, dass sich nichts geändert hat. Mach dir keine Sorgen."

Er öffnete den Mund, um abzustreiten, was sie gesagt hatte, um zu erwidern, dass er sich keine Sorgen machte und auch nichts gespielt hatte. Aber das würde nichts bringen. Er war so durcheinander und er war kein Mann, der häufig durcheinander war. Sein Großvater hatte ihn das gelehrt. *„Überlege dir, was du willst und dann arbeite daran, das zu erreichen. Aber* *halte dich an dein Wort.*" Nach dieser Regel lebte er bis heute. Er hatte gesagt, dass es in drei Monaten vorüber wäre und er sie verlassen würde. Es gab einen Grund, warum sie diese Abmachung getroffen hatten und dennoch wusste er nicht, ob er würde gehen können – oder überhaupt gehen wollte.

Aber konnte er es sich einfach anders überlegen? Er unterbrach seine Gedanken. „Wir kommen schon zurecht. Aber mir ist klar, dass wir beide nur so getan haben."

Sie nickte. „Ich meine, du weißt, das ich bekomme, was ich wollte; meine Mutter bekommt die beste Pflege. Ich denke, ich weiß schon, was ich am Ende der drei Monate tun werde. Ich werde weitermachen – ich werde mein Blumengeschäft neu eröffnen, sobald meine Mutter aus dem Koma erwacht ist und ich sie nach Hause bringen konnte, wo sie sich erholen kann."

„Oh, das hört sich gut an."

„Ja, das ist nur wegen unserer Vereinbarung möglich. Ich habe Ginny für ein paar Tage eingeladen. Sie wird innerhalb der nächsten Stunde eintreffen. Ich hoffe es macht dir nichts aus. Ich wollte dich nur vorwarnen. Morgen werde ich ihr die Ranch zeigen.

Das wird schön. Außerdem werden wir uns die Reha-Einrichtung ansehen, in die meine Mutter verlegt wird."

Erleichterung und Schrecken erfüllten ihn gleichermaßen. Es würde ihr guttun, wenn ihre Freundin hier wäre und die Spannung, die zwischen ihnen bestand, etwas mildern. Aber er wusste auch, dass er sich von Ginny etwas würde anhören müssen. Ginny würde ihm genau das vor Augen führen, was er am vorherigen Abend vergessen hatte. Wahrscheinlich brachte sie auch noch Loretta mit, nur um ihn daran zu erinnern, wie verletzlich Allie war. Immerhin trauerte sie immer noch um ihren Vater und dann war da auch noch ihre Mutter.

„Ich freue mich, dass sie kommt." Offensichtlich musste Allie sie sehen. „Ich werde alles tun, was ich kann, damit ihr beide die Zeit genießen könnt. Wird sie ein paar Tage bleiben? Sie kann gern bleiben, solange sie will."

„Wahrscheinlich wird sie nur ein paar Tage bleiben. Ich denke nicht, dass sie von ihrer Kellerei zu lange fortbleiben kann."

Er lachte. Sie war wirklich süß, wenn sie aufgeregt war. „Wir sollten alle zusammen zu unserem Weingut hinüberfahren, wenn sie hier ist. Todd leitet das Geschäft. Wir produzieren Traubenmarmelade und Wein. Ist Ginny schon länger im Weingeschäft?"

„Ja, ist sie und sie liebt es. Ihr ganze Leben dreht sich um die Trauben."

„Irgendwie überrascht mich das."

„Sie mag es wirklich und wird sich über die Gelegenheit freuen, euer Weingut zu besuchen. Ich weiß, dass du nicht allzu gut mit ihr auskommst, also danke, dass du so verständnisvoll bist."

„Es ist nicht so, dass ich Ginny nicht mag. Ich kenne sie kaum. Aber ich weiß, dass du sie liebst und sie hundertprozentig auf deiner Seite steht. Und das mag ich an ihr. Sie passt auf dich auf."

„Wade, ich muss dir wirklich sagen, dass es mich ärgert, wenn ständig alle meinen, auf mich aufpassen zu müssen. Ich bin eine erwachsene Frau. Sie ist meine Freundin und ich brauche ihre Unterstützung als Freundin, aber ich kann auf mich selbst aufpassen. Ja, ich bin ein bisschen verletzlich – das sagt sie mir auch ständig. Ich meine, ich habe in letzter Zeit viel durchgemacht, aber ich schaffe es." Ihre Stimme brach und sie rang mit sich, das konnte er sehen.

Er fühlte mit ihr. Es war ihm selbst so ergangen,

als seine Eltern gestorben waren. Und anstatt ihr zu helfen, hatte er gestern Abend ihren Stress noch verstärkt. „Ich weiß, wie das ist, was du gerade durchmachst. Ich war jünger als du, als ich meine Eltern verlor und mein Großvater traf damals noch die Entscheidungen für mich, daher konnte ich in Ruhe trauern. Ich musste nicht die Verantwortung all der Entscheidungen tragen. Und obwohl mein Großvater vor vier Monaten gestorben ist, ist das etwas anderes. Du hast dafür gesorgt, dass ich nicht alles verliere, aber das ist nicht derselbe Druck, unter dem du stehst. Selbst wenn ich die Ranch verloren hätte, wäre ich finanziell nicht am Boden zerstört gewesen. Du musstest so stark sein, dich um alles selbst kümmern. Die Trauer, die Sorge um deine Mutter, das Arbeiten bis zur Erschöpfung, um nicht unterzugehen. Und dann hast du zu allem Überfluss auch noch dein Geschäft verloren. Nein, man kann unsere Situationen nicht miteinander vergleichen. Es wird zukünftig leichter für dich sein und ich hoffe, dass das, was wir getan haben, dir helfen wird. Aber ich habe das Gefühl, ich habe dich letzte Nacht ausgenutzt.“

„Nein, das hast du nicht.“ Sie ging ein paar Schritte auf ihn zu.

Er hob abwehrend eine Hand. „Wahrscheinlich ist es besser, wenn du mir nicht zu nahekommst. Ich bin schrecklich verschwitzt – es war sehr heiß heute."

Sie überraschte ihn mit einem Lächeln und Freude durchdrang ihn, wenn er sie nur so ansah. „Ich werde duschen. Aber ich freue mich, dass deine Freundin zu Besuch kommt. Ich werde alles tun, damit ihr eine gute Zeit habt. Geh es ruhig an. Wir haben diese Hochzeitsfeier-Sache hinter uns und werden wieder etwas mehr Abstand zwischen uns bringen. Ich werde dich nicht wieder so küssen, du kannst dich also entspannen."

Sie nickte und er fand, dass sie ein bisschen traurig aussah.

Dann trat sie einen Schritt zurück. „Ich denke, du hast recht."

Am Fuß der Treppe blieb er stehen. „Ich werde nach dem Abendessen in mein Büro gehen und ein paar Dinge erledigen."

„In Ordnung. Ich habe King Ranch Chicken gemacht. Es ist noch im Ofen."

„Klingt gut."

„Nimm dir einfach etwas, wenn du magst. Ich werde in meinem Zimmer lesen, bis Ginny hier ist."

„Okay." Sie klangen wie Fremde. Das mochte er nicht, aber er drehte sich um und entfernte sich. Er hatte sich noch nie in seinem Leben so merkwürdig gefühlt. *Wie war es möglich, dass ein paar Küsse alles verändert hatten?*

Nachdem er geduscht hatte, ging Wade in sein Büro. Er war noch keine fünf Minuten dort, als Morgan ihn anrief.

„Wie geht es dir und Allie?"

Morgan klang, als würde er sich in einem Flugzeug befinden. Sein Bruder führte ein sehr viel öffentlicheres Leben als Wade. Das hätte er selbst gar nicht gewollt. Sein Leben als Leiter der Hotelkette erforderte ständige Meetings und Planungssitzungen, sodass er viel häufiger unterwegs war als Wade.

„Bist du unterwegs?"

„Ja, ich in unterwegs zu einer Abendveranstaltung in unserem Hotel in Kalifornien. Du hast eine Einladung erhalten. Du hast sie wahrscheinlich ignoriert, so wie du es meistens tust."

„Wir wissen beide, dass das nichts für mich ist. Die Hotelkette und die Resorts sind deine

Leidenschaft."

„Das stimmt, aber unsere Aktionäre hätten nichts dagegen, dich von Zeit zu Zeit zu sehen."

„Nun, dann werden sie sich noch etwas gedulden müssen. Mir gehen eine Menge Dinge im Kopf herum und ihnen Honig ums Maul zu schmieren gehört nicht dazu." Es irritierte ihn, dass die Leute dachten, er würde nach ihrer Pfeife tanzen. Das war etwas, was die Arbeit für die Hotelkette ausmachte – es waren eine Menge Leute beteiligt, deren Jobs von ihrer Arbeit abhingen. Zum Glück hatte Morgan nichts dagegen. Er mochte es sogar. Irgendetwas an dieser Arbeit forderte Morgan heraus und Wade war dankbar dafür. So musste er nicht so tun, als würde er gern einen Smoking oder einen Anzug tragen. Nein – wenn er nur seine Wrangler und seine Stiefel hatte, dann war er zufrieden.

Und Allie.

Der Gedanke traf ihn wie ein Schwall kaltes Wasser.

Morgan stellte eine Frage, die er aber nur wie aus weiter Ferne vernahm.

„Du hast meine Frage nicht beantwortet. Wie geht es dir und deiner Braut?", fragte Morgan erneut.

Wade schüttelte den Gedanken an eine lächelnde Allie, die ihn küsste, ab. „Uns geht es gut. Danke, dass du gestern Abend so nett warst." *Konnte er seinem Bruder sagen, was er fühlte?*

„Sie scheint nett zu sein. Aber sie wirkt verletzlich. Wade, ich habe sie den ganzen Abend über beobachtet. Die Frau steht auf dich."

Er ließ den Kopf hängen. Riss sich zusammen. „Sie ist süß. Aber wir hatten eine Vereinbarung. Wir haben gestern Abend so getan, als wäre es echt. Das ist alles."

„Genau. Sieh mal, Wade, du hast gestern Abend glücklich ausgesehen. Wenn diese Frau so ist, wie sie gestern gewirkt hat und wie du die ganze Zeit beteuerst, warum willst du sie dann nach Ablauf der drei Monate wieder gehen lassen?"

„Weil wir uns darauf geeinigt haben."

„Aber können Vereinbarungen nicht revidiert werden?"

„Das ist nicht so einfach. Allie hat den Ruf, verletzlich zu sein und das ist im Moment noch stärker der Fall, jetzt, wo ihr Leben so durcheinander ist. Ich möchte sie nicht ausnutzen. Woher soll ich wissen, dass sie weiß, was sie tut?"

„Bedeutet das, dass sich deine Sicht auf die Ehe geändert hat?“

Hatte sie das? „Vielleicht ein bisschen. Ich weiß, dass es gute Frauen dort draußen gibt. Sie ist auf jeden Fall eine.“

Morgan schwieg. „Es klingt kompliziert. Ich habe das unangenehme Gefühl, dass er etwas Ähnliches mit mir und den Hotels anstellen will. Wenn er mich vor die Wahl stellt, entweder zu heiraten oder die Hotels zu verlieren, dann weiß ich nicht, was ich tun werde. Ich wollte dich nur bereits jetzt vorwarnen, dass ich auf der Suche nach einer Lösung bin. Denn ich bin mir nicht sicher, dass ich durch seine Reifen springen werde.“

„Morgan, wir wissen doch beide, dass die Hotels Investoren haben. Es wäre nicht so einfach, mit dir das Gleiche zu tun, oder? Das könnte die Aktionäre in Gefahr bringen. Vielleich hat er sich für dich etwas Kreativeres einfallen lassen. Ich habe keine Ahnung, was, aber ich denke, er hat etwas Verrücktes geplant.“

„Ich hoffe, du hast recht“, sagte er mit angespannter Stimme. „Ich komme einfach nicht über das hinweg, was er getan hat. Oder die Tatsache, dass du es tatsächlich durchgezogen hast. Hör mal, ich war ziemlich grob dir gegenüber, als du es uns das erste Mal erzählt hast. Vielen Dank, dass du tust, was du tust. Ich mag nicht so häufig auf der Ranch sein, aber ich möchte sie auch nicht verlieren. Also schulde ich dir was. Wenn ich irgendetwas tun kann, um dir zu helfen, dann lass es mich wissen."

Seine Worte bedeuteten Wade eine Menge. „Vielen Dank. Wenn ich etwas brauche, dann gebe ich dir Bescheid. Und Morgan, danke, dass du angerufen hast."

KAPITEL SECHZEHN

Ginny erreichte sie in Rekordzeit. Kurz nach Einbruch der Dunkelheit bog sie in die Einfahrt der Ranch ein, wo Allie bereits auf der Veranda wartete.

„Ich bin so froh, dich zu sehen", rief Allie, als sie über den Hof zu ihrer Freundin eilte. Sie hatten im Laufe des Tages mehrmals miteinander gesprochen, aber als sie Ginny nun grinsend aus dem Jeep steigen sah, wäre sie beinahe in Tränen ausgebrochen.

„Allie, mein Mädchen!", schrie Ginny und rannte auf Allie zu. Sie trug Jeans, die sie in ihre Stiefel gestopft hatte und einen Cowboyhut, der voller Falten war. Auf der Vorderseite des Hutes befand sich eine große Feder mit einem Schmuckstein, der im Licht der Veranda funkelte.

Sie umarmten einander und sprangen ein bisschen umher. Sie hatten sich zwar in der letzten Woche kurz gesehen, als Allie in Tyler gewesen war, aber im Krankenzimmer ihrer Mutter war Ruhe ein Muss und ihr Aufeinandertreffen verhaltener ausgefallen.

„Ich bin so froh, dass du hierhergekommen bist, um mich zu besuchen."

„Ich musste kommen. Wer würde dir sonst in den Hintern treten?"

Sie kicherten beide.

„Ja, das kann ich gebrauchen."

Ginny warf ihr einen *Ich-bin-für-dich-da-Blick* zu. „Sieh dich vor. Morgen schnappe ich mir deinen Ehemann. Er hat dir den Kopf verdreht und ich habe vor, dieses Karussell zu stoppen."

Arm in Arm gingen sie zurück zum Haus und traten in die Küche, während sie sich miteinander unterhielten.

„Ich stand etwas neben mir, als ich dich angerufen habe, aber ich habe mich wieder beruhigt. Das habe ich dir am Telefon aber nicht gesagt, weil ich nicht wollte, dass du wieder umdrehst und nach Hause fährst. Ich wollte trotzdem, dass du mich besuchst. Aber er ist nicht der Einzige, der Schuld an dem Ganzen hat, weißt du? Ich habe ihn dazu angehalten, dass wir uns während der Feier möglichst authentisch benehmen. Aber ich war einfach nicht darauf vorbereitet, was *authentisch* für mich und mein launisches kleines Herz bedeuten würde."

„Mit deinem Herzen ist alles in bester Ordnung. Du hast das beste Herz, das ich jemals bei einem Menschen gesehen habe oder jemals sehen werde. Es ist nicht launisch. Es ist treu und wunderbar und sanft und leidenschaftlich. Männer sind Dummköpfe, wenn sie das nicht erkennen. Eines Tages wirst du eine fantastische Familie haben, wenn der Mann deiner Träume dich von den Füßen fegt und dich wie den Edelstein behandelt, der du bist. Du wirst all die Kinder haben, nach denen du dich so sehnst, die, die du schon immer haben wolltest. Und dann können all diese Cowboys, die verführerisch oder listig dahergeredet haben und nicht einen Dollar besaßen und dich um dein Geld gebracht haben und versucht haben, dir einzureden, du wärst weniger wert als du bist, dann können die alle sehen, wo sie bleiben."

Allies Herz stockte. Es schmerzte sie, wie dumm sie vor ein paar Monaten gewesen war.

„Und dieser gutaussehende Cowboy mit den

Taschen voller Geld hat es auch nicht besser gemacht. Er benutzt dich, genau wie die anderen."

„Nein, nein – er hat mir geholfen. Das haben *sie* nicht getan."

„Das stimmt. Aber er ist nicht der Eine. Lass dir nicht davon, dass er dir geholfen hat, den Kopf verdrehen und das für Gefühle halten. Vergiss nicht, dass ihr euch beide geholfen habt. Wenn es nötig ist, werde ich dich an jedem Tag, den ich hier bin und an jedem weiteren Tag danach an diesen Umstand erinnern. Aber bevor ich wieder verschwinde, wird er sich zurückziehen und dir Raum geben. Ich habe Loretta mitgebracht und das werde ich ihn wissen lassen."

Allie stöhnte. „Nein, das hast du nicht getan. Und du musst das Ding wirklich nicht hervorholen und ihn damit erschrecken."

Ginny grinste. „Du weißt, dass ich Loretta immer mitnehme, wenn ich verreise. Aber das muss er ja nicht wissen. Wenn du es ihm nicht sagst, wird er denken, ich hätte sie nur wegen ihm mitgebracht. Halte dich an mich und wir bringen ihn wieder auf die Reihe."

Allie musste lachen, als sie ihre Freundin anstarrte. Das typische texanische Mädchen vom Land, voller Schalk und Entschlossenheit. Allie liebte Ginny, aber Wade tat ihr jetzt schon leid. *Was hatte sie nur getan?*

Wade stand wie jeden Morgen um halb sechs Uhr auf und ging in die Scheune. Er verließ das Haus über die Terassentür, da er es nicht riskieren wollte, Allie und Ginny zu wecken. Er hatte ihre Unterhaltung am Abend zuvor mitangehört. Er hatte Ginny willkommen heißen wollen und war gerade im Flur gewesen, als er gehört hatte, wie Allie sagte, dass sie ein launisches Herz habe. Er war stehengeblieben, als er Ginnys eindringliche Worte vernommen hatte. *„Mit deinem Herzen ist alles in bester Ordnung. Du hast das beste Herz, das ich jemals bei einem Menschen gesehen habe oder jemals sehen werde. Es ist nicht launisch. Es ist treu und wunderbar und sanft und leidenschaftlich. Männer sind Dummköpfe, wenn sie das nicht erkennen."* Er hatte sich nicht bewegen können und war einfach dort stehengeblieben, als sie über ihn und andere Männer gesprochen hatten, die Allie verletzt hatten. *Was?* Jemand hatte sie bestohlen? Sie benutzt? Ihr das Gefühl gegeben, weniger wertvoll als andere zu sein?

Ginnys Beschreibung behagte ihm gar nicht. Allie war gut und treu und freundlich und hilfsbereit und noch so viel mehr, aber auf keinen Fall war sie weniger wert als irgendjemand oder irgendetwas. Also hatte sie, als er sie kennengelernt hatte, nicht nur um ihren Vater getrauert und war in Sorge um ihre Mutter gewesen; man hatte sie außerdem auch schlecht behandelt und ausgenutzt. Er hatte fragen wollen, wer diese Männer waren, hatte für Allie einstehen und zurückbekommen wollen, was ihr gehört hatte. Außerdem wollte er, dass sie wusste, dass alles zutraf, was Ginny über sie gesagt hatte. Sie war genau so und noch viel mehr.

Und er hatte zu ihnen gehen und Ginny in eine herzliche Umarmung ziehen und ihr einen Kuss auf die Wange drücken wollen, weil sie ihn auf diese Umstände aufmerksam gemacht hatte.

Er wollte das Richtige tun.

Allie hatte für ihn Partei ergriffen und er wusste von ganzem Herzen, dass er nicht in dieselbe Kategorie Mensch fiel wie diese anderen Cowboys. Er hätte sie niemals absichtlich verletzt.

Was sollte er als Nächstes tun?

Er war von der Tür zurückgetreten und in sein

Zimmer gegangen, um über alles nachzudenken. Er hatte beschlossen, zu improvisieren und sich darauf eingestellt, dass Ginny hart mit ihm ins Gericht gehen würde. Doch er war entschlossen, es wieder in Ordnung zu bringen, wenn er konnte. Nachdem er dafür gesorgt hatte, dass er an diesem Tag nichts würde erledigen müssen, ging er gegen acht Uhr zurück zum Haus und fand sie draußen auf der hinteren Terrasse beim Frühstück vor. Sie hatten Zimtschnecken gebacken. Sein Magen knurrte.

„Morgen, meine Damen." Er nickte Ginny zu und tippte sich an den Hut. Allie sah müde aus. Aber zumindest war an diesem Morgen das altbekannte Funkeln in ihre Augen zurückgekehrt, das er am vorigen Tag vermisst hatte.

Ginny zog eine Braue hoch. „Morgen, Cowboy." Unerwarteterweise schenkte sie ihm ein Lächeln.

„Ich hoffe, du hattest eine gute Fahrt, Ginny."

„Die hatte ich. Und währenddessen habe ich über all die verschiedenen Dinge nachgedacht, die ich dir antun würde, nachdem ich angekommen bin. Du bewegst dich auf dünnem Eis, Freundchen."

„Ginny, bitte", sagte Allie flehentlich. „Wir haben doch darüber gesprochen."

„Allie möchte nicht, dass ich mit dir rede. Aber sie war traurig, als sie mich angerufen und gebeten hat, zu ihr zu kommen. Ich bin gekommen, weil ich den Eindruck habe, dass du womöglich mit ihren Gefühlen spielst."

Die Frau nahm kein Blatt vor den Mund.

Allie war knallrot geworden. „Ginny, wir haben letzte Nacht darüber gesprochen. Ich habe dich gebeten, nichts zu sagen. Wade und ich werden das klären."

Wade nahm seinen Hut ab, damit Allie seine Augen sehen konnte. „Nein, Ginny hat recht, Allie. Ich hätte neulich etwas sagen sollen, als du vorgeschlagen hast, dass wir bei der Feier so tun, als wäre alles echt – ich hätte Einwand erheben und Nein sagen sollen. Wir hätten es sein lassen sollen, du hast schließlich gesagt, dass du nicht alle täuschen willst. Ich hätte Penny sagen sollen, dass wir keine Hochzeitsfeier brauchen. Ich weiß nicht, was ich gedacht habe."

„Es ist okay, Wade."

„Nein, ist es nicht. Wir haben eine Abmachung. Es wurde alles schriftlich festgehalten, aber ich habe mich nicht darangehalten. Ich verspreche euch beiden, dass das nicht noch einmal passieren wird. Wir können

Freunde sein, aber wir werden diese Grenze nicht noch einmal überschreiten. Es sind noch ungefähr acht Wochen übrig und ich gefährde das alles. Ginny ist nur hier, um mich daran zu erinnern, was auf dem Spiel steht. Ginny, du musst deine Waffe nicht hervorholen."

Ginny lächelte, doch ihre Augen blieben ernst und sahen ihn unverwandt an. „In meinen Augen klingt das gönnerhaft. Der Vertrag, den du unterzeichnet hast, war eindeutig. Und genauso sollte es auch sein. Das ist natürlich nur meine eigene Meinung. Wenn Allie mir erzählt, dass sie sich Hals über Kopf in dich verliebt hat, dann werden wir dieses Gespräch erneut führen müssen."

Diese Ginny war schon eine. *Was nun? Würde sie als nächstes ihre Schrotflinte hervorholen und ihn zwingen, Allie zu heiraten, obwohl sie bereits verheiratet waren?* Das Alles ergab nicht wirklich einen Sinn. Aber zumindest kümmerte sie sich um Allie. „Ich gebe dir mein Wort, dass wir lediglich Freunde sein werden. Ich werde diese Grenze nicht noch einmal überschreiten."

Allie biss sich auf die Lippe und er fürchtete, Enttäuschung in ihren Augen zu sehen. *Nicht gut.*

Ginny schob den Teller mit den Zimtschnecken zu

ihm hinüber. „Großartig. Jetzt kann ich mich entspannen und wir können uns amüsieren. Möchtest du eine Zimtschnecke?"

Er hätte Erleichterung verspüren sollen, fühlte sich aber vor allem ängstlich, als er nach einer Zimtschnecke griff. „Vielen Dank. Ich kann ihnen einfach nicht widerstehen." Er hatte Angst, dass er Allie nicht widerstehen könnte, aber das würde er tun. „Würdet ihr zwei gern unser Weingut anschauen? Sehen, woher unsere Marmeladen und unser Wein kommen?"

Beide Frauen lächelten und sagten gleichzeitig Ja. Zumindest dieses Mal hatte er das Gefühl, etwas richtig gemacht zu haben.

Allie blickte von Wade zu Ginny, erleichtert darüber, dass sie eine Art Waffenstillstand geschlossen hatten. Sie hatte gemischte Gefühle in Bezug auf den Umstand, dass Wade Ginny voller Überzeugung versichert hatte, dass er sich in den kommenden acht Wochen strikt an den Vertrag halten würde. Aber zumindest befanden sie sich nun wieder auf sicherem Terrain. Das war gut

Sie war sich nicht sicher, warum sie wollte, dass Ginny Wade mochte. In acht Wochen würde es ohnehin egal sein. Sie würden einander wahrscheinlich nie wieder begegnen, nachdem die Ehe erst geschieden war. Dass sie sich überhaupt an jenem schicksalhaften Abend in der Raststätte getroffen hatten, entbehrte jeder Wahrscheinlichkeit.

Wade biss von seiner Zimtschnecke ab. „Unglaublich lecker. Ich werde mir eine Tasse Kaffee holen und ein paar Dinge im Büro erledigen. Wenn ihr soweit seid, sagt mir einfach Bescheid."

Allie trank einen Schluck Kaffee. „Was hältst du von in einer Stunde? Ginny und ich werden erst noch einen weiteren Kaffee trinken. Wir waren letzte Nacht lange auf."

„Ja, das klingt gut." Allies Blick begegnete seinem und sofort fühlte sich seine Brust an, als würde sie in Flammen stehen.

Ginny streckte beide Arme über ihren Kopf aus und dehnte sich. „Ich muss sagen, dass dies wirklich ein wunderschönes Haus ist. Das Bett, in dem ich heute Nacht geschlafen habe, ist so ziemlich das bequemste, in dem ich jemals lag. Ich kann mir ehrlich gesagt nicht vorstellen, wie es für dich sein muss, normalerweise allein in diesem großen Haus zu leben."

„Früher habe ich nicht allein darin gelebt. Es gehörte meinem Großvater und ich habe hier mit ihm gelebt, weil ich nicht wollte, dass er ganz allein darin herumwandert. Davor waren wir noch mehr. Todd und Morgan haben hier gelebt, bevor sie einen Teil der Geschäfte übernommen haben. Es war immer etwas los. Und nachdem Morgan geheiratet hatte, ist er immer mit seiner Frau zu Besuch gekommen."

Allie starrte ihn an. „Morgan war mal verheiratet? Das hast du gar nicht erwähnt."

Er sah sie traurig an. „Er war verheiratet. Wir reden nicht oft darüber. Er will es nicht und wir tun, worum er uns gebeten hat. Er hat seine Frau verloren. Sie ist vor ungefähr drei Jahren krank geworden. Ich nehme an, dass mein Großvater dachte, dass dies das Aus für seinen Wunsch auf Urenkel bedeutete. Und tatsächlich war das ja auch so, denn er ist gestorben, ohne dass einer von uns ihm seinen Wunsch erfüllt hätte. Einen Wunsch, von dem ich nicht einmal wusste, dass er ihm so wichtig war, bis er diese Kapriolen mit seinem Testament veranstaltet hat."

Wade schaute eine Minute lang auf die Felder, während ein nachdenklicher Ausdruck auf seinem

Gesicht lag. Dann sah er sie wieder an.

„Ich habe das alles nie aus der Perspektive meines Großvaters gesehen. Die Ranch war so voller Leben, als wir Kinder heranwuchsen und allerlei Unsinn ausheckten. Es ging lebhaft zu und es wurde viel gelacht. Hier ist schon seit Langem nicht mehr gelacht worden. Ich glaube, er wollte das zurück."

„Es tut mir leid. Ich nehme mal an, dass du vermutest, dass er traurig war. Darüber, dass es so still war."

„Ja. Ich meine, er hat schon angedeutet, dass er sich freuen würde, wenn wir heiraten würden, aber er hat nie Druck auf uns ausgeübt. Was eher ungewöhnlich für ihn war, wie du weißt. Wenn er etwas wollte, hat er normalerweise dafür gesorgt, dass es geschah."

Allie musterte ihn. Sie erkannte, dass ihn etwas beschäftigte. Ihr Blick wanderte zu Ginny und tatschlich entdeckte sie auch in den Augen ihrer Freundin etwas, das verdächtig nach Mitgefühl aussah. Allie wollte ihn trösten, schob dann aber ihre Gefühle beiseite. Das würde nicht geschehen.

Ginny meldete sich zu Wort. „Ich denke, er hat gemerkt, dass er euch nicht dazu bringen kann, euch zu verlieben, aber dann hat er gedacht, was zum Teufel und beschlossen, es einfach zu versuchen. Manchmal muss man die Dinge etwas durcheinanderbringen, damit sich etwas tut."

Wade und Ginny starrten einander an und Allie fragte sich, was sie wohl dachten.

„Vielleicht." sagte Wade. „Wie auch immer, es ist Zeit für einen weiteren Kaffee. Wir sehen uns in einer Stunde." Dann drehte er sich um und ging ins Haus.

Ginny sah über den Tisch zu Allie. „Er scheint einsam zu sein."

Allie stimmte ihr zu. „Du hast recht. Und ich habe den Eindruck, dass sein Großvater es auch war. Ich kann geradezu spüren, wie sehr er sich Urenkel gewünscht hat. Ich meine, dieser Ort ist einfach so wunderschön und das Wissen, dass er für immer still bleiben würde, wenn alle seine Jungs kein Interesse daran hätten, zu heiraten… Kannst du dir vorstellen, wie sich das für ihn angefühlt haben muss? Dieses Haus zu bauen und zu sehen, wie lebhaft es war mit den drei Jungs, das Leben mit ihnen zu genießen und dann ist plötzlich nichts mehr davon übrig? Ich denke, du hast recht. Ich denke, er war verzweifelt, als er das Testament verfasst hat. Und ich denke, dass alles, was er getan hat, aus Liebe geschah.“

Ginny zuckte die Achseln und trank einen weiteren Schluck Kaffee. „Ich verstehe, was du meinst. Ich kannte den alten Herrn zwar nicht, aber verdammt, du weißt, wie mir meine Eltern damit in den Ohren liegen, dass ich doch endlich heiraten und ihnen Enkelkinder schenken soll, die dann auf dem Weingut umhertollen können. Sie sagen ständig, dass sie wieder das Lachen von Kindern hören wollen, die durch die Weinberge rennen. Als ich klein war, habe ich darin gespielt. Es war großartig. Aber ich sage ihnen jedes Mal, dass sie sich noch gedulden müssen, denn es wird sicherlich noch eine Weile dauern, bis ich daran denke, mich an einen Mann zu binden.“

„Wenn die Zeit gekommen ist, wirst du den Richtigen finden und er wird dich um deiner selbst willen lieben. Genauso, wie du es mir immer erzählst.“

„Richtig.“ Sie hob ihre Kaffeetasse hoch und nickte Allie zu. Allie hob ebenfalls ihre Kaffeetasse und gemeinsam stießen sie miteinander an. „Auf dich und auf mich, Allie. Mögen wir das Leben leben, das wir uns wünschen und zur richtigen Zeit die Liebe finden. Die wahre Liebe – zu unseren Bedingungen.“

Allie kicherte. „Du willst immer alles zu deinen

Bedingungen.“

Ginny grinste. „Gibt es noch eine andere Möglichkeit? Ich meine, warum auch nicht?“

„Du hast recht. Warum sollten wir uns jetzt bereits festlegen?“

„Dazu besteht kein Grund. Dann lass uns jetzt darüber sprechen, was du in den nächsten acht Wochen tun wirst, während du hier mit deinem vorgetäuschten Ehemann lebst, mit dem du nur befreundet bist.“

„Ich sage es dir nur ungern, aber er ist nicht vorgetäuscht. Er ist wirklich mein Mann.“

Ginny starrte sie an und ihr gesamtes Gesicht schien mit einem Mal aus Falten zu bestehen. „Ihr habt die Ehe nicht plötzlich vollzogen, oder?“

Allies Wangen wurden heiß. „Nein, haben wir nicht.“

„Puh, gut zu wissen. Und ich habe schon gedacht, ich wäre wirklich zu spät gekommen.“

Allie trank einen Schluck Kaffee und hoffte, dass sie so die Gefühle, die sie übermannten, wenn sie an Intimität zwischen ihr und Wade dachte, verbergen konnte. Wenn das geschähe, gäbe es keine Möglichkeit, ihr Herz noch zu retten.

KAPITEL SIEBZEHN

Wade fuhr mit ihnen unter dem Torbogen hindurch, auf dem McCoy Stonewall Marmeladen- und Weinproduktion geschrieben stand. Mit einem gewissen Stolz ließ er seinen Blick über die anmutigen Reihen der Weinstöcke gleiten, die sich erstreckten, soweit das Auge reichte. Er sah das große Haus im Stil toskanischer Bauten in der Ferne, es verfügte über einen umlaufenden Balkon im Obergeschoss, der einen uneingeschränkten Blick auf die Weinreben ermöglichte.

Das Weingut war Todds ganzer Stolz und er betrieb es mit Leidenschaft. Wade selbst aß die hier produzierte Marmelade gern, war aber nie ein besonderer Weinliebhaber gewesen. Ihr Großvater hatte vor Jahren zunächst mit der Herstellung von

Marmelade begonnen bevor er das Potential erkannt und Anbauflächen für Wein erworben hatte. Ihm war ebenfalls aufgefallen, dass Todd seine Vision verstand. Sein Großvater war gut darin gewesen, Menschen und deren Leidenschaften in Einklang zu bringen.

„Was für ein Anblick", sagte Ginny vom Rücksitz.

„Es ist wunderschön", stimmte Allie ihr zu.

„Todd hat es zu dem gemacht, was ihr vor euch seht."

„McCoy Stonewall Weine sind gut", fügte Ginny hinzu.

Nachdem sie vor dem Haus gehalten hatten, stieg Ginny aus und ging auf direktem Weg zu den Reben. Sie berührte sie, betrachtete sie und dann bückte sie sich und grub ihre Finger in die Erde und ließ sie durch ihre Finger zurück auf den Boden fallen, während sie sie aufmerksam studierte.

Wade und Allie bemerkten Todd, der auf sie zugelaufen kam und winkten.

Er tat dasselbe, während er sich ihnen näherte. „Hey, wurde auch Zeit, dass Wade dich mal herbringt. Ich zeige euch gern alles, wenn ihr Zeit habt."

„Das Gelände ist atemberaubend", sagte Allie, während Ginny auf sie zukam. „Das ist meine beste

Freundin, Ginny. Ginny, das ist Todd, Wades Bruder."

„Freut mich, dich kennenzulernen." Todd streckte ihr seine Hand entgegen.

Ginny klopfte mit ihrer Hand mehrmals gegen ihren Oberschenkel, um sie vom Dreck zu befreien und nahm dann seine Hand. Allie hätte schwören können, dass ihre Freundin unter ihrer Bräune leicht errötete. Da sie den ganzen Tag über draußen bei ihren Reben verbrachte, war ihre Haut meist sonnengebräunt. Die Tönung ihrer Haut hätte beinahe die verräterische Röte verborgen.

„Ich freue mich auch, dich kennenzulernen", sagte sie mit gerunzelter Stirn. „Du solltest deine Reben stärker zurückschneiden. Das würde ihre Sonnenexposition erhöhen."

Nun runzelte auch Todd die Stirn; er ließ ihre Hand los und schaute zunächst zu seinen Reben, bevor er wieder Ginny ansah. „Meine Reben sind perfekt geschnitten. Das meiste davon mache ich selbst."

„Nun, dann machst du es schlecht. Du könntest den Ertrag steigern, wenn die Reben eine bessere Sonnenexposition hätten, das kann ich dir sagen. Und die Tiefe deines Weines wäre…"

„Entschuldige – aber was weißt du über Wein?"

„Ginnys Familie besitzt ein Weingut in Tyler. Das *Rossi Rose of Tyler Weingut*.“ Allie gefiel der Ausdruck auf Ginnys Gesicht nicht. Ginny begeisterte sich für den Anbau und die Pflege ihrer Trauben. Das war ein Thema, über das Allie nur sehr wenig wusste, aber ihre Freundin war besessen davon, den besten Wein zu produzieren, den Texas je gesehen hatte. Sie glaubte fest daran, dass ihr dies auf ihrem kleinen, familiengeführten Weingut gelingen konnte.

„Dabei handelt es sich um ein kleines Weingut, aber es produziert exzellenten Wein“, fügte Ginny scharf hinzu. „Auch ich beschneide meine Reben selbst.“

„Schön für dich“, sagte Todd. „Ich werde dir nicht sagen, wie man das macht.“ Er sah Wade an. „Ich könnte euch jetzt alles zeigen. Möchtet ihr zunächst die Anlagen für die Marmelade sehen?“

„Nein, die Reben. Marmelade ist nur Marmelade“, antwortete Ginny sofort, bevor Wade etwas sagen konnte.

Wade warf Allie einen Blick zu und fragte sich, was mit ihrer Freundin los war. Allie sah besorgt aus. Wade richtete seine Aufmerksamkeit erneut auf Todd und Ginny.

Todd starrte sie an, sein Gesichtsausdruck spiegelte gleichermaßen den Kampf um Geduld wie den um ein gewisses Maß an Höflichkeit wider. „Bei unserer Stonewall Marmelade handelt es sich um ein Kunstwerk."

Sie lachte. „Wein ist ein Kunstwerk. Für Marmelade braucht man nur ein paar Trauben, einen Haufen Zucker und etwas Hitze. Wein braucht so viel mehr. Sicher vergeudet ihr diese hochwertigen Trauben nicht für Marmelade, oder?"

Wade sah wieder zu Allie, die zusammenzuckte und mit den Lippen das Wort „Entschuldigung" formte. Er zuckte unmerklich mit den Schultern.

Todd hingegen lachte. Doch sein Lachen war ohne jede Spur von Humor. „Die Marmelade ist unsere Haupteinnahmequelle. Sie ist Teil unserer Geschichte. Ich hege eine Leidenschaft für die Weinherstellung und obwohl sein Anteil an der Gesamtproduktion gewachsen ist und er innerhalb der Branche eine gewisse Bekanntheit erlangt hat, so ist es doch unsere McCoy Stonewall Marmelade, die den Großteil unseres Umsatzes ausmacht. Also ja, wir verschwenden, wie du es genannt hast, einige unserer Trauben für die Marmelade. Es sind sogar mehr als die

Hälfte, um genau zu sein."

Sie schüttelte den Kopf. „Wie traurig. Aber ich würde mir gern die Herstellung des Weins ansehen."

„Die Marmelade ist ein wichtiger Bestandteil unseres Geschäfts." Todd presste die Zähne aufeinander und sah Wade und Allie mit einem Ausdruck an, der *„was denkt sie eigentlich wer sie ist"* bedeuten sollte. „Okay, dann kommt hier entlang. Ich zeige euch, wie der Wein produziert wird." Dann drehte er sich um und ging auf das Gebäude zu, von dem sie annahm, dass es den Wein beherbergte.

Die nächste Stunde über beobachtete Allie beunruhigt, wie sich Ginny und Todd über „Prozesse" stritten. Wade beobachtete sie ebenfalls, aber seine Lippen zuckten häufig, während er seinen Bruder und ihre Freundin ansah. Todd lächelte nicht, stattdessen schien er jedes Mal, wenn Ginny etwas sagte, beinahe Feuer zu speien.

Als sie gingen, hatte Allie das Gefühl, dass Ginny Todd auf jede nur denkbare Art und Weise beleidigt hatte.

Wieder auf der Ranch angekommen, schlug Wade vor, dass sie und Ginny den Truck nehmen und die Ranch erkunden konnten, wenn sie mochten. Oder ohne ihn irgendwo Mittag essen könnten. Allie ließ sich nicht für dumm verkaufen, er wollte augenscheinlich das Weite suchen.

„Wir werden uns die Reha-Einrichtung anschauen und auf dem Weg dorthin etwas essen. Und vielleicht essen wir auf dem Rückweg dann auch gleich noch zu Abend." Sie brauchte unbedingt etwas Abstand zu ihm und auch Ginny benötigte Zeit, um sich zu entspannen. Ihre Freundin schien seit dem Besuch auf dem Weingut unter einer gewissen Anspannung zu stehen.

Sie hatten sich schließlich dazu entschieden, ihre Mutter in Kerrville unterzubringen. Die Einrichtung war gut und die Stadt lag sehr viel dichter bei der Ranch als San Antonio. Sobald sie mit dem Truck in Richtung Kerrville fuhren, blickte sie Ginny an. „Was war vorhin los mit dir, warum hast du Todd dermaßen gefoltert?"

Ginny verschränkte die Arme vor der Brust und runzelte die Stirn. „Es ärgert mich, dass er so viel Land hat, mit dem er tun und lassen kann, was er will, er sich aber trotzdem weigert, auf einen guten Ratschlag zu hören. Er hat nur einen Blick auf mich geworfen und beschlossen, alles abzulehnen, was ich sage."

Das stimmte. Das hatte er. Es schien, als gäbe es

kein Thema, bei dem die beiden einer Meinung waren. Es war unangenehm, aber auch interessant gewesen, die beiden zu beobachten. Allie glaubte, eine gewisse Spannung zwischen ihnen wahrgenommen zu haben.

„Du bist ziemlich hart mit ihm ins Gericht gegangen."

„Ich habe ihm lediglich die Wahrheit gesagt. Er ist arrogant… vielleicht kommt das von all dem Geld."

„Vielleicht, aber ich glaube es nicht. Du hast ihm nicht von deinen Auszeichnungen erzählt. Ich bin mir sicher, er-"

„Nein, dieser Mann ist ein Wein-Snob. Wein aus Tyler ist seiner Auffassung nach immer automatisch zweitrangig. Außerdem hat er nicht gefragt. Er hat einfach angenommen, dass ich meinen Wein daheim keltere."

„Er sieht ziemlich gut aus, findest du nicht?"

„Ja, und das weiß er."

„Fühltest du dich zu ihm hingezogen?"

„Ha. Was sind das, Wahnvorstellungen? Nee. Und versuche erst gar nicht, den Besuch auf dem Weingut irgendwie in Beziehung zu meinem nicht existenten Liebesleben zu bringen. Ich bin nicht bereit für all das. Wohingegen du, meine Freundin, mehr als bereit bist.

Ich habe darüber nachgedacht. Ich denke, ein Grund, warum du wegen Wade so durcheinander bist, ist, dass du mehr als bereit dafür bist, die Familie zu gründen, die du dir so sehr wünschst. Vielleicht richten wir dir ein Profil bei einer Dating Plattform ein, wenn du wieder zu Hause bist. Auf diese Weise können wir die Kerle genauestens unter die Lupe nehmen, bevor du dich mit ihnen triffst."

Allie wollte schon protestieren, besann sich dann aber. „Das ist vielleicht wirklich eine gute Idee. Aber ich möchte damit warten, bis meine Mutter aus dem Koma erwacht ist. Ich kann nicht jemanden daten, während ich mir Sorgen um sie mache. Ich werde das Geld haben, dass ich durch den Vertrag mit Wade bekomme und sie bekommt die Pflege, die sie braucht. Ich werde meinen Blumenladen wiedereröffnen können und mich für eine Weile darauf und auf meine Mutter konzentrieren. Und solange wird es erstmal keine Männer in meinem Leben geben." Das meinte sie ernst. Es war an der Zeit, endlich auf eigenen Beinen zu stehen und dies war nun durch das Geschenk, Wades Bekanntschaft gemacht zu haben und auf seinen verrückten Heiratsdeal eingegangen zu sein, ihre zweite Chance im Leben. Nicht Liebe. Daran würde sie denken.

Als Ginny sich zwei Tage später mit einer Umarmung verabschiedete und davonfuhr, waren sie beide deutlich zuversichtlicher, dass Allie es schaffen würde, die Zeit auf der Ranch hinter sich zu bringen, ohne dass ihr das Herz gebrochen werden würde.

Sie hatte beschlossen, mit der Planung der Neueröffnung ihres Blumengeschäfts zu beginnen und ihre freie Zeit hier dafür zu nutzen, die Dinge, die sie von der Ranch aus organisieren konnte, voranzutreiben. Sie würde einen Laden finden müssen und ihr wurde klar, dass sie sich nicht auf Tyler beschränken musste. Sie konnte überall hingehen. Und da sie unbedingt auf eigenen Beinen stehen wollte, beschloss sie, die Lokalität zu wählen, die die besten Erfolgsaussichten bot.

Sie hatte einen Plan und war entschlossen, ihn durchzuziehen.

Und sie würde ihr Herz nicht aus dem Käfig lassen, in das sie es eingesperrt hatte.

Die nächsten Wochen auf der Ranch waren etwas angespannt. Nelda kehrte ins Haus zurück, ihrer Mutter ging es großartig. Ihre eigene Mutter wurde in die Reha-Einrichtung in Kerrville gebracht und ab diesem Tag besuchte sie sie mindestens jeden zweiten Tag. Sie war Wade so dankbar dafür, dass er das Geld für ihre Verlegung bezahlt hatte. An einem Tag hatte Wade sie begleitet und sie hatten anschließend in Fredericksburg zu Abend gegessen. Das Restaurant war hübsch gewesen, man hatte im Freien essen können und es war ihr sehr romantisch vorgekommen. Sie hatte all die Gefühle abgewehrt, die dafür sorgten, dass sie sich insgeheim danach sehnte, dass er die Mauer, die er neuerdings zwischen ihnen errichtet hatte, einriss. Sie wusste, dass sie zu ihrem Besten war und schalt sich dafür, überhaupt an die Überwindung dieser Mauer gedacht zu haben.

Nach diesem Abend schien er die Mauer noch zu verstärken, er war immer häufiger außerhalb der Stadt unterwegs, um Rinder zu kaufen und kam abends erst spät nach Hause, weil er noch mit den Cowboys gearbeitet hatte.

Sie selbst verbrachte viel Zeit am Bett ihrer Mutter und wenn sie nicht dort war, dann überlegte sie, wo sie ihr Geschäft eröffnen wollte. Sie konzentrierte sich etwas zu sehr auf Gegenden, die näher an Stonewall lagen, als gut für sie war und entschied sich schließlich für College Station. Diese Stadt, in der das Leben pulsierte und die beständig wuchs, war nicht ganz so weit von Tyler entfernt. Ginny und sie könnten sich am Wochenende besuchen, wenn sie wollten. Und es gab einen Regionalflughafen, falls sie einen brauchte.

Ihr Plan nahm Gestalt an. Nur der Wunsch, Wade unter anderen Umständen kennengelernt zu haben, verblasste nicht. Vielleicht hätte er sich in sie verlieben können. Aber das war nur ein Traum. Das andere, das ihr zu schaffen machte, war, dass sich der Zustand ihrer Mutter nicht besserte, im Gegenteil, sie sah nun blasser aus als zuvor. Als sie an diesem Abend nach Hause fuhr, fühlte sie sich unwohl dabei, sie alleinzulassen, aber die Krankenschwestern hatten ihr versichert, dass sie sie kontaktieren würden, wenn sich an ihrem Zustand etwas ändern würde. Sie war schon fast wieder auf der Ranch, als die Krankenschwester anrief und sagte, dass es den Anschein habe, als würde ihre Mutter womöglich eine Lungenentzündung entwickeln.

Lungenentzündung. Ihr Herz machte einen Satz. Ihre Hände zitterten, als sie die Auffahrt zur Ranch hinauffuhr. Sie blieb stehen, bevor sie die Garage erreichte und schaute zu den Ställen hinüber.

Wade war im Reitstall. Mit jeder Faser ihres Seins sehnte sie sich danach, in seinen Armen zu liegen. So ging es ihr bereits seit Wochen und sie hatte dagegen angekämpft, diese Grenze zu übertreten, die sie aufgestellt hatten, als Ginny zu Besuch gewesen war. Aber in diesem Moment fühlte sie sich schwach und brauchte ihn. Ohne darüber nachzudenken, stieg sie aus dem Auto und ging über das Grundstück. Sie beobachtete ihn und ihr Herz klopfte vor einer Sehnsucht, die so überwältigend war, dass sie ihr nicht widerstehen konnte.

Er war ein wundervoller Reiter und sie hatte herausgefunden, dass er leidenschaftlich gern Pferde trainierte. Sie vermisste es, mit ihm auf der Veranda zu sitzen und zu reden. Sie hatten diese Gespräche eingestellt, nachdem er ihr versprochen hatte, dass er die Grenze nicht noch einmal überschreiten würde. Sie hatten so wenig Zeit wie möglich miteinander verbracht und wenn sie dann doch mal zusammen waren, waren sie höflich und distanziert miteinander umgegangen. Irgendwann war die Spannung zwischen ihnen auch Nelda nicht mehr verborgen geblieben.

Zum Glück war Nelda so diskret, Allie nicht zu

fragen, ob sie Probleme hatten. Allie wusste, dass die Haushälterin bemerkt hatte, dass sie nicht im gleichen Zimmer schliefen. Sie hatte nur nichts dazu gesagt. Aber Allie konnte die Besorgnis in den Augen ihrer Haushälterin sehen.

Allie hatte gewusst, dass es nur eine Frage der Zeit wäre, bis die Scharade mit dem geteilten Schlafzimmer auf sie zurückfallen würde. Andererseits dachte sie nicht, dass Nelda etwas tun würde, was ihnen schaden könnte. Wer wusste schon, ob es überhaupt jemanden interessierte. Sie hatte den Eindruck gewonnen, dass das eher ein weiterer Trick von Wades Großvater gewesen war, um seinen Frauen und der Ehe skeptisch gegenüberstehenden Enkelsohn dazu zu bringen, es sich womöglich doch noch anders zu überlegen. Sie glaubte nicht, dass er sie ausspionieren würde. Sie nahm an, dass er gedacht hatte, dass das zu weit gehen würde. Zumindest hoffte sie, dass er das gedacht hatte.

Sie blieb am Zaun stehen und beobachtete ihn. Er sah sie an und ihr Herz stieß so heftig gegen ihre Rippen, dass sie beinahe keine Luft mehr bekam. Sein Blick war für einen Moment unverstellt und sie sah auch in seinem Gesicht Verlangen, bevor er seine Fassung zurückgewann und sie erneut außen vorließ.

Mochte er sie so sehr, wie sie ihn mochte? Ihre Vereinbarung war zu einem unüberwindlichen Berg geworden, der sich zwischen ihnen auftürmte.

„Wade." Sanft sagte sie seinen Namen.

Er wendete sein Pferd und ritt auf sie zu. „Was stimmt nicht? Warst du nicht bei deiner Mutter?"

Sie machte sich nicht die Mühe, ihm zu sagen, dass sie bei ihrer Mutter gewesen war. Ihr ging auf, dass er an ihrem Gesicht ablesen konnte, dass etwas nicht stimmte. „Es gibt da ein paar Probleme, die mir Angst machen. Die Ärzte sagten, sie würden sie genau beobachten, aber es ist möglich, dass sie eine Lungenentzündung bekommt."

Er stieg ab. „Das ist nicht gut. Gab es in den letzten Tagen Probleme?"

„Ein paar. Kleine Sachen."

„Von denen du mir nicht erzählt hast." Seine Augen verdunkelten sich und sie fühlte sich schlecht.

„Ich wollte dich nicht damit belasten…"

Er griff durch die Eisenstangen der Einfriedung und umfasste ihren Oberarm. „Allie, du bist keine Belastung." Sein Blick war stechend und dann wandte er ihn ab – auch seine Hand ließ er fallen – und sie konnte seine Frustration spüren.

Trotzdem wusste sie nicht genau, was sie da sah. Es fühlte sich so an, als wäre sie eine Belastung für ihn. Dass er sehnsüchtig auf das Ende der drei Monate wartete, damit er zu seinem normalen Leben zurückkehren konnte, ohne dass er sich Sorgen wegen ihrer Anwesenheit machen musste.

„Warte, ich bringe das Pferd in den Schatten, dann können wir reden."

„Ja, das würde ich gern tun", sagte sie. Sie wollte wirklich mit ihm sprechen. Sie wusste, dass sie Ginny anrufen konnte, aber sie hatte auf dem ganzen Rückweg über gewusst, dass sie mit Wade reden wollte.

„Ich bin in einer Minute wieder hier am Zaun. Geh nicht weg."

Das hatte sie nicht vor. Zumindest im Moment nicht.

Es wollte Wade einfach nicht in den Kopf, dass Allie ihm nicht erzählt hatte, dass sich der Zustand ihrer Mutter verschlechtert hatte. Es war ihm schwergefallen, sich von ihr fernzuhalten. Und es machte ihn verrückt. Er konnte nur an Allie denken.

Seine Konzentration litt und er gelangte mehr und mehr zu der Einsicht, dass der Tag, an dem sie sich scheiden lassen würden, das Potential hatte, der schlimmste seines Lebens zu werden.

Er wollte mit ihr reden, war begierig darauf, zu hören, wie sie den Tag verbracht hatte und wollte ihr selbst von seinem Tag berichten. Er hatte sich all das versagt, weil er gedacht hatte, dass es das war, was sie wollte.

Dass sie ihm etwas so Wichtiges wie Neuigkeiten in Bezug auf den Gesundheitszustand ihrer Mutter nicht erzählt hatte, schmerzte ihn.

Sie wartete an der Stelle, an der er sie zurückgelassen hatte. Sein Herz schmerzte, als er die Besorgnis in ihren Augen sah. Er wollte sie in seine Arme schließen, sie ganz fest halten und ihr sagen, dass alles wieder gut werden würde. Aber er wusste, dass alles Geld der Welt nicht ausreichte, um manche Dinge wieder in Ordnung zu bringen. Was ihre Mutter anging, hatte er alles getan, was getan werden konnte und was ihm nun zu tun blieb, war Allie zu unterstützen und sie zu trösten. Und dafür zu beten, dass es ihrer Mutter besser gehen und sie hoffentlich bald wieder ihre Augen öffnen würde.

„Lass uns zurückfahren und nach ihr sehen. Ich bringe dich sofort dorthin und wir bleiben so lange wie nötig. Pack eine Tasche und wir nehmen uns ein Hotel in der Nähe der Einrichtung, damit du nicht weit weg bist. Was immer du brauchst, ich werde es tun. Du musst nur fragen."

Sie starrte ihn aus ihren großen Augen an, die so riesig und verloren aussahen. Es kostete ihn seine ganze Willensstärke, sie nicht in seine Arme zu ziehen.

„Könntest du mich für eine Minute umarmen?"

„D-dich umarmen?" Er konnte kaum glauben, dass es das war, was sie wollte. „Aber ja, sicher, wenn du das willst." Er ging zu ihr hinüber und zog sie sanft in seine Arme. Sie roch so süß, nach Sonnenschein und allem Schönen in seiner Welt. Sein Herz donnerte, als er sie näher zu sich zog. Er schloss die Augen und atmete ihren Geruch tief ein. Er musste sich zurückhalten, sie nicht zu fest zu halten, denn sein ganzes Wesen schrie danach, sie festzuhalten und nie wieder loszulassen.

„Danke", sagte sie so leise, dass er seinen Kopf noch weiter zu ihrem herabbeugen musste, um die Worte zu verstehen.

„Ich bin für dich da, Liebling."

„Sie haben gesagt, dass sich ihr Zustand jederzeit verbessern oder verschlechtern könnte. Wade, ich habe bisher gar nicht daran gedacht, dass es gut möglich ist, dass sie nicht mehr aus dem Koma erwacht." Sie hob den Kopf, damit sie ihn ansehen konnte. „In dem Moment, als sie mir das sagten, war mein einziger Gedanke, dass ich es dir erzählen will, damit du mir versichern kannst, dass alles wieder in Ordnung kommt."

Er schloss die Augen, denn er wusste, dass er genau das nicht würde versprechen können. Doch er hätte seinen gesamten Besitz dafür gegeben, es tun zu können.

„Allie, ich kann dir nicht versprechen, dass es deiner Mutter wieder besser gehen wird, aber ich kann dir sagen, dass ich es hoffe und dafür bete. Und dass ich an deiner Seite sein werde, egal was geschieht."

Sie starrten einander an, dann nickte sie und legte ihren Kopf zurück an seine Brust. Er legte sein Kinn auf ihren Kopf und hielt sie fest. Und betete darum, dass sie nicht noch jemanden verlöre, den sie liebte.

„Ich fühle mich so hilflos und ich bin es leid, mich hilflos zu fühlen. Ich weiß, dass du mir nicht versprechen kannst, dass meine Mutter überleben wird, aber allein das Wissen darum, mich dir anvertrauen zu können, hilft. Es tut mir leid, ich weiß, dass wir uns nicht sehr nahestehen-"

„Das stimmt nicht", unterbrach er sie. Sein Herz schmerzte, so als ob gerade ein Güterzug mitten hindurch gefahren wäre und sich gewaltsam einen Tunnel gebahnt hätte. Unfähig, sich zurückzuhalten – er wollte sich nicht länger zurückhalten, dachte nicht nach, wollte nicht nachdenken, wollte ihr nur Trost spenden und ihr versichern, dass sie so weit davon entfernt waren, sich nicht nahe zu stehen, dass es kein Zurück mehr gab – ließ er den Kopf sinken und küsste sie so zärtlich, wie sie es verdient hatte. Er sehnte sich nach mehr, nach den Küssen, die stattgefunden hatten, bevor sie sich wieder auf den vertraglich vereinbarten Weg begeben hatten.

Ihre süßen Lippen zitterten und er spürte, wie sie sich ihm hingab. Ihre Finger drückten das Hemd gegen seine Brust, doch dann entspannten sie sich und legten sich langsam um seine Schultern und seinen Hals. Sie seufzte leise und es erforderte seine ganze Konzentration, damit der Kuss zärtlich blieb. Hierbei ging es um Trost, um Geborgenheit, nicht um Leidenschaft. Sie brauchte eine Möglichkeit, den

Aufruhr, der in ihr wütete, zu beruhigen und er wollte sie wissen lassen, dass sie nicht allein war.

Als er sich zwang, sich zurückzuziehen, ging sein Atem trotzdem schwer und sein Herz tobte. „Komm, wir holen unsere Sachen und fahren nach Kerrville."

„Okay. Ich würde mich wirklich besser fühlen, wenn wir das tun."

„Und ich fühle mich besser, wenn ich an deiner Seite bin."

Sie sah ihn an und nickte dann und gemeinsam gingen sie zum Haus, um ihre Sachen zu holen.

KAPITEL ACHTZEHN

In direkter Nähe der Reha-Einrichtung befand sich ein Hilton Hotel. Obwohl die Kette ein direkter Konkurrent des McCoy-Hotelkonglomerats war, hatte er dort angerufen und ein Zimmer gebucht, bevor sie in den Truck gestiegen waren. Weil dort gerade eine Hochzeit stattfand, war nur ein Zimmer verfügbar gewesen. Er hatte es genommen. Sie waren schließlich verheiratet.

Während er fuhr, hielt er das Lenkrad mit beiden Händen fest umklammert. In Gedanken war er bei ihrer Mutter, hauptsächlich aber bei der Tatsache, dass Allie ganz allein sein würde, wenn ihr etwas geschähe. Sie hätte Ginny, aber sonst niemanden. Die Wahrheit traf ihn mit voller Wucht. Es war egal, ob sie eine große Familie hatte oder nicht – er würde für sie da sein wollen.

Aber darüber konnte er jetzt nicht mit ihr sprechen. Er suchte nach einem unverfänglicheren Gesprächsthema. „Was läuft deine Suche nach einem Laden für dein Blumengeschäft?"

Er sah, wie sie tief Luft holte, so als müsse sie sich zunächst auf das neue Thema konzentrieren. „Gut. Ich denke, ich werde es nach College Station verlegen. Die Stadt ist lebendig und wächst und obwohl es eine Menge Konkurrenz gibt, bin ich zuversichtlich, dass ich eine Nische für mich herausarbeiten kann."

College Station lag ungefähr auf halber Strecke zwischen Tyler und Stonewall. Mit dem Truck bräuchte man drei Stunden dorthin, mit dem Flugzeug oder einem Hubschrauber wäre es ein Katzensprung. „Die Stadt ist großartig."

„Ja, das denke ich auch. Ich wollte einen Neuanfang und ich liebe diese Gegend. Aber… na ja, es ist näher als Tyler, wenn ich also mal einen Tagesausflug nach Fredericksburg machen möchte oder so… dann wäre das nicht so weit. Oder wenn Ginny das Wochenende bei mir verbringen will, dann wäre es auch nicht zu weit für sie. Sie merkt es nicht, aber es tut ihr gut, wenn sie ab und zu von ihrem

Weingut wegkommt. Sie verbringt ihre gesamte Zeit dort und tut nichts anderes. Ich fürchte, dass es in ihrem Leben nie mehr als das Anwesen geben wird, wenn sie so weitermacht wie bisher. Ich… ich habe in den letzten Wochen erkannt, dass ich ein ausgewogenes Leben führen möchte. Das wünsche ich ihr auch. Ich werde mein Geschäft ausbauen, aber das werde ich nicht auf Kosten meiner Lebensqualität tun."

Er fand, dass sie so klang, als hätte sie das Ruder fest in der Hand. Sie klang nicht mehr so aus dem Gleichgewicht geworfen, wie zu dem Zeitpunkt, als er sie kennengelernt hatte. „Das was du sagst, klingt äußerst vernünftig."

Sie drehte sich auf ihrem Sitz herum, streckte ihre Hand nach ihm aus und berührte seinen Unterarm, während er den Truck lenkte. „Ich bin jetzt stärker, Wade. Die Nachricht über den Gesundheitszustand meiner Mutter hat mich erschüttert und ich war besorgt – bin es immer noch – aber in Bezug auf alles andere geht es mir besser. Wahrscheinlich bin ich noch immer ein wenig verletzlich, wenn es um bestimmte Dinge geht, aber nicht in Bezug auf Männer. Mich wird nie wieder jemand ausnutzen können. Ich habe gelernt, was einen wirklich guten Mann ausmacht und ich habe nicht vor, mich mit weniger zufriedenzugeben. Du hast mir dabei geholfen, das zu erkennen."

Er wollte nicht, dass sie andere Männer kennenlernte.

„Es ehrt mich, dass du so etwas über mich sagst." *Was sollte er sagen?*

Sanft drückte sie seinen Arm und zog dann ihre Hand zurück. „Ich sage nur die Wahrheit. Ich habe noch nie einen so guten Mann wie dich getroffen. Ich werde dich nie vergessen."

Er schloss kurz die Augen, starrte dann aber wieder geradeaus und konzentrierte sich darauf, sie sicher zu ihrer Mutter zu bringen.

Allies Mutter bot den gewohnten Anblick, als sie ihr Zimmer betraten. Sie lag bewegungslos in ihrem Bett und die Schwestern sagten, dass sie sie am nächsten Morgen mit dem Krankenwagen ins Krankenhaus bringen lassen würden, wenn sich ihr Zustand nicht verbesserte. Dort würde man sich besser um ihre Lunge kümmern können. Bettlägerige Patienten waren so anfällig für Lungenentzündungen, dass sie keine Zeit verschwenden würden.

Wade ging mit ihr hinein und sagte ihrer Mutter sanft Hallo. Dann umarmte er Allie und sagte ihr, dass er vor der Tür auf sie warten würde. Wenn sie ihn brauchte, solle sie einfach nach ihm rufen und er würde kommen.

Sanft griff Allie nach der Hand ihrer Mutter. „Mom, kannst du mich hören? Ich möchte, dass du kämpfst. Ich möchte, dass du zu mir zurückkommst. Deine Augen öffnest, dich aufsetzt und dich bewegst. Ich habe Angst, dass du mich verlässt." Allie legte ihren Kopf auf ihre Hände und kämpfte gegen die Tränen an. Jetzt war nicht die Zeit dafür. „Ich bin noch nicht bereit dafür, dass du mich verlässt." Ihre Kehle schmerzte. „Aber… du sollst wissen, dass ich klarkommen werde, wenn du mich doch verlassen musst." Sie wünschte sich so sehr, nur den leisesten Anflug von Leben in der Hand zu spüren, die sie hielt. Aber da war nichts, daher drückte sie sie nur leicht.

„Ich liebe dich Mom. Ich wünschte, du würdest aufwachen und könntest Wade kennenlernen. Du würdest ihn mögen. Erinnerst du dich an all die Male, als du mir gesagt hast, was für einen Mann ich heiraten solle, wenn ich erwachsen bin? Das Ganze war etwas unkonventionell, aber ich habe ihn geheiratet. Und er ist genauso wunderbar, wie du es mir immer gesagt hast. Ich… ich werde nur nicht mit ihm zusammenbleiben können." Die letzten Worte hatte sie nicht sagen wollen, sie waren einfach so aus ihr herausgesprudelt. Allie erinnerte sich voller Klarheit an die Gespräche mit ihrer Mutter, als diese ihr gesagt hatte, dass sie nach einem Mann Ausschau halten solle, der sie respektierte und gut behandelte, der sie beschützte und komme was wolle an ihrer Seite stehen würde. Sie schloss die Augen und ein Bild von Wade erfüllte ihre Gedanken. Wunderschöner, erstaunlicher Wade. Sie wünschte sich wirklich, dass ihre Mutter ihn kennenlernen könnte.

Sie wünschte sich wirklich, sie würde mit ihm zusammenbleiben können.

Wade stand vor der Tür zu Mrs. Jordans Zimmer. Die Tür war nur angelehnt, sodass er Allies Worte hatte hören können. Er schloss die Augen und versuchte, sie mit seinem Herzen zu begreifen. *Wollte sie mit ihm zusammenbleiben?*

Konnte sie ihn wirklich so sehr wollen, wie er sie wollte?

Seine Gedanken begannen, umher zu wirbeln. Wade griff nach seinem Telefon und tätigte einen Anruf.

Allie war still, als sie die Reha-Einrichtung verließen und sich auf den Weg ins Hotel machten.

„Sie hatten nur ein Zimmer", sagte Wade. „Aber ich denke, das ist kein Problem. Wir sind schließlich erwachsen. Und es ist ein großes Bett. Ich wollte ohnehin nicht, dass du allein bist."

„Es ist in Ordnung. Wir sind erwachsen und ich möchte wirklich nicht allein sein." Sie wollte noch so viel mehr, wagte es aber nicht, ihre Gedanken in Worte zu fassen. Sie führten keine solche Ehe. Da war so vieles, was sie wollte, aber sie hatte einen Vertrag unterschrieben, an den zu halten sie sich gedachte. Sie hatte ihr Wort gegeben und nicht vor, Wades Leben noch weiter zu verkomplizieren mit ihren Wünschen und Bedürfnissen. Dafür liebte sie ihn zu sehr.

Wenn er nach der Scheidung seine Ranch hätte… und sie dann sehen wollte… vielleicht… hoffentlich… dann würde sie vielleicht die Gelegenheit bekommen, ihm zu erzählen, was sie für ihn empfand. Für den Fall, dass er sie nicht mehr sehen wollte, sah sie keinen Grund, ihm zu sagen, dass sie sich in ihn verliebt hatte und dass er sich deswegen schlecht fühlte, weil sie nicht auf seine Warnungen gehört hatte, dass es nach drei Monaten vorüber wäre.

Nein, sie hatte es nur ihrer Mutter erzählt, und das war die einzige Person, die es jemals erfahren würde. Sie hatte nicht einmal vor, es Ginny zu erzählen. Das Ganze war zu persönlich, als dass es jemand zu wissen brauchte.

Nachdem sie das Hotel betreten hatten, checkte Wade sie ein. Es war offensichtlich, dass die Rezeptionistin wusste, wer er war. Sie reichte ihm einen großen, geschäftlich aussehenden Umschlag.

„Das ist für Sie gekommen, Sir."

„Danke", sagte er mit erleichtertem Gesichtsausdruck.

Er drehte sich wieder zu ihr herum, legte eine Hand auf ihre Wirbelsäule und ließ sie vorangehen. Allie fragte sich, was wohl in dem Umschlag war. Sie gingen ganz nach oben und betraten schließlich eine große Suite mit einem Kingsize-Bett und einer ausziehbaren Couch, auf die Wade deutete und meinte, dass er darauf schlafen könne. Sie wollte nicht, dass er das tat, sagte es aber nicht.

Wade legte den großen braunen Umschlag auf den langen Schreibtisch, der aus der Wand ragte und für eine Gliederung des weitläufigen Raumes sorgte. „Allie, ich muss mit dir reden. Ich wollte das eigentlich nicht hier in diesem Zimmer tun, aber es geht um etwas, was nur uns beide etwas angeht und womit ich nicht warten möchte."

Allie wusste nicht, was vor sich ging. Er sah sie so ernst an. „Okay. Stimmt etwas nicht? Ich beginne, mir Sorgen zu machen."

Er lächelte sie beruhigend an. „Ich möchte nicht, dass du dir Sorgen machst. Komm her."

Sie ging zwei Schritte auf ihn zu und er umfasste ihre Hände und führte sie zu der blauen Couch. Sie setzten sich so, dass sie einander ansehen konnten. Ihre Knie berührten sich und er hielt ihre Hände nach wie vor in seinen.

„Allie, in den letzten Wochen war ich hin und hergerissen. Offenbar habe ich ein Problem. Ich brauchte eine Frau, irgendeine Frau, die einer geschäftlichen Vereinbarung zustimmen und mich heiraten würde. Alles kam mir so einfach vor: nach drei Monaten würde sie bekommen, was sie wollte und ich würde bekommen, was ich wollte – mein Traum würde wahrwerden und ich würde das bekommen, was mir auf dieser Welt am Wichtigsten war. Der Vertrag würde nach drei Monaten durch eine Scheidung beendet werden und wir beide würden wieder frei sein."

Sie atmete tief ein und kämpfte gegen ihre Gefühle an – wie unpersönlich das alles klang, wenn er es so ausdrückte.

„Kompliziert, aber eigentlich simpel – wenn keine Gefühle ins Spiel kämen. Und ich hätte im Traum nicht daran gedacht, dass ich mit Gefühlen würde umgehen müssen. Aber, Allie, es hat nicht lange gedauert und ich hegte Gefühle für dich. Du bist mit deinem guten, wunderschönen Herzen bei mir aufgetaucht und hast mir gezeigt, dass alles, was ich über Frauen gedacht habe, falsch war. Dass es gute dort draußen gibt – ich hatte nur das Pech, sie nicht zu finden. Aber das spielt ohnehin keine Rolle mehr. Nur die Tatsache, dass du in meinem Leben bist, tut es. Das einzige Problem, das ich sehe, ist, dass ich in diesem Vertrag mein Wort gegeben habe. Ich habe dir mein Wort gegeben, dass dies eine ausschließlich geschäftliche Abmachung wäre, weil ich dachte, dass es das wäre, was du wolltest. Da war so viel, womit du zu tun hattest. Ginny hat mich daran erinnert, dass ich deinen verletzlichen Zustand nicht auch noch ausnutzen sollte-"

„Ich bin nicht mehr verletzlich."

Er legte einen Finger auf ihre Lippen. „Shh, ich weiß. Ich habe vorhin gehört, was du zu deiner Mutter gesagt hast. Ich habe nicht absichtlich gelauscht, es aber trotzdem gehört. Ich habe die Stärke in deinen Worten erkannt. Ich habe diese Stärke auch gespürt, als du über deine Pläne für die Zukunft gesprochen hast. Du bist eine starke Frau, die ihren Weg gefunden hat, wie ich glaube. Aber da ist immer noch dieser verdammte Vertrag. Ich hatte angenommen, dass ich abwarten könnte, bis der Vertrag endet und dann zu dir kommen. Aber an diesem Abend habe ich die Wahrheit erkannt. Allie, in diesem Umschlag befinden sich Scheidungspapiere und ein neuer Vertrag, der dir aber dieselben Zugeständnisse einräumt wie der alte. Deine Mutter erhält weiterhin die Pflege, die sie benötigt und du bekommst das Geld, das dir zusteht. Aber abgesehen davon, lassen wir uns scheiden."

„Das verstehe ich nicht." Sie konnte kaum glauben, was er da sagte. „Wenn wir uns scheiden lassen, dann verlierst du deine Ranch. Du verlierst alles, wovon du jemals geträumt hast."

Er lächelte. „Nein. Ich verliere die Ranch und die Ölaktien."

„Aber, genau das ist es doch, was du am meisten liebst. Und auch deine Brüder werden sie verlieren. Ich kann mich noch nicht von dir scheiden lassen. Wir sind so weit gekommen."

Er ließ sich auf ein Knie herab und sie wusste nicht, wie ihr geschah. „Was?"

„Allie, meine Brüder kommen schon klar. Sie brauchen die Ranch ohnehin nicht. Es ist an mir, sie zu verlieren oder zu behalten und ich habe etwas sehr viel Wichtigeres gefunden, dass ich hoffe, in mein Leben bringen zu können. Beinahe von dem Moment an, in dem wir uns kennengelernt haben, hast du mir beigebracht, dass es die Menschen sind, die zählen. Du hast mein Herz im Sturm erobert und heute Abend ist mir klargeworden, dass ich nicht warten kann, bis der Vertrag endet. Die Ranch ist es nicht, was mir am wichtigsten ist – das bist du. Und das sollst du wissen. Die Ranch interessiert mich nicht. Ich will dich und nur dich. Ich werde von jetzt an für immer an deiner Seite stehen, wenn du mich lässt. Ich liebe dich, Allie, und ich möchte dich in meinem Leben, als meine echte Frau, und ohne das irgendein verrückter Vertrag zwischen uns steht." Er hielt inne, griff nach dem Vertrag und hielt ihn ihr hin. „Es steht alles darin. Wenn du nicht das Gleiche fühlst wie ich, dann unterschreibe ihn und du bist von allen Verpflichtungen entbunden. Du musst dich nicht länger verpflichtet fühlen, auf der Ranch zu wohnen. Ich bin für dich da, egal was geschieht, aber ich hoffe, du heiratest mich noch einmal richtig. Wir können überall eine neue Ranch aufbauen. Ich bin nicht mittellos. Ich kann nichts dagegen tun, wer ich bin, aber du bist mir wichtiger als die Ranch."

Allie schloss die Augen. *Er wollte sie. Mehr als seine Ranch.* Tränen brannten ihr in den Augen. Sie öffnete sie und sah sich seinem unbeirrten Blick gegenüber. Sie umfasste sein Gesicht mit den Händen. „Wade. Das ergibt keinen Sinn. Ich liebe dich." Nachdem sie die letzten Worte ausgesprochen hatte, lachte sie auf, erleichtert darüber, es endlich aussprechen zu dürfen. „Ich liebe dich. Und nein, du kannst nichts dagegen tun, wer du bist. Ebenso wenig kannst du die Regeln unserer Ehe ändern. Denn erstens, werde ich mich nicht von dir scheiden lassen.

Niemals. Und die Ranch wird für immer dir gehören, wenn ich auch nur das geringste mitzureden habe. Und zweitens habe ich dir mein Herz geschenkt, als du mich geküsst hast, nachdem wir die Ehegelübde gesprochen haben. Beinahe ganz zu Beginn. Und ich nehme es nicht zurück. Du wirst mich nicht mehr los.“

Der Ausdruck in seinen Augen rührte sie zu Tränen.

„Gott sei Dank. Ich würde es nicht ertragen, dich zu verlieren, Allie. Du bedeutest mir so viel. Nichts und niemand hat mir jemals so viel bedeutet wie du. Als ich dich mit deiner Mutter reden hörte, darüber, dass du dir Sorgen machst, sie zu verlieren, aber bereit bist, sie gehen zu lassen, wenn sie gehen muss, da hat es mir das Herz zerrissen. Denn ich bin nicht bereit, dich gehen zu lassen. Nicht jetzt – niemals. Obwohl ich natürlich weiß, dass wir bei bestimmten Themen kein Mitspracherecht haben – wenn unsere Zeit um ist, dann ist sie um. Aber ich kann jetzt mitreden. Und jetzt möchte ich jeden Tag in deiner Gesellschaft verbringen. Jeden Tag, mit dem wir gesegnet sind. Ich möchte dir jeden Tag zeigen, wie sehr ich dich liebe und wie sehr du mein Leben bereichert hast.“

Sie war sprachlos. Aber wie sich herausstellte,

brauchte sie auch gar nichts zu sagen, denn er zog sie wie einen lange ersehnten Gewinn in seine Arme und küsste sie, lange, langsam und gut.

Und all die Wochen der Sorge und der Unsicherheit über ihre Beziehung waren vergessen. *Er gehörte ihr. Wirklich ihr.* So verworren und verrückt sein Vorschlag, die Ranch für sie aufzugeben, auch war, so hatte er ihr doch gezeigt, dass sie das Wichtigste für ihn war. Dass er sie genauso brauchte wie sie ihn.

Sie seufzte an seinen Lippen und gab sich seiner Liebe hin. Aus freien Stücken, mit ganzem Herzen, ohne Vorbehalte.

EPILOG

„Wie gut du aussiehst, Mom", sagte Allie vier Wochen später, als sie das Zimmer ihrer Mutter in der Reha-Einrichtung betrat. Clair Jordan hatte die Nacht überstanden, in der Wade Allie seine Liebe gestanden hatte und eine Woche später war sie aus dem Koma erwacht. Seitdem hatte sich ihr Zustand merklich verbessert. Es war wunderbar und fabelhaft. Allie spürte eine tiefe Dankbarkeit darüber, mehr Zeit mit ihrer Mutter geschenkt bekommen zu haben. Sie hatte erkannt, dass Zeit kostbar war. Unglaublich kostbar.

„Und wie gut du erst aussiehst", erwiderte Clair. „Du strahlst ja richtiggehend, mein liebes Mädchen."

Ihre Mutter hatte nach wie vor mit einigen Einschränkungen zu kämpfen. Es würde noch eine

Weile dauern, bis sie wieder bei Kräften war und alleine gehen konnte. Aber die Ärzte hatten ihr eine vollständige Genesung vorhergesagt.

„Wir holen dich heute nach Hause. Bist du bereit?" Um alle weiteren Reha-Maßnahmen würde sich von nun an ein Spezialist kümmern, der auf die Ranch kommen würde. Allie war so aufgeregt darüber, dass ihre Mutter endlich bei ihnen wohnen würde, wo sie bleiben könnte, solange sie wollte. Wade hatte ihr versprochen, dass sein Zuhause auch ihres sein würde, sie sich aber natürlich gern etwas Eigenes suchen könne, wenn es ihr besser ging – was immer sie bevorzugte. Allie kannte ihre Mutter und wusste, dass sie ihre Unabhängigkeit liebte und in ihrem eigenen Haus würde wohnen wollen, sobald sie dazu in der Lage war. Und das war in Ordnung, solange sie glücklich war. Und hoffentlich in der Nähe lebte. Aber fürs Erste würde sie bei ihnen auf der Ranch leben.

Lächelnd kam Wade zur Tür herein und gab Clair einen Kuss. „Bist du bereit? Denn wir sind bereit, dich endlich nach draußen, an die frische Luft und in die Sonne zu bringen. Vielleicht setzen wir dich sogar bald auf Ladybug, wenn du willst."

„Ladybug? Ist das das Pferd, von dem Allie mir

erzählt hat? Das sanfte?", fragte Clair, wohlwissend, dass es noch eine Weile dauern könnte, bis sie in der Lage war, auf einem Pferd zu sitzen.

„Ja, genau das. Sie wartet schon auf dich und darauf, dir die Ranch zu zeigen."

„Ich wollte schon immer reiten lernen, hatte aber nie die Gelegenheit dazu."

Allies Herz quoll über, als Wade den Rollstuhl ihrer Mutter aus dem Zimmer schob. Es kam ihr einfach zu schön vor, um wahr zu sein.

Er lächelte sie über seine Schulter hinweg an. „Kommst du?"

Sie nickte und lächelte so breit, dass ihr Gesicht schmerzte. Wade zwinkerte ihr zu und nahm dann wieder das Gespräch mit ihrer Mutter auf und versicherte ihr, dass Ladybug das perfekte Pferd war, um darauf reiten zu lernen und dass sie über kurz oder lang im Sattel sitzen würde.

Allie ging hinter ihnen her; sie war so glücklich, dass sie befürchtete, dass sie jeden Moment explodieren würde. An diesem Morgen waren die drei Monate um gewesen und der Vertrag aufgehoben worden. Sie und Wade konnten tun, was immer sie wollten. Und sie wollten für immer zusammenbleiben.

All die Schicksalsschläge, die sie erlebt hatte, hatten dazu geführt, dass sie in jener schicksalhaften Nacht, in der Wade hereingekommen war und ihr von den verrückten Bedingungen des Testaments erzählt hatte, genau in dieser Raststätte gearbeitet hatte.

Als sie nach draußen in den Sonnenschein traten, da spürte sie ein starkes Gefühl des Staunens… und der Dankbarkeit, dass sie in dieser Nacht dort gewesen war, als er hereingekommen war und ihr Leben verändert hatte.

Als er ihre Mutter auf den Rücksitz des Trucks gesetzt und den Rollstuhl auf der Ladefläche verstaut hatte, da legte sie ihre Arme um seine Taille und küsste ihn.

Er lächelte an ihren Lippen. „Wofür ist das?"

„Weil du du bist. Ich liebe dich, Wade."

Er sah ihr in die Augen und sie sah in ihre Zukunft.

„Mein Liebling, ich liebe dich auch. Und ich bin so froh, dass der heutige Tag endlich gekommen ist und wir diese ganze Verrücktheit endlich hinter uns lassen können."

„Diese Verrücktheit hat uns zusammengebracht. Denn ohne deinen Großvater wären wir uns nie begegnet.“

„Das stimmt. Ich werde ihm für immer dankbar sein. Und ich weiß, dass er jetzt dort oben vor sich hinlächelt.“

„Das denke ich auch. Wann fällt der nächste Dominostein?“

Er verzog das Gesicht. „Wir sollen uns morgen bei Mr. Emerson einfinden. Dann werden wir sehen, was als nächstes geschieht.“

„Wer glaubst du, ist als nächstes an der Reihe? Todd oder Morgan?“

Er lachte. „Ich weiß es nicht, aber ich kann dir sagen, dass keiner der beiden glücklich darüber sein wird.“

Sie lächelte. „Es dürfte interessant werden, das zu beobachten. Ich mag die Art und Weise, wie dein Großvater dachte.“

Wade grinste und küsste sie. „Ich auch. Aber sie tun das nicht, also werden wohl die Funken fliegen, denke ich. Aber mir ist es egal – ich habe meinen Hauptgewinn und bin wunschlos glücklich.“

Und das war sie auch.

Auszug aus
DAS HOCHZEITSDEBAKEL DES MILLIARDENSCHWEREN COWBOYS
McCoy Milliardärsbrüder, Buch Zwei

KAPITEL EINS

„Was für ein *Debakel*. Ich wusste, dass es so kommen würde." Todd McCoy starrte Cal Emerson, den Anwalt seines Großvaters, an. Offensichtlich hatte sein Großvater den Verstand verloren, kurz bevor er vor etwas mehr als sechs Monaten gestorben war. Bevor er von ihnen gegangen war, hatte er sein Testament mit Bestimmungen versehen, die seine drei Enkelsöhne zum Heiraten zwangen. Zumindest nahm er an, dass sie alle würden heiraten müssen. Wade war als Erstes an der Reihe gewesen und da er inzwischen verheiratet war, hatte

Cal nun Todds Schicksal enthüllt. Die Bedingungen schienen denen, die Wade hatte erfüllen müssen, sehr ähnlich zu sein – aber die Bedingungen, die sich sein Großvater für seinen Bruder Morgan ausgedacht hatte, würden sie erst erfahren, wenn er selbst alles gewonnen oder alles verloren hätte. Und das machte ihm wirklich zu schaffen – warum hatte sein Großvater ein Szenario ersonnen, in dem es nur die Möglichkeiten gab, entweder alles zu gewinnen oder aber alles zu verlieren, für das sie so hart gearbeitet hatten und das sie gleichermaßen geliebt hatten? Wade war als Erster an der Reihe gewesen und – so verrückt das auch zu klingen schien – inzwischen glücklich mit Allie verheiratet, die er geheiratet hatte, um die Ranch zu retten, an deren Aufbau er mitgewirkt hatte.

Nun war es an Todd, herauszufinden, was sein Großvater geplant hatte.

Er umklammerte die Kante des Stuhls, auf dem er saß. In den letzten drei Monaten hatte er Wade dabei zugesehen, wie der sich ein Bein ausgerissen hatte, um die Ranch zu retten und nun saß sein Bruder neben ihm, immer noch verheiratet, quietschfidel und bis über beide Ohren in seine Frau verliebt.

Und trotzdem hatte Todd nicht vor, sich wie eine

Marionette vorführen zu lassen.

Er hatte seinen Großvater geliebt, aber das ging entschieden zu weit. J. D. McCoy war es gewohnt gewesen, seinen Willen zu bekommen. Er hatte seine Enkel dazu erzogen, harte Arbeit zu schätzen und stolz auf das zu sein, was sie erreicht hatten. Todd war stolz darauf, die beste Traubenmarmelade herzustellen, die die Welt je gesehen hatte und glaubte fest daran, dass die McCoy Stonewall Marmelade spitzenmäßig war. Er hatte entscheidend daran mitgewirkt, das milliardenschwere Unternehmen, dem sie alle ihr Leben gewidmet hatten, dahin zu bringen, wo es heute war. Todd war auch auf den Wein stolz, den sie produzierten, aber seine persönliche Freude galt der Herstellung der Marmelade. Sein Großvater hatte das gewusst.

Er hatte es gewusst und Todd freie Hand gelassen, als dieser die Marmeladenproduktion auf ein ganz neues Level gehoben hatte, nachdem man ihm die vollständige Kontrolle über diesen Zweig des McCoy Unternehmens gewährt hatte. Und nun würde ihn sein Großvater aus dem Grab heraus seiner Leidenschaft berauben.

Einfach so.

Der Gedanke daran, dass er womöglich die Marmeladenproduktion und das Weingut verlieren würde, ließ ihn erstarren.

„Ich muss das Gleiche tun wie Wade, wenn ich das Weingut und die Marmeladenproduktion behalten möchte? Es gibt keine andere Lösung?" Er wusste, dass es keine gab, wusste, dass sein Großvater seine liebevolle Einstellung offenbar verloren hatte, als er beschlossen hatte, ihm das anzutun. Er fragte dennoch, denn er war verzweifelt.

Mr. Emerson machte sich nicht einmal die Mühe, Ja zu sagen, er nickte nur. Und lächelte.

„Speisen Sie mich nicht so ab, Cal. In diesem Testament muss mehr stecken als nur ein Nicken von Ihnen." Todd hielt es nicht länger auf seinem Stuhl aus, er stand auf, ging zum Fenster und packte den Rahmen mit beiden Händen, während er auf die Ranch starrte, die sie alle so liebten. Zumindest mussten sie sich nicht mehr darum sorgen, dass sie sie verlieren könnten. Wade hatte die Ranch gerettet.

Nun war er an der Reihe – *er*.

„Todd, die Bedingungen sind die gleichen wie bei Wade. Wenn du dein Weingut retten willst – die McCoy Marmeladen und Weinproduktion, um genau zu sein – und sie weiterhin unter deiner und der Kontrolle deiner Brüder halten willst, dann musst du innerhalb von drei Monaten heiraten und anschließend drei weitere Monate verheiratet bleiben. Da es bei Wade funktioniert hat, unterliegst du denselben Bedingungen."

„Soll das heißen, dass Todds Bedingungen anders gelautet hätten, wenn ich es nicht geschafft hätte?" Wade kam Todd zuvor, der dieselbe Frage hatte stellen wollen. Und aus der Ecke, in der Morgan steif und bewegungslos ausharrte, ertönte ein angewidertes Schnauben.

Sie beobachteten Cal dabei, wie er seine Finger ineinander verschränkte und dann langsam nickte.

„Es ist nicht zu fassen", knurrte Morgan. „Er hat für alle möglichen Ausgänge andere Anweisungen hinterlassen?"

Ein weiteres Nicken.

Das verdammte Nicken hing ihnen zum Hals heraus. Todd ließ den Kopf hängen. „Selbst vom Grab aus hat er an alles gedacht. Das klingt verdächtig nach ihm."

„Ja, das hat er. Ich kann hier nicht näher ins Detail gehen. Aber ich möchte euch noch einmal versichern, dass euer Großvater weder übergeschnappt war, noch dabei, den Verstand zu verlieren. Und er wollte euch auch nicht für irgendetwas bestrafen. Er wollte Erben. Keiner von euch machte Anstalten zu heiraten und er war es leid, darauf zu warten. Daher beschloss er, euch dazu… zu ermutigen, auch wenn ihm klar war, dass ihr trotz seiner Bedingungen vielleicht nicht heiraten würdet."

„Sie meinen, er beschloss, uns dazu zu zwingen."

Cals Lippen zuckten. „Wie ihr wisst, dachte Wade, J.D. hätte geblufft, aber ich kann euch versichern, dass er das nicht getan hat. Ich habe meine Anweisungen, das ist die Abmachung. Sobald ihr durch diese Tür geht, beginnt die Uhr zu ticken."

Morgan knurrte: „Das ist doch lächerlich. Todd hat das Unternehmen zu dem gemacht, was es heute ist. Ja, es existierte bereits und hatte auch einen guten Ruf, als wir aufwuchsen, aber das ist kein Vergleich dazu, wo das Unternehmen heute steht. Seit Todd es vor zehn Jahren im Alter von achtzehn übernahm und seinen Marketingzauber zu entfalten begann und die Trauben derart optimierte, dass sie nun einzigartig schmecken, hat er eine Menge für das Unternehmen getan. Und das wird er nun womöglich alles verlieren?

Das kann ich ganz und gar nicht gutheißen."

Das, was Morgan gesagt hatte, entsprach der Wahrheit und Todd war stolz darauf, dass sein älterer Bruder seinen Verdienst anerkannte. Ja, das erfüllte ihn mit Stolz. Andererseits war ihm klar, dass Morgan sich des Zeitdrucks nur allzu deutlich bewusst war. Auch seine Zeit würde unweigerlich kommen. Denn Morgan hatte die McCoy Stonewall Hotelkette zu dem gemacht, was sie heute war: ein Kraftpaket, das auf dem globalen Markt mithalten konnte. Ihr Großvater war herzlos. Mehr ließ sich dazu nicht sagen.

Doch einer Sache war sich Todd sicher: wenn es hart auf hart käme, dann würde er nicht derjenige sein, der andere im Stich ließe. Das würde er niemals tun. Und sein Großvater hatte das gewusst.

Also was nun? „Danke, Morgan, ich stimme dir zu. Großvater wusste, dass ich ein Teil dieses Landes bin, dass ich mit diesem Boden verwurzelt bin. Genauso wie Wade mit seiner Ranch verbunden ist. Und auch wenn dir dieses Land ebenso viel bedeutet, so schlägt dein Herz doch für die Hotellerie. Wir alle lieben was wir tun; es liegt uns im Blut. Genauso wie es Großvater im Blut gelegen hat. Und so sehr ich es hasse, das zugeben zu müssen, ich kann seine

Beweggründe verstehen. Welcher Mann, der all das aufgebaut hat und gesehen hat, wie wir aufgewachsen sind, hätte keine Nachfahren gewollt? Wir haben es nicht eilig gehabt und wohl auch nicht zum Ausdruck gebracht, dass wir in naher Zukunft daran denken, zu heiraten. Ich weiß, dass ich selbst mich zu nichts verpflichten will. Ich bin noch nicht soweit." Er sah Wade an. „So hast du dich auch gefühlt, nicht wahr?"

„In vielerlei Hinsicht, ja." Wade lächelte. „Und trotzdem ich unglaublich wütend war, habe ich die beste Frau der Welt gefunden. Ich bin froh, dass ich die Herausforderung angenommen habe. Aber nur weil es einmal funktioniert hat, heißt das nicht, dass es das auch ein zweites Mal tut. Aber ich drücke dir die Daumen. Ich denke, genau das hat Großvater gewollt – dass wir es einfach ausprobieren."

„Aber ich will es gar nicht ausprobieren."

„Ganz genau", stimmte Morgan Todd zu.

Todd fuhr sich mit der Hand durchs Haar und versuchte, sich damit abzufinden. Nein, er war nicht gerade glücklich – ganz im Gegenteil – aber er würde es nicht zulassen, dass er alles verlor, wofür er so hart gearbeitet hatte. „So sehr mir das Ganze auch missfällt, ich weiß doch, wann ich nachgeben und etwas tun muss. Aber merkt euch eins: Es wird ein Wunder geschehen müssen, damit ich es auch nur in Erwägung ziehe, irgendeiner ahnungslosen Frau einen Heiratsantrag zu machen. Ich kann es nicht leiden, wenn jemand anderes für mich entscheidet und wenn ich jemals wirklich heirate, dann werde ich es tun, weil *ich* mich dazu entschieden habe und nicht, weil mich die Pläne meines Großvaters dazu gezwungen haben."

Ohne ein weiteres Wort zu sagen, drehte er sich um und schritt durch die Tür hinaus in den Sonnenschein. Ihm war schlecht und er war wütend. Er brauchte ein Wunder.

Ginny Rossi starrte ihre Eltern ungläubig an. *Was?* „Ihr werdet doch nicht, *könnt* das Weingut nicht verkaufen. Wo kommt denn diese Idee auf einmal her?"

Ihre Eltern hatten mit dem Aufbau des Weinguts begonnen, als sie noch ein Kind gewesen war. Sie hatte zwischen den Reben gespielt und war mit dem Unternehmen herangewachsen und hatte dann ihren eigenen Platz darin gefunden. Als junge Erwachsene hatte es ihre Leidenschaft entfacht. Sie träumte davon, das kleine Weingut zum besten von ganz Texas zu machen und befand sich auf einem guten Weg dahin. Aber jetzt – *das*? „Was denkt ihr euch bloß dabei?", wiederholte sie, was sie bisher nur gedacht hatte und funkelte ihre Eltern an.

„Beruhige dich doch, Sonnenschein." Ihr Vater fuhr sich mit der Hand übers Gesicht und begegnete ernst ihrem Blick. „Wir haben lange darüber nachgedacht."

„Du willst mir also sagen, dass ihr zwei das hinter meinem Rücken ausgeheckt habt." Sie besaß seine Charakterstärke und seinen Mut und er hatte sie stets dazu angehalten, ihre Meinung zu sagen und sie würde nun nicht still sein, nur weil er seine Sicht der Dinge zum Ausdruck gebracht hatte. Sie wollte aus seinem Mund hören, warum sie beschlossen hatten, ihr den Boden unter den Füßen wegzuziehen.

„Deine Mutter und ich wollen in den Ruhestand gehen und natürlich denken wir auch an dich. Das Angebot kam aus heiterem Himmel. Es hat uns überrascht und wir haben lange darüber nachgedacht. Die gebotene Summe ist äußerst großzügig und übertrifft unsere Erwartungen deutlich. Es wäre ein guter Einstieg in den Ruhestand und wir müssten uns bereits dieses Jahr keine Sorgen mehr darüber machen, wie gut die Ernteerträge ausfallen und ob der Wein das investierte Geld wieder abwirft. Außerdem könnten wir reisen, ohne an die Erntezeit und Abfüllpläne gebunden zu sein. Aber es geht dabei nicht nur um uns – das Geld wird auch dir zugutekommen. Du wirst dir nie wieder um irgendetwas Sorgen machen müssen. Wir werden das Geld investieren und dir wird es an nichts fehlen. Wir dachten uns, dass es gut für dich sein könnte, Zeit zu haben, um herauszufinden, was du wirklich im Leben möchtest. Vielleicht hättest du endlich die Zeit, um einen Ehemann zu finden und eine Familie zu gründen. Und wenn du herausfinden solltest, dass ein Weingut das ist, was du willst, dann könntest du dir ein eigenes aufbauen."

Ihre Mutter sah sie mit sanftem Blick an. „Es ist ja nicht so, als hättest du dich für die Arbeit auf dem Weingut entschieden. Du wurdest einfach in sie hineingeboren. Hast du jemals daran gedacht, dass es auch andere Dinge geben könnte, für die du dich begeistern kannst? Dies würde dir Gelegenheit dazu bieten."

Es war unglaublich. Sie hatten einfach gar nichts verstanden. „Nein. Ich liebe diesen Ort. Ich empfinde es als Segen, dass ich hier geboren wurde und hier aufwachsen durfte. Ihr könnt mir das nicht einfach wegnehmen." Sie verstand den Standpunkt ihrer Eltern; das tat sie wirklich. Sie hätten mit einem Mal ausreichend Geld für den Ruhestand – sie würden sich nicht weiterhin Jahr um Jahr Gedanken darüber machen müssen, ob das kleine Weingut genug abwarf, um über die Runden zu kommen. Aber der Gedanke daran, dass ein großer Konzern ihr Weingut übernehmen würde… das schmerzte. Ihr Wein würde fortan unter deren Bezeichnung geführt werden und der Name ihres *Rossi Rose of Tyler* Weingutes würde verschwinden. Ihr Name, all die harte Arbeit würden einfach ausgemerzt werden. So als ob es sie nie gegeben hätte. Sie hatte so viel dafür getan, um ihre Marke zu entwickeln und sie bekannt zu machen. Das war ihr Leben.

Ihr *Leben.*

Sie brauchte Zeit zum Nachdenken. Sie holte tief Luft und erkämpfte sich so ein paar Sekunden. „In Ordnung, wartet. Wartet noch ein bisschen." Sie hob ihre Hände, als ob ihr das dabei helfen würde, besser zu denken. „Was wäre denn, wenn… was wäre, wenn ich einen Weg finden würde, um das Geld aufzutreiben, dass ihr benötigt? Ich meine, vielleicht könnte ich euch auszahlen und euch so viel Geld geben, dass ihr in etwa so gut dasteht wie im anderen Fall."

Ihre Mutter sah besorgt aus, ihr Vater schüttelte nur den Kopf. „Ginny, du weißt, dass ich an dich glaube, aber das ist einfach zu viel. Ich werde verkaufen. Du brauchst dich nicht zu verschulden. Das würde ständig über deinem Kopf schweben. Du könntest alles verlieren. Und du würdest nur noch mehr arbeiten und niemals herausfinden, dass es noch mehr im Leben gibt."

„Ich möchte gar nicht herausfinden, was es noch so gibt." Ginny sprang von ihrem Stuhl und wanderte erregt auf und ab. Sie riss sich ihren blaugrünen Cowboyhut vom Kopf und schlug ihn gegen ihre Beine, während ihre Gedanken umherwirbelten. „Dad, komm schon, gib mir sechs Monate. Tu mir das nicht an."

Er sah hin- und hergerissen aus. „Das kann ich nicht. Das Angebot steht nur für weitere vier Monate."

„Dann gib mir wenigstens diese Zeit. Dad, du musst mir eine Chance geben, meinen Traum zu verwirklichen."

Ihr Vater sah aus, als stünde er kurz davor, einen Anfall zu bekommen. Beide Hände in die Hüften gestemmt und die Schultern hochgezogen, starrte er aus dem Fenster. Seine Körpersprache verhieß nichts Gutes. Sie würde betteln, wenn es nötig war. Ihre Gedanken wirbelten umher. *Was konnte sie tun?*

Sie starrte ihn an, versuchte, ihm all die Verzweiflung zu vermitteln, die sie spürte. „Komm schon, Dad. Es ist ja nicht so, als könntest du dabei etwas verlieren. Du musst mir eine Chance geben."

Sein Blick begegnete ihrem und sie forschte in seinen Augen nach einer Antwort. Sie keuchte, als ihr klar wurde, was sie dort sah. *Er glaubte nicht an sie.* Er dachte nicht, dass sie das Geld beschaffen konnte. Oder er hielt es nicht für wahrscheinlich, dass sie erfolgreich sein würde, wenn es ihr gelingen sollte, sich genug Geld zu leihen, um ihn auszuzahlen.

Diese Erkenntnis traf sie hart. Härter, als alles andere es vermocht hätte.

Sie richtete sich auf und verschränkte die Arme vor der Brust. Wahrscheinlich glühten ihre Augen vor Wut. Wut, die den Schmerz überdecken sollte, dass er nicht an sie glaubte. Das sollte er nicht sehen. „Du schuldest mir eine Chance. Ich habe mir den Hintern für dieses Weingut aufgerissen. Ich sollte ein Mitspracherecht haben bei etwas, bei dem es um mein Leben geht. *Mein Leben.*"

„In Ordnung. Du hast gewonnen. Aber wenn ich nicht vollständig von dem überzeugt bin, was du auf die Beine gestellt hast, dann gehe ich auf das andere Angebot ein. Und du wirst deswegen nicht mit mir streiten. Abgemacht?"

„Abgemacht", fauchte sie ohne zu zögern. „Dann mache ich mich wohl besser an die Arbeit." Mit diesen Worten wirbelte sie herum und stürmte aus dem Raum, sie war so wütend, dass sie kurz davorstand, Feuer zu speien. Aber ihr blieb keine Zeit, um sich zu beruhigen. Sie stieg in ihren Jeep und gab Gas. Ihr Ziel war eine Stelle im Norden des Weinguts, wo sie in Ruhe sitzen und nachdenken konnte. Sie brauchte einen Plan.

Sie würde ein Wunder brauchen und vor kreativen Ideen nur so überquellen müssen, um irgendwie das Geld zu beschaffen, das sie benötigte, um ihre Träume zu retten.

Über die Autorin

Der Name der zeitgenössischen Bestseller-Autorin Hope Moore ist das Pseudonym einer preisgekrönten Autorin, die in Texas lebt und von Cowboys umgeben ist. Sie liebt es, Liebesromane und Happy Ends zu verfassen. Ihre herzerwärmenden Liebesromane sind voller schöner Helden, die es zu lieben gilt und wagemutiger Frauen, die ihre Herzen gewinnen.

Wenn sie nicht gerade schreibt, versucht sie hartnäckig, nicht zu kochen, da sie von Erdnussbuttersandwiches, Kaffee und Käsekuchen leben könnte. Seit sie schreibt, ist sie kaum noch in sozialen Medien präsent, aber sie LIEBT ihre Leserinnen und Leser, also melde dich für ihren Newsletter an und sichere dir die kostenlose Kurzgeschichte DIE WAHRE LIEBE IHRES MILLIARDENSCHWEREN COWBOYS.

MILLIARDENSCHWEREN COWBOYS, die Vorgeschichte ihrer Western Liebesgeschichten-Serie der McCoy Milliardärsbrüder!

Dieses Buch ist nur für Newsletter-Abonnenten erhältlich und ist die süße Liebesgeschichte von J.D. McCoy, dem geliebten Großvater der Brüder. Du wirst außerdem Leseproben ihrer Abenteuer, zusammen mit Sonderangeboten und neu veröffentlichten Büchern erhalten.

Bitte kopiere diesen Link und füge ihn in deinen Browser ein, um dich anzumelden: https://www.subscribepage.com/cowboyromantik